BELAS MENTIRAS

BELAS MENTIRAS

M. LEIGHTON

Tradução de
ALICE FRANÇA

EDITORA RECORD
RIO DE JANEIRO • SÃO PAULO
2015

CIP-BRASIL. CATALOGAÇÃO NA FONTE
SINDICATO NACIONAL DOS EDITORES DE LIVROS, RJ

L539b Leighton, M.
Belas mentiras / M. Leighton; tradução de Alice França.
– 1. ed. – Rio de Janeiro: Record, 2015.
(Pretty series; 1)

Tradução de: All the pretty lies
ISBN 978-85-01-10524-0

1. Ficção americana. I. França, Alice. II. Título.
III. Série.

15-22928   CDD: 813
                                        CDU: 821.111(73)-3

Título original:
All the pretty lies

Copyright © 2013 M. Leighton

Texto revisado segundo o novo Acordo Ortográfico da Língua Portuguesa.

Todos os direitos reservados. Proibida a reprodução, no todo ou em parte, através de quaisquer meios. Os direitos morais da autora foram assegurados.

Editoração eletrônica: Abreu's System

Direitos exclusivos de publicação em língua portuguesa somente para o Brasil adquiridos pela
EDITORA RECORD LTDA.
Rua Argentina, 171 – Rio de Janeiro, RJ – 20921-380 – Tel.: 2585-2000,
que se reserva a propriedade literária desta tradução.

Impresso no Brasil

ISBN 978-85-01-10524-0

Seja um leitor preferencial Record.
Cadastre-se e receba informações sobre nossos lançamentos e nossas promoções.

Atendimento e venda direta ao leitor:
mdireto@record.com.br ou (21) 2585-2002.

Não presumas do dia de amanhã,
porque não sabes o que ele trará.
Provérbios 27:1

Viva cada dia como se fosse o último. Não existe a
promessa de um amanhã para nenhum de nós.

UM

Sloane

— Aimeudeus, não estou acreditando que você vai fazer isso mesmo — diz minha melhor amiga Sarah, no instante em que abro a porta de vidro do estúdio de tatuagem.

Embora eu não admita, na verdade sinto um calafrio quando coloco os pés dentro da loja. Nunca estive num estúdio de tatuagem antes, então não sei como são os outros, mas este é bem intimidador. A música é alta, o balcão é preto e todos os acessórios expostos são cromados. Controlo a súbita explosão de ansiedade e sigo em frente.

O que me tranquiliza é o fato de este lugar, o Ink Stain, ser bem recomendado. E é fácil ver o porquê quando se observa o surpreendente trabalho de arte que reveste as paredes.

Alguém aqui é bem talentoso!

— Tem certeza de que quer ir em frente, Sloane? Quer dizer, seu pai vai te matar se descobrir — acrescenta Sarah. Quando paro de repente e me viro para ela, quase nos esbarramos. — Merda! — exclama Sarah, dando um passo para trás antes de toparmos uma na outra. Ela também estava distraída olhando as paredes.

— Em primeiro lugar, meu pai não pode me matar. Quanto ao... — olho ao redor do interior do estúdio, iluminado por néon, procurando um relógio. Ao avistar um em forma de caveira, com dois ossos cruzados como ponteiros, aperto os olhos para ver as horas.

— Há sete minutos, estou oficialmente livre do controle dos homens ignorantes da família Locke. E este é o meu primeiro ato de independência.

— É tipo um ato de rebeldia — bufa Sarah.

— É uma questão de semântica, depende da interpretação de cada um — respondo, fazendo um gesto de desdém com a mão. — De um jeito ou de outro, vou fazer essa tatuagem e ninguém vai me impedir.

— Tem certeza de que é... seguro? Quer dizer...

Vejo a preocupação nos olhos da minha amiga e a amo por isso. Então abro meu sorriso mais gentil.

— Está tudo bem, Sarah. Juro.

Com um último e tranquilizador aceno com a cabeça, eu me aproximo do balcão preto brilhante e toco a campainha.

Enquanto esperamos alguém nos atender, fico andando pela sala, admirando os rascunhos expostos. Como tenho alma de artista, posso apreciar ainda mais a mão e o olhar talentosos por trás dos desenhos em grafite.

Uma voz grave interrompe minha análise.

— Posso ajudar?

Então me viro, pronta para explicar o que quero, mas as palavras não saem. De todas as obras de arte nas paredes, nenhuma se compara com a que estou fitando agora.

Observo seu rosto por partes, como flashes de luz batendo no fundo dos meus olhos. As feições angulares e masculinas parecem esculpidas em pedra — sobrancelhas bem marcadas; olhos brilhantes; maçãs do rosto altas; boca definida. E é exatamente para a boca que estou olhando quando seus lábios esboçam um sorriso. Eu o estou encarando. Tenho plena consciência disso, assim como ele.

— Gostou de alguma coisa?

Meus olhos voam em direção aos dele. São escuros e provocantes e me fazem ruborizar.

— Não — respondo automaticamente. Quando vejo aquela sobrancelha adornada com um piercing se erguer, percebo como minha resposta deve ter soado. — Quer dizer, eu já sei o que quero.

Outra sobrancelha se ergue espelhando a primeira, e eu sinto meu rosto queimar. Posso apostar que a esta altura minha cara está da cor de uma maçã madura.

— Adoro uma mulher que sabe o que quer.

Fico boquiaberta. Ninguém jamais flertou comigo. Todos os caras que conheci na vida tinham pavor da minha família, portanto não tenho a menor ideia de como reagir em uma situação dessas. Além de ruborizar, infelizmente.

Cacete!

Obviamente achando graça por eu ter ficado desconcertada, ele dá uma risadinha. O som da risada é como seda preta, deslizando sobre minha pele em um toque frio e macio.

Meu rosto fica ainda mais quente. Eu me pergunto, apavorada, como deve estar a minha aparência no momento. Não tenho opção a não ser desviar o olhar, então é o que faço. Abaixo a cabeça, quebrando o contato com aqueles olhos desconcertantes, enquanto vasculho a bolsa à procura do meu desenho. Respiro fundo, usando o gesto como uma desculpa para tentar ficar mais calma. Quando encontro o que estava procurando, caminho em silêncio em sua direção e entrego a ele o papel dobrado.

Ao pegá-lo, ele me fita por uma fração de segundo, antes de começar a desdobrá-lo. Eu o observo enquanto ele abre o desenho e o examina por um momento, até perceber que o papel está de cabeça para baixo. Depois de endireitá-lo, ele o aproxima para um exame mais detalhado.

A luz de cima reflete em seu rosto, escondendo praticamente toda a expressão dele. Seus cílios longos e espessos encobrem os olhos, e sua testa se contrai em sinal de concentração. Eu aguardo pacientemente.

Com um único aceno de cabeça, ele ergue o rosto e olha para mim. Do outro lado da sala, eu não conseguia ver a cor daqueles olhos, só percebia que eram escuros e irresistíveis. Mas agora consigo vê-los claramente. O tom é o azul mais intenso que já vi na vida. Eles me penetram como aço e me deixam sem fôlego.

— Está muito bom. Quem fez o desenho?

Meu coração incha e dispara.

— Eu.

Por um instante, percebo certa admiração passar pelo seu rosto, mas ela desaparece rapidamente quando ele dispara mais perguntas.

— Está em escala? E essas são as cores que você gostaria de usar? — pergunta, virando-se para voltar ao balcão brilhante. — A propósito, meu nome é Hemi.

Hemi.

Que nome estranho.

— Hemi? Não é algo referente a motor de carro? — falo sem pensar.

Quando ele me olha novamente, tenho a impressão de que está achando graça mais uma vez.

— Mais ou menos.

Hemi. Como um grande motor. Dá para entender. Ele parece rápido. E potente.

— Meu nome é Sloane. E quanto ao esboço, ele está em escala e nas cores que eu gostaria.

Hemi acena com a cabeça novamente enquanto vai para trás do balcão e pega alguns papéis na parte de baixo.

— E onde vai ser?

Não sei por que, mas sinto que vou ficar corada de novo. E é isso que acontece.

— Huum, eu queria a concha de ostra entreaberta no lado direito do quadril, em direção às costas; e as borboletas saindo daí e voando para a lateral do meu corpo. Meio que em direção à parte da frente.

Ele continua assentindo com a cabeça, mas agora também franze a testa.

— Huum — murmura. — Eu vou preencher essas figuras e depois você dá uma olhada. Não estou trabalhando em mais ninguém, no momento.

— T-Tudo bem.

Hemi explica que tenho de assinar um termo dizendo que estou ciente dos riscos e autorizando a tatuagem. É o seu modo de dizer: *Bem, se fizermos uma cagada, você está fodida! Você* é maior de idade *e nos deu permissão para marcar o seu corpo permanentemente. Caso não goste do resultado, azar o seu. Obrigado e tenha um bom dia.* Ainda assim, não hesito em assiná-lo. Sei o que estou fazendo. Senti um calafrio quando entrei, mas agora, depois de conhecer Hemi, minha intuição diz que estou em boas mãos. Mãos quentes e capazes.

Ou talvez eu esteja apenas deslumbrada.

De um jeito ou de outro, eu assino o termo rapidamente. Estou louca para avançar para a próxima fase.

Em seguida, deslizo os papéis sobre o balcão, na direção de Hemi, e pouso a caneta. Ele pega os documentos, junta tudo em uma pilha ordenada e os coloca de lado, antes de olhar para mim.

— Pronta? — pergunta Hemi. Ele pode não saber, mas aquela pergunta contém um significado muito maior do que a simples indagação para confirmar se estou pronta para fazer uma tatuagem.

E minha resposta também. Com um aceno único e enfático, respondo:

— Sim.

Ele faz um movimento com a cabeça indicando a porta de onde saiu.

— Então vamos lá.

Hemi segue para a outra sala, e eu me viro para segurar a mão de Sarah. Percebo que ela está relutante.

— Ah, não, não, não! Não me meta nisso. Eu vou desmaiar, pode apostar.

— O quê? *Eu* que vou ser espetada zilhões de vezes por uma agulha. Por que *você* é quem vai desmaiar?

— Solidariedade. Por isso.

Inclino a cabeça para o lado.

— Sarah, não seja ridícula. Quero que você fique comigo enquanto eu estiver sendo tatuada.

Ela solta a minha mão.

— Eu amo você, Sloane, mas esse chão provavelmente é o lugar perfeito para se pegar hepatite. *Você* vai estar sentada em uma cadeira. *Eu*, não. Se eu cair, a minha cara vai direto no sangue de outra pessoa. Então, obrigada; mas não, obrigada.

— Sarah, não tem sangue no chão. Não é assim que funciona.

— Como você sabe? Esse é o primeiro estúdio de tatuagem que você já viu na vida.

— E daí? Olhe este lugar. É completamente limpo. Tem até *cheiro* de limpeza, e isso não deve ser fácil levando em consideração todas as pessoas bêbadas e fedorentas que, com certeza, vêm aqui.

— Você está justamente fortalecendo o meu ponto de vista. Não. De jeito nenhum. Vou ficar esperando... — diz ela, recuando e indo em direção a uma das cadeiras de cromo e couro, perto da parede. — Bem... aqui.

— Está bem. Você vai perder um momento importante da minha vida. Tudo bem. Vou continuar amando você.

Dou um suspiro profundo e me viro em direção à porta. Hemi já havia desaparecido na outra sala, então caminho lentamente.

Neste momento, ouço um rosnado de frustração atrás de mim.

— Está bem. — A frase é seguida do *ploc ploc ploc* do calçado de plataforma que pisa firme na minha direção. — Então me ajude. Se eu desmaiar e pegar algum tipo de micose no rosto, você vai pagar por todas as despesas médicas e cirurgias plásticas necessárias.

Eu abro um largo sorriso e enlaço meu braço no de Sarah, quando ela para ao meu lado.

— Não vou deixar seu rosto encostar no chão. Prometo.

— Você não faz promessas. Nunca promete nada — observa ela com um olhar cético quando entramos na outra sala.

— Não. Eu só não faço promessas que não posso cumprir. Essa eu posso.

Paramos e olhamos ao redor da sala. Duas pessoas estão sendo tatuadas. Ambas olham para nós. Elas não parecem estar sendo torturadas. Na verdade, uma delas parece meio sonolenta. Ou bêbada. De um jeito ou de outro, aquilo me faz ficar um pouco mais tranquila em relação à dor para a qual acabei de me inscrever.

Então, puxo Sarah para prosseguirmos o nosso caminho. As luzes no alto estão acesas, mas posicionadas estrategicamente acima das três cadeiras de tatuagem reclináveis, o que deixa o restante do ambiente com um ar intimamente escuro.

Vou até Hemi, que está em um cubículo, perto da parede do fundo. No local, há um pequeno armário com um espelho sobre ele, uma espécie de mesa com rodinhas e uma cadeira de tatuagem vazia.

Quando vou me sentar, ele me interrompe.

— Espere. Antes de sentar, me mostre exatamente onde quer a concha de ostra. Talvez você tenha que ficar de bruços, ou de lado, depende.

Sentindo o calor subir até o rosto mais uma vez, viro de lado e mostro o lugar onde quero a concha.

— Aqui — digo, apontando para o lado direito do quadril.

Hemi se agacha ao meu lado, levanta a parte de baixo da minha camiseta e desliza os dedos na lateral do meu corpo.

— Com as borboletas subindo por aqui?

Sinto um arrepio no rastro do seu toque e mordo o lábio. Quando ele olha para mim com aqueles olhos azuis lindos, eu faço um gesto afirmativo com a cabeça.

— Certo, então vamos começar com você de bruços — diz ele, pisando em um pedal no chão que levanta a base e reclina as costas da cadeira, deixando-a plana o suficiente. — Desabotoe o short — pede ele casualmente.

— Como?

Os olhos risonhos de Hemi encontram os meus.

— Que parte você não entendeu?

— Eu preciso tirar o short? Aqui?

— Não, só preciso que você desabotoe e abra um pouco o zíper. Apenas o bastante para que eu possa tatuar com facilidade a área onde você quer o desenho.

— Ah, sim — digo, me sentindo uma boba. — Tudo bem.

Então subo na superfície plana da cadeira e abro o botão e o zíper. Em seguida me viro para ficar de bruços. Tenho vontade de enterrar a cara nos meus braços cruzados, mas, em vez disso, olho para a frente e vejo Sarah entrando no meu campo de visão e estatelando-se na cadeira diante de mim, rapidamente me ignorando com o telefone nas mãos. Olho para ela durante alguns segundos, mas estou bem mais interessada em quem está atrás de mim para ficar prestando atenção nela por muito tempo. Finalmente, viro a cabeça para olhar para Hemi, enquanto descanso o rosto sobre os braços cruzados. Ele está sentado em uma cadeira de rodinhas agora, com a atenção voltada para a minha cintura, e uma luminária de haste flexível voltada para a parte inferior do meu corpo.

Eu tomo fôlego e prendo a respiração quando ele coloca a mão no cós do meu short. Hemi o abaixa, deslizando-o sobre o meu quadril e afastando-o apenas o bastante para poder acessar facilmente a área inteira. Agora, a única coisa entre a mão dele e a minha pele é a minha calcinha.

Continuo observando conforme ele desliza um dedo sob o elástico rendado da minha calcinha, abaixando-a também, não deixando nada entre nós exceto o calor do seu toque. Lentamente, ele esfrega a palma da mão no meu quadril. Para a frente e para trás, ele repete o gesto várias vezes, antes de olhar o desenho e começar a traçar a minha pele com a ponta do dedo, como se estivesse prolongando aquele momento.

— Sabe de uma coisa? — Hemi olha para mim e descansa a mão, enquanto seu dedo polegar faz um arco imaginário no meu quadril. — Acho que seria melhor se subíssemos a concha um pouco mais, em direção à sua cintura, e deixássemos as borboletas saírem, fazendo uma curva na lateral do corpo, num movimento sinuoso, assim — explica ele, passando os dedos sobre as minhas costelas, em um caminho lânguido e rastejante. — Acho que ficaria melhor do que uma linha reta.

Mentalmente, consigo ver exatamente o que ele diz. E concordo. Só que estou com dificuldade de raciocinar e responder, com as mãos dele no meu corpo, daquele jeito.

— Boa ideia. Faça como achar melhor. O especialista é você.

Hemi sorri e dá uma piscadela.

— Hum, bom ouvir isso.

Então, ele se vira para a mesa que está atrás, pega um kit, um marcador e o meu esboço. Em seguida, pousa o desenho na minha bunda.

— É a primeira vez que você faz uma tatuagem, não é?

Ele não está olhando para mim enquanto faz a pergunta, por isso não pode ver o rubor tomando meu rosto. Ele não faz a menor ideia do quanto está certo. De muitos modos. Ser filha de um policial e a caçula de quatro irmãos tornam o ato de namorar um desafio, para dizer o mínimo. Acrescente a isto tudo o que aconteceu quando eu era pequena, e o resultado é uma garota virgem de 21 anos. Tanto em relação a tatuagens quanto em relação a quase tudo.

— Sim — respondo baixinho.

Então Hemi finalmente olha para mim.

— Não se preocupe. Vou cuidar bem de você. — E, por alguma razão, eu acredito nele. — No entanto, talvez seja melhor fazer a tatuagem em duas ou três sessões. Não quero sobrecarregá-la. E são muitas borboletas. Além disso, as costelas costumam ser um pouco mais sensíveis e delicadas.

— Quer dizer que você não vai fazer tudo hoje?

— Acho que não. Vamos começar com a concha e uma ou duas borboletas para ver como você reage. Então decidimos. Melhor você não ficar aqui nessa cadeira por muito tempo. Podemos marcar para você voltar outra hora e finalizar o trabalho.

Vê-lo novamente? Sim, por favor.

— Acho uma boa ideia.

Então, sem sorrir e sem aquele olhar provocador, Hemi para. Desta vez, seus olhos parecem somente... afetuosos.

— Você é sempre assim, tranquila?

Antes que eu tenha a chance de responder concisamente, ou flertar (estupidamente), Sarah fala pela primeira vez desde que deitei na cadeira:

— De jeito nenhum! Ela é teimosa como uma mula.

— Então é só comigo. — Ele me encara durante vários segundos antes de sorrir de novo. — Tranquila só comigo. Gostei.

A próxima coisa que sinto, além do calor desgraçado no rosto, é o toque geladinho do álcool quando Hemi prepara a minha pele para o que vem em seguida. Eu mal noto a umidade. Toda a minha atenção está voltada à mão quente que descansa no meu quadril, me mantendo parada. Me mantendo firme.

DOIS

Hemi

Tento ignorar a pele suave e quente como cetim sob a palma da minha mão. Tento ignorar o modo como esta garota me olha, como se pudesse me ver tirando sua calcinha. Tento ignorar o fato de que, se ela *realmente* me deixasse tirá-la, eu faria coisas que a deixariam totalmente ruborizada sempre que lembrasse disso, pelo resto de sua vida. E tento ignorar o quanto me irrita não ter tempo para explorar alguém como ela.

Desde os meus 14 anos, já um pouco tarde, quando transei com uma mulher pela primeira vez, sempre preferi as mais experientes. Quanto mais selvagem, melhor. Nunca tirei a virgindade de uma garota, nem quero. Gosto de mulher que saiba o que quer e como conseguir o que quer. E de preferência uma que encontre a saída sozinha, antes que eu saia do banheiro. É o tipo que eu sempre procurei, e o único tipo para o qual tenho lugar na vida. Até hoje só me interessei por mulheres assim. Então, qual é o lance em relação a esta garota, com seus olhos castanhos e inocentes, sua bunda perfeita, que está me deixando excitado desse jeito?

Você está precisando transar, cara! Penso, enquanto faço o contorno de uma concha de ostra naquela pele clara e livre de imperfeições. *E rápido.*

Por um instante, sinto saudades do babaca egoísta que sempre fui. Antes de me tornar tão certinho.

TRÊS

Sloane

— Que horas você chegou ontem? — pergunta meu irmão, Sigmond (Sig, como o chamamos).

— Tarde.

— Sem essa, sua espertinha. Eu fui ao Cuff's com o pessoal depois do turno, ontem à noite. Cheguei em casa quase uma e meia da manhã e você não estava aqui.

— E daí? Tenho 21 anos. Não devo explicações a você.

Eu observo os olhos castanho-escuros de Sig, tão parecidos com os meus, se arregalarem.

— Caraca! Ficou ofendida, é? Não quis insinuar nada. Só fiz uma pergunta.

Suspiro.

— Eu sei. É que estou cansada. Desculpe.

Sig é apenas dois anos mais velho que eu, e sempre tive mais intimidade com ele do que com meus outros irmãos, Scout e Steven. Sig é o brincalhão, nunca deu uma de "pai" como os outros. Scout é bravo, mas Steven é o pior. Por ser o mais velho, ele e meu pai assumiram a responsabilidade de me manter protegida e a salvo de perigos, como uma princesa, e de me criar como uma lady, mesmo sem ter uma em casa. Portanto, sempre me vigiaram de perto, deixando meus supostos amigos e pretendentes assustados e me puniram quando eu falava palavrão. Por isso, minha única amiga é Sarah, ainda sou virgem e minha palavra favorita é "caraca". Eu

17

tinha duas opções: ou eu me acostumava com isso ou passava toda a infância de castigo. O que os homens na minha casa nunca entenderam é que, independente de ser como uma lady, é difícil escutar quatro policiais falando palavrão todo santo dia e não reproduzir nenhum. Mas aprendi. Por fim.

— Pegue o creme — diz Sig, me cutucando com o cotovelo. Eu fico na ponta dos pés e abro o armário para pegar o pote. Sig se vira e seu coldre roça o meu quadril. Ofeguei. — O que foi isso?

— O que foi o quê?

— Você fez um barulho. Como se eu tivesse te machucado.

— Não fiz barulho nenhum.

— Fez sim.

— Não foi nada. Foi seu coldre que bateu em mim.

Sig franze o cenho, olhando para o coldre e para o meu quadril. Quando me fita, ele aperta os olhos.

— E daí? Isso não deveria machucar. Você está dolorida? Por que está dolorida?

Vejo a preocupação iluminar seus olhos e sei que não há como sair desta sem uma confissão. De outra maneira, ele faria um alvoroço com toda a família antes que eu pudesse tomar meu café da manhã.

— Eu fiz uma tatuagem — admito. Quando Sig abre a boca para reclamar, eu me apresso para continuar, evitando que ele diga qualquer coisa. — E não preciso ouvir nenhuma reclamação sobre isso. Melhor você não contar a ninguém, ou, que Deus me ajude, eu conto ao Urso cada segredo constrangedor que eu lembrar.

Minha ameaça funciona. Urso é o parceiro de Sig. Dar a um policial qualquer informação que possa ser usada para zombar, chantagear ou constranger outro policial é como entregar-lhe uma arma carregada e um alvo. Sig sabe disso. E eu também.

Seus lábios se contraem e eu sei que ganhei a briga.

— Sabe de uma coisa, Sloane? Você realmente *precisa* ter mais cuidado.

— Eu *tenho* cuidado, Sig. Sempre tenho cuidado. Sempre *tive* cuidado. Isso *não* foi um ato descuidado. Foi só algo que eu quis fazer. Quero aproveitar os próximos poucos anos tanto quanto puder...

— Pode parar — interrompe ele, erguendo a mão. — Nem termine essa frase. Não quero ouvi-la.

Eu fecho a boca. Deveria ter pensado melhor antes de dizer algo assim, desenterrando pensamentos e lembranças dolorosas. Embora seja verdade.

— Deixe eu ver a tatuagem.

— Ainda está coberta com plástico.

— E daí? Você acha que eu não consigo ver por cima do plástico?

Com relutância, abro os botões do pijama sobre o plástico, no meu quadril. Sig olha para a tatuagem e, com uma expressão desaprovadora, cobre o rosto.

— Uma concha de ostra e duas borboletas? Qual é o significado?

— Não está completa. Isso é só a base. Vou fazer mais borboletas.

— Onde?

— Subindo pela lateral do corpo.

— Sloane — começa ele em tom de aviso.

— Sig — respondo, olhando diretamente para ele. — É o meu corpo, a minha vida, a minha escolha.

— Mas você é…

— Mas nada. Vocês *precisam* me deixar viver.

Ele revira os olhos em sinal de impaciência.

— Você ainda não respondeu à minha pergunta. O que isso significa?

— Sinto que vivi dentro de uma concha fechada a minha vida inteira. E agora, finalmente, após todos esses anos, vou arrombá-la e abrir as asas um pouco.

— Mas você sabe por que eles…

— Eu sei, Sig. E amo todos vocês por isso. Mas para mim chegou a hora de viver um pouco. Fazer minhas próprias escolhas e tomar decisões. A mamãe era a mamãe. Mas *eu sou* eu. Vocês não podem me manter trancada, a salvo do mundo, em uma concha, pelo resto dos meus dias. Além disso, há algumas coisas das quais vocês não podem me proteger, por mais que queiram.

Sig não diz nada por um longo tempo.

— Quando você vai fazer o resto?

— Hoje à noite.

— Bem — diz ele, mexendo seu café com creme. — Só não deixe o papai pegá-la chegando em casa. Nem Steven.

— Eu sei — respondo com um suspiro profundo. — Eu tinha esquecido como é um saco tê-lo por perto.

— Ele provavelmente não vai ficar por muito tempo. Tenho certeza de que aqui ele se sente sem liberdade. Quer dizer, na realidade, a vinda dele não foi por *opção*. As coisas simplesmente não funcionaram entre ele e Duncan. Escute o que estou dizendo, ele vai embora antes do Natal.

— Você acha?

— Com certeza! Ele já está procurando imóvel com preço razoável para alugar sozinho.

— Por que você não vai morar com ele? Isso o ajudaria muito.

Sig arregala os olhos e fica boquiaberto.

— Vira essa boca pra lá, garota! Prefiro comer um prato cheio de cocô de gato a morar com Steven pelo resto da minha vida.

— Não seria para o resto da sua vida. Um de vocês deve casar um dia.

— Morar com Steven sem mais ninguém para servir de anteparo? Acredite, é como se *fosse* pelo resto da minha vida. Com certeza iria *parecer* isso.

Não consigo deixar de rir. Coitado do Steven. Ele é um cara legal, mas leva a vida muito a sério e tende a ser o estraga-prazeres, na maioria dos casos. Ele é parecido com o papai. Scout também. Quer dizer, um pouquinho. Na minha opinião, ele é meio que uma mistura do meu pai e da minha mãe, enquanto eu e Sig somos mais descontraídos. Mais como mamãe. É verdade que Steven era mais velho quando nossa mãe adoeceu, portanto foi o que mais sentiu. Não que todos nós não tenhamos ficado arrasados, mas acho que ele e nosso pai sofreram mais. Foi como se a doença, e a consequente morte dela, tivessem drenado a vida dos dois, pelo menos a parte que faz as pessoas gostarem de viver.

— A vida dele não tem sido nada fácil, Sig. Temos que dar um desconto.

— A sua vida também não tem sido nada fácil.

— A de toda a nossa família.

— Ainda assim ninguém usa isso como desculpa para ser babaca. A não ser Steven.

— Foi a maneira que ele encontrou para superar, Sig.

— Bem, seja qual for a razão, eu jamais me sujeitaria no dia a dia a uma merda dessas, tipo morar com ele, por um longo período. Crescer com ele já foi ruim o bastante.

— Sim, mas ele era um ótimo alvo para nossas brincadeiras, não era?

Sig olha para mim da sua imponente altura de 2 metros e sorri.

— Com certeza! Lembra quando colocámos laxante nos brownies de aniversário dele?

Dou gargalhadas ao lembrar disso.

— Ele não pôde sair de casa por dois dias. Achei que nunca iria sair do banheiro.

— Bons tempos — comenta Sig, bebendo lentamente o seu café, enquanto olha, com ar saudoso, pela janela da cozinha. — Bons tempos.

E foram mesmo. Sempre houve bons tempos, até entre os maus momentos. Normalmente é assim. Só precisamos esperar que eles aconteçam.

****

Deixo a escuridão da noite para trás no momento em que entro no estúdio. A primeira coisa que chama minha atenção quando abro a porta do Ink Stain é a música. É uma antiga, que eu já tinha ouvido, chamada "Still Remains", da banda Stone Temple Pilots. A música remete a algo íntimo e... sexy. Não sei dizer se alguma vez eu a interpretei dessa forma. Mas agora é essa a imagem que ela me passa. Esta noite, sinto essa música vibrar, *ressonar* em algum lugar, bem dentro de mim.

A recepção está vazia, como na noite anterior. Então vou até o balcão para tocar a campainha, exatamente como fiz ontem. Só que desta vez não chego a fazer isso. Hemi aparece na entrada da saleta. Ele está vestindo roupas confortáveis: camiseta e calças pretas, e botas pretas feias. Parece perigoso. E delicioso.

Quando ele sorri para mim, meu coração pula uma ou duas batidas antes de corrigir o ritmo.

— Seja bem-vinda de volta — diz Hemi com um sorriso, antes de dar uma olhada por cima do meu ombro. — Está sozinha?

— Sim.

— Seu timing é perfeito. Eu estava realmente entediado.

— Noite fraca?

— É, e isso é bem incomum — explica ele, fazendo um aceno com a cabeça para que eu o siga. Eu o acompanho.

Na sala dos fundos, todas as luzes, exceto aquelas sobre a cadeira que Hemi utiliza, estão apagadas. O ambiente parece mais íntimo dessa forma, e o fato de estarmos sozinhos acentua essa percepção.

— E *você* está sozinho? — pergunto.

— Sim. Todo mundo já foi.

— Eu poderia ter vindo mais cedo. Você não precisava ficar até tarde só para me atender.

Quando ele agendou a sessão, imaginei que fosse mais conveniente para ele, ou por ser o único horário livre.

Então ele se vira para olhar para mim, mostrando a cadeira plana na qual vou me sentar.

— Prefiro trabalhar à noite. O mundo parece mais tranquilo. Talvez não faça sentido para você, mas é como se eu pudesse *sentir* melhor a minha obra de arte. Como se eu me perdesse nela. Principalmente quando faço algo à mão livre, como estou fazendo em você.

— Para falar a verdade, eu entendo perfeitamente — admito, me dirigindo rapidamente até a cadeira de tatuagem. — Eu estudo artes plásticas, então sei muito bem como você se sente.

Ele sorri e, por um segundo, é como se minha alma se conectasse com a dele, de uma forma que transcende as palavras. Eu diria que só um artista entenderia o que ele quer dizer. E eu entendo. Completamente. Para mim, desenhar ou fazer um esboço é a combinação perfeita de escapismo e terapia. Absorve a pessoa. É catártico. Eu me pergunto de que cicatrizes ele precisa escapar, que feridas precisa curar.

— Vou pedir para que você fique de bruços novamente. Farei algumas borboletas e depois quero que fique de lado para que eu possa fazer o restante. Mas preciso te alertar: isto dói mais quando se faz sobre o osso; portanto, as tatuagens nas suas costelas não irão ser muito confortáveis para você.

Eu aceno com a cabeça.

— Tudo bem. Entendi.

— Ainda vale a pena?

Eu aceno novamente. As borboletas significam mais do que eu já disse a qualquer pessoa. Portanto, posso dizer honestamente que a dor vale a pena para mim.

— Sim — respondo.

Os olhos de Hemi investigam profundamente os meus, como se ele tentasse ver onde as borboletas vivem, onde nasceram e as experiências que tiveram. Após alguns segundos, ele diz simplesmente, de forma enigmática:

— As coisas importantes sempre valem a pena.

Eu me deito de bruços, cruzando os braços sob a cabeça e descansando o queixo no ombro, para poder olhá-lo enquanto ele trabalha. Eu o vejo pegar o cós da minha calça, como fez ontem à noite. Ele sorri e olha para mim.

— Escolha inteligente — elogia, colocando o dedo por dentro da banda elástica da minha calça de ioga. — Você já sabe o que tem que fazer: quadril para cima.

Então levanto o quadril e ele abaixa minha calça e minha calcinha. Em seguida, suavemente, como as asas das borboletas que ele fez no meu corpo, seus dedos deslizam sobre a primeira etapa da tatuagem. Um arrepio se estende por meu estômago e pela parte inferior das minhas costas.

Ele faz um gesto afirmativo com a cabeça.

— Ficou bom. Que tal mais algumas?

Eu repito seu gesto afirmativo.

— Estou pronta.

Então respiro fundo ao ouvir o zumbido do motorzinho quando ele liga o aparelho.

QUATRO

Hemi

O contato das minhas mãos com a pele desta garota não ajuda em nada a minha concentração. O modo como seu corpo responde — como se ela reagisse ao meu mais leve toque — e como ela me olha, parecendo desejar que eu fizesse muito mais, está acabando com a minha tranquilidade; tranquilidade de que eu *preciso*, principalmente quando estou fazendo um trabalho à mão livre.

No entanto, acho que é algo nos seus olhos o que mais me incomoda, algo na tristeza que parece estar sempre neles, e isso me faz suspeitar que ela esconde *mágoas que só alguém como eu consegue ver*. Alguém que entende, alguém que já passou por coisas parecidas. Mas o que uma garota como esta, tão jovem, tão inocente, poderia saber sobre tragédias?

— Quer dizer que você está estudando artes — digo de forma aleatória, buscando qualquer coisa que me impeça de ficar muito concentrado no contato com o seu corpo.

— Sim.

— Universidade estadual?

Ela responde acenando a cabeça.

— A Universidade da Geórgia tem um excelente programa de artes.

— Legal. O que quer fazer quando se formar?

Ela dá um suspiro quando estou pintando uma asa de borboleta na sua pele de porcelana.

— Realmente não sei.

Eu olho para ela. Parece que algo a incomodou em relação a isso.

— Eu sei que *deveria* saber exatamente o que quero fazer, mas só sei que quero desenhar. Criar algo belo que durará para sempre.

— Não há nada de errado nisso.

— Há algo de errado quando se precisa ganhar a vida fazendo isso.

— Ei, olhe para mim — digo, erguendo a pistola para tatuar. — Eu ganho a vida muito bem fazendo o que gosto, que *é* basicamente desenhar. A tela é só um pouco diferente da usada em sala de aula.

Vejo a sua testa se franzir enquanto ela me observa.

— Nunca pensei nisso dessa forma.

— A maioria das pessoas *não* pensa dessa forma — acrescento, pensando especificamente no meu pai.

— Como começou a fazer isso? Quer dizer, era isso o que você *queria* fazer?

— Não especificamente. Eu hesitei durante algum tempo, como a maioria das pessoas, eu acho. Então, há alguns anos, conheci uma pessoa. Eu fui fazer uma tatuagem. Como você, eu tinha feito o esboço do que queria. Ela admirou o meu trabalho e me perguntou se eu cogitaria fazer outros esboços. Depois disso, ela meio que me acolheu e me mostrou o caminho das pedras. Não precisei de muito tempo para perceber que adorava aquilo. E é o que tenho feito desde então.

Por que você está contando para esta garota a história da sua vida? Isto é mais do que você contou a qualquer pessoa, desde que se mudou para cá.

Faço um esforço consciente para conter esse impulso. Normalmente não falo muito sobre mim. Alguém poderia descobrir quem eu sou. E não posso deixar isto acontecer.

— Era uma mulher?

— Sim.

— E existem tatuadoras mulheres?

— Claro. Afinal de contas estamos nos Estados Unidos, certo? Oportunidades iguais e tudo mais.

— Não foi… quer dizer, eu… não foi isso que quis dizer.

Eu acho graça da sua justificativa titubeante.

— Sim, existem tatuadoras mulheres. Algumas muito boas, por sinal.

— *É difícil* de aprender?

— Não. A técnica é algo que se desenvolve com o tempo. A parte da arte é a mais difícil. Há algumas coisas que não se pode ensinar, que realmente não se pode aprender. Pelo menos não muito bem. Ou a pessoa tem o dom ou *não* tem. O resto pode-se buscar com o tempo.

— Então a parte real da tatuagem pode-se aprender...

— Claro.

— ... desde que o trabalho de arte seja bom o bastante?

— Isso mesmo.

Eu *não* estava percebendo o que ela estava sugerindo, até ela ser mais clara.

— Você disse que o meu desenho era bom. Será que alguém como você poderia me ensinar o resto?

Minha cabeça se ergue rapidamente e eu mergulho em seus olhos profundos, comoventes e *esperançosos*.

— Alguém *como* eu, claro.

— Mas não você *especificamente*?

— Não.

— Por que não? Você é muito bom nisso.

— Mas não ensino ninguém.

— Já tentou alguma vez?

— Não. Nunca quis.

— Mas você...

— E ainda não quero.

— Ah — diz ela sem graça.

Faço o contorno de mais uma borboleta, desenhando mais perto da base de sua blusa. Estou salivando só de pensar em ensiná-la a tatuar, de pensar no que poderia resultar de tal contato próximo e frequente. Não há dúvida de que eu gostaria de explorar cada centímetro deste corpinho firme. Duas ou três vezes. Se eu ainda fosse o babaca egoísta que costumava ser, faria exatamente isso, sem me importar com as consequências. Mas não sou mais assim. Agora sou sensato, e essa parte de mim tem consciência de que seria um erro. Não preciso de nenhuma distração no momento. Eu tenho uma missão, e ir para cama com uma garota como essa não é uma delas.

Caímos no silêncio, e o zumbido da agulha parece mais barulhento do que nunca.

CINCO

Sloane

Permaneço imóvel e quieta, enquanto Hemi faz os contornos das borboletas ao longo da curva da minha cintura. Depois ele voltará ao sombreamento. Realmente não sei o que dizer agora. Eu me sinto um pouco desconfortável, um pouco aborrecida por sua reação. Pareceu indiferente. Bem próximo da rejeição.

Enquanto ele trabalha, tento pensar em coisas positivas, lembrando que a vida é curta e que, na maioria dos casos (como este, por exemplo), o lance é agora ou nunca. A única coisa que eu poderia fazer era perguntar. E foi o que eu fiz. Agora, posso ir em frente.

Mas quanto mais tempo fico aqui e penso nisso, mais lamento que Hemi não tenha concordado. Eu adoraria ter a oportunidade de aprender a colocar a minha arte sobre a pele, de gravá-la para sempre no corpo de alguém, em sua alma.

Ouço o zumbido da pistola parar e olho para Hemi.

— Você vai precisar levantar a blusa um pouco mais e virar de lado.

Ele é bem objetivo e prático, o que é bom. Eu não gostaria que fosse diferente. Seria humilhante, como se eu tivesse oferecido algo *a mais* e tivesse sido descartada. Isso me faz pensar em tudo que eu *gostaria* de oferecer a ele, mas seria arriscado demais. Ousado demais. Imprudente demais.

Mas a vida é curta, lembra uma voz tranquila em algum lugar distante, dentro de mim.

Fico arrepiada ao pensar em como uma cena assim poderia acabar, principalmente se Hemi concordasse com a minha oferta...

— Está com frio? — pergunta ele, interrompendo meus pensamentos.

Quando me viro para ele, nossos olhos se encontram.

— Não, por quê?

— Você está arrepiada — observa, acariciando meu corpo com o calor da sua mão, fazendo minha pele arrepiar ainda mais.

Ele mantém o olhar fixo em mim, enquanto desliza a mão para a frente e para trás, como se quisesse testar a temperatura da minha pele. Mas eu disse que não estava com frio. Então, por que ele está fazendo isso? Por que está me tocando desse jeito?

Não consigo deixar de me perguntar o que ele poderia estar pensando, por trás daqueles olhos azul-escuros.

Ignorando sua observação, pergunto:

— Para que lado eu viro?

Ele não desvia o olhar e não afasta a mão quando responde.

— De frente para mim.

Rolo então para o lado esquerdo, ficando de frente para Hemi. Quando me acomodo confortavelmente, ele abaixa a mesa mais um pouco, deixando a lateral do meu corpo na altura ideal para ele trabalhar.

— Chegue um pouco mais perto.

Eu me aproximo, perto o bastante para sentir seu calor na parte da minha barriga que está desnuda. Tomara que a minha pele não reaja, não fique arrepiada.

— Está bom assim? — pergunto, subitamente sem fôlego por estar tão perto dele. A situação não ajuda em nada: ele próximo de mim, o estúdio vazio, a iluminação fraca à nossa volta, meia-noite pairando além das paredes.

Hemi se inclina, como se checasse o conforto e sua capacidade de trabalhar nessa posição, antes de concordar.

— Sim, perfeito. Agora, levante a blusa.

Faço o que ele pede, puxando a blusa ao longo das costelas e expondo a área onde ele vai desenhar. Permaneço imóvel, esperando;

esperando que ele me toque. Incapaz de me conter, dou um suspiro, quando sinto suas mãos em mim novamente. O calor inunda meu corpo, da cabeça aos pés.

— Até que ponto você quer ir? — questiona ele com uma voz rouca.

Meus olhos voam em direção aos seus. Ele está me fitando, sem a menor sombra de gracejo na expressão.

— Como assim?

— Até onde você quer que eu vá? Até a lateral? Onde quer que eu pare?

Meu pulso está acelerado, e tento ao máximo trazer minha mente de volta ao presente, à situação, tirando-a da sarjeta.

— Huum, talvez até aqui — digo, apontando para o local onde acho que será suficiente, na lateral do meu corpo, perto da axila.

— Você precisa abrir o sutiã para que eu possa alcançar debaixo da alça.

Sinto o sangue correr ao rosto e torço para que ele não pense que era isso o que eu estava sugerindo; que estou dando em cima dele ou algo assim.

— Ah, tudo bem. Pode parar antes então.

— Só quero que fique satisfeita — responde ele, seguindo com o jogo de palavras que não sei se ele percebe.

Ou percebe?

— Vou ficar satisfeita de qualquer jeito.

— Acho que ficaria legal se as borboletas subissem mais. Mas é só uma opinião. Você é quem decide. Se não se sente confortável...

Estaria ele propondo um desafio com sua voz, com seus olhos? Ele apenas me fita. Não há mudança em sua expressão... Entretanto, há uma discreta sugestão pairando entre nós, como a água agitada de um rio. Pelo menos eu acho. Mas não posso afirmar que é *real* e não algo imaginado.

— Não é isso — começo a explicar.

— Que bom — responde ele, com um sorriso. — Não precisa tirá-lo, basta abrir para que eu possa levantá-lo um pouco.

Minha respiração é superficial quando me apoio no cotovelo e abro o sutiã.

Ainda bem que eu não estava usando um daqueles com abertura na frente!

O sutiã se afrouxa e eu volto à posição anterior, curvando os braços e cruzando as mãos sob o rosto, enquanto me aproximo de Hemi novamente.

Ele arrasta a cadeira na minha direção e, sem nem uma palavra, pousa o braço em mim, ligando a pistola para desenhar outra série de lindas borboletas.

Posicionada da forma que estou, não consigo olhar em outra direção, o que para mim não é problema. Seus olhos estão concentrados; sua testa, ligeiramente franzida. A ponta de sua língua está entre os dentes, quase invisível na borda dos lábios esculpidos. Eu me pergunto como seria aquele sabor — da língua e do interior de sua boca.

— Está se sentindo bem? — pergunta, sem desviar o olhar do desenho.

— Tudo certo.

— Quanto mais eu me aproximar das suas costelas, mais vai arder.

— Eu sei. Estou preparada. Vai valer a pena.

Desta vez, Hemi *realmente* olha para mim. Ele me observa curiosamente durante alguns segundos. Seus lábios se movem, como se ele fosse dizer algo, mas ele muda de ideia e volta a atenção para sua tarefa.

— Ótimo — responde finalmente. — Quando quiser parar é só avisar.

Eu o observo enquanto ele trabalha. Olho seu rosto, o jeito competente como sua mão se mantém firme, a maneira controlada com que segura a pistola. Observo o movimento sutil do músculo sob a pele do seu antebraço. Aprecio a forma como a luz reflete em seu cabelo castanho-escuro brilhante. Adoro o modo como as pontas se ondulam nas partes mais longas. Acho que se Hemi não mantivesse o cabelo curto, ele seria ondulado. Fico só imaginando como seria passar os dedos entre os fios, sentindo a textura na palma da minha mão.

Hemi trabalha na lateral do meu corpo, desenhando uma lenta faixa de borboletas que sobe de forma sinuosa em direção à minha axila. Quando chega na altura da alça do sutiã, ele desliza os dedos por baixo e a levanta, para tirá-la do caminho.

Em seguida, desenha uma borboleta bem na base do sutiã e avança, mais perto da parte de baixo do meu peito, para fazer mais uma. Sinto meus mamilos se enrijecerem em resposta ao contato com sua mão, no momento em que ele afasta o tecido. Então fecho os olhos e tento me concentrar em outra coisa. Penso na picada dolorosa da agulha penetrando a minha pele, deixando apenas o belo colorido da tatuagem.

Então as picadas param, e eu abro os olhos, confusa. Hemi está olhando para mim. Imóvel. Não mexe um músculo sequer. Apenas olha para mim. Durante alguns segundos, não existe nada além dele — a expressão em seus olhos, a quentura do seu toque descansando sobre a minha pele, o modo como meu peito anseia que ele deslize a mão só meio centímetro para cima.

Após pelo menos um minuto desconcertante olhando para mim sem dizer uma palavra, Hemi finalmente fala, e me surpreende:

— Talvez seja melhor dar uma parada e terminar depois. — Eu o vejo olhar para um ponto acima da minha cabeça. — Já estamos aqui há quase duas horas. É muito tempo para ficar sendo espetada.

Eu fico chocada. Parece que só fazia alguns minutos. Ou uma vida inteira. Não sei qual dos dois. Mais ou menos como eu me sinto em relação a Hemi. Por um lado, ele é um total estranho que me causa um friozinho na barriga toda vez que olha para mim. Mas por outro, é como se eu o conhecesse. Como se tivéssemos uma... conexão. Mas não da forma que se poderia pensar. Sinto como se estivesse rolando um cabo de guerra. Entre nós, bem como dentro de nós. Eu sou a garota protegida tentando se libertar e realmente *viver* pela primeira vez. Estou lutando para deixar de lado o medo, o comedimento e a hesitação para poder aproveitar o momento.

Mas Hemi não.

Tenho a impressão de que ele viveu assim por muito tempo, que aproveitou todos os momentos da vida até que algo aconteceu e o fez parar. Parar e se ligar. E diminuir o ritmo. E se distanciar.

Posso estar completamente errada. Mas, se não estiver, como duas pessoas assim se encontram? Se é que se encontram? Será que isso é possível?

Talvez eu esteja dando muita importância a algo que é simplesmente passageiro. Quer dizer, ele só está fazendo uma tatuagem. Não pediu que eu fosse morar com ele, caramba.

Ainda assim...

Eu sei que é loucura desejar que a noite não acabe. Estou disposta a suportar tamanho desconforto só para ficar aqui mais um pouco.

Você é patética. E desesperada.

Mas a outra voz dentro de mim fala novamente, me fazendo lembrar que não há momento melhor. Não existe a promessa de um amanhã. O que existe é o hoje. Agora. Nada mais.

A mão de Hemi sobre minhas costelas, me balançando suavemente para a frente e para trás, me tira do meu devaneio. Não sei quanto tempo fiquei olhando para ele, pensando, sem dizer nada, mas acho que foi um longo tempo. Então aceno a cabeça e sorrio, antes de me sentar, com o braço sobre o peito.

— Ah, desculpe — diz ele, girando a cadeira e ficando de costas para mim, para guardar o equipamento e me dar um pouco de privacidade.

Com os olhos grudados em seus ombros largos, eu ajeito o sutiã e fecho o colchete. Em seguida, ajeito a blusa e pego a calça, puxando-a até a cintura.

Hemi se levanta para jogar algo no lixo. Quando se vira para mim, nossos olhos se encontram. Este é o momento em que o impulso toma conta de mim. Bate em mim como uma rajada de vento, a 150 quilômetros por hora, roubando minha respiração e fazendo meu coração bater tão rápido que sou capaz de ouvi-lo. E, pela primeira vez na vida, deixo de refletir. Não penso muito. Para falar a verdade, não penso em nada. Antes que possa mudar de ideia, empurro a mesa e caminho na direção dele, que não se move nem recua, apenas permanece confiante e absolutamente imóvel, me observando. Eu me pergunto se ele sabe o que estou pensando, como estou me sentindo. O que estou prestes a fazer. E me pergunto se ele irá me impedir.

Mas não penso muito sobre isso também. Se pensar, não terei coragem para ir em frente. E não posso me permitir não ter mais coragem na vida.

Dou outro passo na direção dele, movida pela audácia de fazer só isso, apenas beijá-lo. Mas Hemi me surpreende quando *ele* toma a iniciativa que irá nos aproximar o bastante para um contato físico.

Está tão perto de mim que meu peito quase roça o dele, a cada respiração minha. Chego apenas um pouco mais perto, desejando o contato. Com ele. Um perfeito estranho.

— Sloane — sussurra, o som do meu nome em seus lábios traz arrepio para os meus braços novamente. Ele ergue a mão para jogar meu cabelo para trás, sobre o ombro. E mantém os dedos por um tempo no meu pescoço antes de retirá-los.

— Hemi — suspiro, derretendo sob o calor de seus olhos. Eu sabia que havia algo entre nós. Bem, eu esperava isso. Esperava não estar imaginando coisas. Mas agora sei que não estava. Está bem na minha frente, me encarando por trás de seus olhos profundos, semicerrados. De forma explícita e imperturbável, ele me quer. E eu o quero também.

— Você tem que sair por aquela porta e nunca mais voltar.

Meu coração para. De todas as coisas que eu pensei que ele poderia dizer, aquilo não passou pela minha cabeça.

— O quê? — pergunto com a voz trêmula, insegura.

— Você tem que ir embora. E não olhe para trás.

Eu me esforço para me recuperar.

— Mas... mas e o resto da tatuagem?

— Não estou falando da tatuagem, e você sabe disso.

— Então do quê está *falando*? — insisto, me fazendo de boba para salvar o que restou do meu orgulho despedaçado.

— Estou falando de você. E de mim. Isto. Nós.

— *Não existe* essa coisa de nós.

— Vai existir daqui a uns trinta segundos, se você não der o fora daqui.

— E se eu não quiser?

Estou confusa. Estaria ele dizendo que me deseja? Ou que quer que eu vá embora?

— Não estou pedindo.

— Por quê?

— Como assim por quê?

— Por que você quer que eu vá embora?

— Porque homens como eu mudam garotas como você.

— Garotas como eu?

— Garotas inocentes.

— E se eu não for tão inocente assim?

Seus lábios se curvam num sorriso irônico.

— Você é exatamente tão inocente assim. Posso praticamente sentir o cheiro da inocência em você. Delicada, pura, imaculada. E, para falar a verdade, nada me deixaria mais feliz do que provar isso na ponta da minha língua.

— Então o que te impede?

Eu percebo que ele luta contra... contra alguma coisa.

— Não tenho tempo para me envolver nem intenção de arruinar a vida de outra pessoa.

— O que te faz pensar que arruinaria a minha vida?

— Ah, acredite em mim. Isso iria acontecer.

— Mas...

— Mas nada. Essa noite eu serei o cara bacana que você precisa que eu seja. Quer você queira ou não. Estou pedindo que vá embora, Sloane. Mas juro, *juro*, que se por acaso você aparecer na minha porta novamente eu não a deixarei ir embora.

Estou dividida entre a alegria inebriante e a rejeição cruel.

— Hemi...

— Vá embora, garota — sussurra ele. — Vá, antes que eu mude de ideia.

SEIS

Hemi

Um zumbido ininterrupto me acorda. Eu viro o braço na direção do som e ouço o barulho do telefone caindo no chão. Com os olhos embaçados, me debruço do lado da cama para olhar. Tenho que pestanejar três vezes antes de conseguir focar na tela acesa do aparelho. Então percebo duas coisas. Primeiro: são só quinze para as onze. É cedo demais para receber um telefonema. Todo mundo que tem o meu número sabe que eu trabalho à noite e durmo até tarde. Segundo: é meu irmão mais velho, Reese. Sem dúvida querendo novidades.

Xingo baixinho quando minha cabeça lateja no instante em que me debruço na cama para alcançar o aparelho. Em seguida, me viro rapidamente, colocando a mão sobre os olhos, enquanto deslizo o polegar na tela para atender a chamada.

— O que foi?

— Ainda está na cama?

— Sim, cacete. Ainda estou na cama. Você sabe que só chego depois das três quase toda noite.

— Já dormiu mais de sete horas, sua bicha. Você vai ficar bem.

— Não fui dormir logo que cheguei, seu babaca.

— Caraca, você está mal-humorado. Deve ter bebido.

Reese sempre reclama que fico irritado quando bebo. Talvez tenha razão. Tenho vontade de dar um murro na parede.

— O que você quer? — pergunto, ignorando seu comentário. Para sua sorte, ele deixa passar.

— Só queria saber como andam as... coisas.

— As coisas estão ótimas. Nenhuma mudança.

— Chegou *um pouco* mais perto?

— Você fala como se fosse fácil chegar perto dessas pessoas, quando na verdade é tudo, *menos* fácil. Elas são naturalmente desconfiadas. Pelo que fazem, e por serem quem são.

— E com certeza *você* não inspira nenhuma confiança, não passa a imagem de um cara inofensivo.

— O que você quer dizer com isso?

— Você faz tatuagem. Aos olhos de algumas pessoas é quase um criminoso.

— Ah, que bom — digo em tom irônico. — Isso parece familiar.

— Não disse que *eu* penso dessa forma, só que algumas pessoas pensam.

— Bem, então algumas pessoas que se fodam.

— Olhe, eu não telefonei para brigar. Apenas... apenas me mantenha informado.

— Pode deixar — respondo com os dentes cerrados.

— E vê se para de beber.

— Vá se ferrar, idiota — murmuro antes de desligar.

Então estico o braço o bastante para clicar no botão desligar. Tenho certeza de que assim que estiver sóbrio vou me sentir péssimo por causa desta conversa, mas agora não estou nada bem.

Reese é um cara legal e eu o amo. Na verdade, nós nos damos muito bem. Normalmente. Nossa relação só tem andado um pouco tensa desde que me mudei para Atlanta. Todos temos andado sob muita pressão e estresse. Perder Ollie mudou tudo.

Já cansado dos meus pensamentos, me sento na cama rapidamente. Rápido demais. Minha cabeça gira e lateja. Então coloco as mãos nas têmporas e as pressiono, tentando fazer a sensação parar.

— Que droga, Sloane — murmuro no vazio do meu quarto.

Eu a culpo. Cem por cento. O que ela estava pensando quando entrou no meu estúdio, com aquele ar todo meigo e inocente?

Mas eu sei que não é isso. O meigo e inocente eu posso lidar. Isto nunca me atraiu. É o meigo e inocente *combinados* com aquela sexualidade inata que ela tem que me seduz. E muito. Há um leve brilho em seu olhar que diz que ela quer que eu seja mau, em vez de bonzinho. E, nossa, como eu poderia ser mau. Poderia ser mau como ela jamais sonhou.

Mas uma garota como ela merece o bonzinho, também. E o mau é tudo que tenho. É tudo no qual estou interessado. Principalmente agora, o que significa que tenho de ficar longe dela. Tenho de negar a mim mesmo o prazer de tê-la. E não estou acostumado a me negar *nada* que quero. Inclusive mulheres.

Sloane deve ser a primeira.

E isso me irrita ainda mais do que imaginei.

Então, ignoro a sensação de ainda estar bêbado, me levanto e vou para o chuveiro. Para um banho *gelado*.

SETE

Sloane

A única coisa boa que me vem à mente quando abro os olhos é que hoje é quinta-feira, ou seja, amanhã é sexta. O que significa que não tenho aula. O que significa que posso dormir.

Então me viro e olho o relógio. Faltam três minutos para o alarme tocar. É o quarto dia que acordo antes de o zumbido chato soar. E é o 14º dia que acordo pensando em Hemi.

Não o vejo nem falo com ele há três sábados. Desde que ele me mandou ir embora. E eu fui. Apesar de não querer. Eu queria ficar, explorar o que vi em seus olhos, sentir seu toque. Explorar todas as coisas que ele insinuou, mas não disse.

Mas não fiz isso. Eu fui embora. E agora acordo todos os dias arrependida da minha decisão.

Então afasto as cobertas e vou para o chuveiro.

Menos de uma hora depois, estou no banco do carona da caminhonete de Sarah.

— Caramba, não dava pra comprar nada com pneus menores? — reclamo ao me esforçar para entrar no carro.

— Sou uma garota do campo. E isso é o que nós, garotas do campo, fazemos.

— Eu também sou do campo e não tenho uma caminhonete enorme.

— Isso porque seu pai não acha apropriado uma lady dirigir um caminhonete.

Ela então passa a primeira e arranca, para longe do meio-fio. Sarah acertou na mosca. É exatamente isso que meu pai pensa.

— Como se ele soubesse. No máximo deve ter pesquisado no Google como ser uma lady quando a mamãe morreu e anotou coisas aleatórias de cada artigo que encontrou e me empurrou tudo isso goela abaixo.

Sarah vira a cabeça de cabelos loiros e encaracolados e aperta os olhos azuis, delineados de preto, para mim.

— Talvez você esteja certa, mas ainda assim ele fez um bom trabalho. Você é uma lady, com certeza.

— Talvez eu esteja cansada de ser uma lady.

Ela sorri.

— É disso que estou falando!

Eu dou uma risada.

— Acho que você está curtindo a minha rebeldia mais que eu.

— Ah, com certeza. Finalmente... *finalmente* vamos viver um pouco.

— Você poderia estar vivendo todo este tempo.

— E deixar a minha melhor amiga para trás? De jeito nenhum.

— É tudo conversa. Você não iria fazer *nada* antes que eu fizesse.

— Não mesmo.

— Pois é.

— Ei, não sou eu que sou a virgem.

— Não, mas eu não vi *você* fazer nenhuma tatuagem.

— Essa não é a minha ideia de perigo. Além disso, olhe no que deu.

— Como assim? Por enquanto não deu em nada. Só não decidi o que vou fazer.

— Decidiu sim. Só não admite.

— Não admito o quê?

— Que é covarde demais para voltar lá e fazer um teste com ele.

— Não sou covarde demais. Só estou dando um tempo.

— Tempo para quê? Fermentar? Isso é sexo, não vinho, Sloane.

— Eu sei, mas...

— Mas nada. O que aconteceu com toda aquela ideia de "abrir as asas" e "curtir o dia" e "nenhum arrependimento"?

— Não aconteceu nada. É só que... Quer dizer, ele pediu para eu ir embora. Não é fácil voltar depois de algo assim.

— Olhe, você é linda, inteligente, engraçada à beça e tem um peito de dar inveja. Como não amar você? Confie em mim. Basta abrir esse sorriso e o cara vai ficar de joelhos.

— Sem querer ofender, mas não acho que isso vai funcionar com ele. Quer dizer, ele não é como os outros caras daqui.

— Ele é homem. Ele pensa com o pau. Enquanto você tiver isso em mente, vai ficar numa boa.

— Você deveria gravar isso em uma caneca.

— Eu sei. Sou como um Confúcio moderno.

— Como se Confúcio fosse cheio da sabedoria casual envolvendo pênis.

— Como sabe que ele não era?

— Ótimo argumento.

— Agora pare de mudar de assunto. Quando você vai voltar lá e fazer com que ele termine o serviço? E depois fazê-lo "terminar o serviço em você"? — bufa Sarah, após soltar seu trocadilho. Eu faço um gesto negativo com a cabeça, mas não consigo esconder o sorriso.

— Não sei, mas vou. — Em seguida, me viro para olhar pela janela, antes de perguntar: — Por que você está tão interessada na minha virgindade?

— Vai contra a natureza de uma garota chegar à idade madura de 21 anos e continuar sendo virgem. Algo assim poderia interromper a sequência espaço-temporal. Quando a gente se dá conta, há terremotos em todos os lugares, vulcões desaparecem, homens das cavernas surgem em bares.

— Isso não é *O elo perdido*, Sarah.

— Mas poderia ser. Só estou fazendo a minha parte, para o bem da humanidade.

— Caraca, eu nunca pensei que o status do meu hímen poderia ser de interesse mundial.

— Eu sei. Tão inocente. Tão sem noção. Por isso estou aqui, criança — diz ela, pacificamente. — Eu serei sua guia.

— Isso não pode ser bom. Você se perde no estacionamento do mercado.

— Ei! Isso aconteceu só uma vez.

— E foi o suficiente.

— Quieta, vadia!

— Sem chance, piranha.

E então damos uma gargalhada, conscientes do nível de intimidade que há entre nós duas.

****

Estou impaciente. Sabia que isso iria acontecer. Tenho me sentido assim todas as noites, desde a última vez que vi Hemi. Eu perguntei à Sarah se ela queria fazer alguma coisa esta noite, mas ela já havia feito planos com o namorado, Todd, com quem vive terminando e voltando. E, por mais patético que seja, meus planos basicamente se resumem a *ela*. Quando ela tem alguma coisa para fazer, eu fico em casa. Normalmente desenho. Ou leio. Mas, por alguma razão, nenhuma dessas atividades está me animando hoje.

Não se trata de alguma "razão" casual ou misteriosa. Eu sei *exatamente* qual é a razão. Ou melhor, *quem* é a razão.

Hemi.

Quero voltar, mas algo me impede. Talvez eu estivesse secretamente esperando que ele me ligasse, que mudasse de ideia e me procurasse. Toda mulher quer ser procurada, certo? Certo. E o número do meu telefone está no termo de autorização. Mas ele não telefonou, não me procurou. Ele deixou a posição dele bem clara e está mantendo o que disse.

Talvez eu devesse fazer o mesmo.

Pela milésima vez, olho para o relógio na mesinha de cabeceira. Então pulo da cama e tiro a roupa de ficar em casa.

— É isso — digo ao silêncio no meu quarto. — Não vou ficar aqui pensando nele mais uma noite. — Dez minutos depois, estou vestida com uma calça jeans e uma camiseta com BULLDOG escrito, dentro do carro, a caminho do Cuff's. Há muitos modos de se viver, e eu tenho muitas coisas a provar. Esta noite meu foco será minha família teimosa. Talvez se eu fizer algum progresso nesse departamento, minha confiança ganhe o estímulo que precisa para me levar de volta a Hemi.

Quando chego no bar que meus irmãos frequentam há vários anos, minha primeira reação não chega a ser chocante. Não me impressiono. É apenas um bar barulhento, lotado, como qualquer outro. Só que este, eu sei, é frequentado por policiais locais.

Se eu não soubesse disso, nunca adivinharia. Ninguém está usando uniforme. Olhando ao redor, só vejo um bando de rapazes com roupas normais, bebendo, rindo e dando tapas nas costas um do outro.

Uma coisa que *realmente* noto é a falta gritante de mulheres. Quer dizer, há algumas aqui e ali, mas não se parece com outros lugares onde a proporção é mais ostensivamente feminina. Pelo menos na TV parece assim. Não, este parece mais um bar gay com algumas barbas aqui e ali para compor o cenário.

Dou uma olhada nas centenas de rostos, procurando um que seja familiar. Considerando seus horários irregulares e a necessidade de relaxar após um longo turno, imagino que pelo menos um dos meus irmãos esteja aqui. Talvez até meu pai, também.

E não estou errada.

Perto das mesas de sinuca, vejo surgir uma cabeleira loiro-escura. Reconheço Steven imediatamente. Ele é pelo menos 5 centímetros mais alto que todos os outros à sua volta. Não é tão alto quanto Sig e papai, mas é um cara grandão com seus 1,90m. Fica fácil encontrá-lo em uma multidão, tanto por essa característica quanto por seu cabelo naturalmente loiro-escuro com algumas mechas mais claras. Ninguém sabe de onde ele herdou o cabelo claro. Minha mãe dizia que a cor escura que faltava à sua cabeça havia ido direto para seus olhos. Diferente do restante da família, que possui olhos castanho-escuros, os de Steven são quase pretos. Da cor do ônix. Como policial, isso lhe dá uma vantagem. Ele pode ser bem intimidador quando direciona o olhar a alguém, principalmente se estiver triste.

É quase o suficiente para *me* assustar, e eu sei que ele nunca me machucaria. Fico só imaginando como os criminosos devem se sentir.

Eu me viro em direção ao bar, passo entre dois homens e espero para ser atendida.

Quando o barman atarracado me vê, se arrasta na minha direção e pede com sua voz mal-humorada:

— Identidade.

Orgulhosa, pego a carteira de motorista e mostro a ele. Ele a examina atentamente, olha para mim e verifica o documento mais uma vez. Em um bar de policiais, é claro que ele precisa ser mais do que cuidadoso. Finalmente, ele acena com a cabeça.

— O que vai querer?

Peço um rum com Coca-Cola (uma das poucas bebidas que sei *como* pedir). Ele assente mais uma vez e se afasta, com o passo arrastado. Eu sorrio. Aquilo me fez sentir bem. Muito madura. Muito independente. Em toda a minha vida, só bebi uma ou duas cervejas. Meu pai sempre se assegurou de que eu nunca tivesse chance de fazer nada rebelde. Ou de quebrar as regras. Mas agora sou maior de idade. E ninguém pode me impedir. Nem mesmo meu pai. Nem meus irmãos. E eu estou aqui justamente para mostrar-lhes isto.

Alguns minutos depois, o barman desliza a minha bebida sobre o balcão. Eu entrego a ele uma nota de 10 dólares, casualmente, como se tivesse feito aquilo um milhão de vezes. Ele olha para a nota e eu me pergunto se cometi algum erro. Imaginei que seguramente aquilo seria o bastante para a bebida e uma gorjeta. Mas talvez eu estivesse enganada.

— Quer o troco?

Por dentro, suspiro aliviada.

— Não, pode ficar.

Ele dá um grunhido e eu pego a bebida, antes de me espremer para passar de volta entre os dois homens.

Agora vamos para a parte difícil...

Eu endireito os ombros, respiro fundo e me dirijo às mesas de sinuca. Antes de chegar lá, sinto o toque da mão enorme no meu ombro.

— O que você está fazendo aqui?

Ao me virar, dou de cara com Sig com um olhar furioso para mim. Ele deve ter acabado de chegar, já que seu parceiro estava bem atrás dele. Então abro meu maior sorriso.

— Oi, Urso!

— Oi, Sloane — responde ele em sua voz suave. Urso é só um pouco mais alto do que eu, com seu cabelo castanho-claro e seus grandes olhos azuis. Ele parece muito simples. Só de olhar para ele ou ouvi-lo, ninguém jamais pensaria que é um cara tão agressivo, mas é. Segundo meus irmãos, ele tem o quarto grau de faixa preta e um temperamento asqueroso, de onde vem o apelido "Urso", do ditado "não cutuque o urso...".

Sig me pega pelo cotovelo e me leva para uma cabine vazia. Ele me empurra levemente, tentando me fazer sentar. Eu resisto, firmando um braço contra a mesa e esticando as pernas.

— Sig, pare! Vai me fazer derramar a bebida!

— Isso tem álcool?

Levanto o queixo e encaro seus olhos, automaticamente inflando o peito.

— Sim, tem. Eu tenho 21 anos, lembra? É meu direito legal poder beber.

— Eu não vou nem comentar o quanto isso é idiota da sua parte, *logo você...*

— Pode parar! Não há nenhuma razão...

— Eu disse que não vou comentar — grita ele. — Mas por que você veio justamente *aqui* para fazer isso?

— Foi exatamente por *isso* que resolvi vir aqui. Eu queria passar uma mensagem, e esta parecia a linguagem que vocês, homens neandertais, entenderiam.

— Talvez uma *explicação* normal funcionasse com *este* neandertal.

— Sig, eu já sou adulta. Acho que entende isso um pouco mais do que Scout, Steven e papai. Principalmente Steven e papai. Mas eu *preciso* fazê-los ver isso.

— Por quê? O que há de tão terrível com a forma como você tem sido tratada?

A pergunta soa como um tremendo soco no estômago.

— Meu Deus, Sig, não é que eu tenha sido vítima de maus-tratos ou algo do tipo. Por favor, tente ver as coisas sob o meu ponto de vista. Não posso viver como uma prisioneira pelo resto da minha vida. Não posso. E não vou. Tenho esperança de que todos vocês consigam ver quem eu sou e o que eu quero. Espero que fiquem felizes quando eu estiver feliz, mesmo que eu não faça as escolhas que vocês querem para mim.

Sig me olha com olhos tão parecidos com os meus. Vejo sua mente raciocinando por trás deles. Processando. E como o Sig que conheço e amo — o mais próximo durante minha vida inteira —, ele pensa não somente com a cabeça, mas com o coração também.

— Então, o que está esperando?

— O quê? — pergunto, confusa com sua reação.

Sig pega o copo suado da minha mão e mantém o canudo perto dos meus lábios.

— Saúde!

Eu examino seu rosto e vejo aprovação. Aprovação relutante, mas aprovação, de qualquer jeito.

Um já foi, penso satisfeita. Ele aceitou a tatuagem e agora o lance da bebida. Pelo menos um dos homens na minha vida finalmente talvez consiga me ver como adulta.

Eu inclino o corpo para a frente e tomo um longo gole do canudo enquanto meus olhos sorriem para os dele. Quando engulo, o líquido desce queimando por toda a minha garganta. Eu dou uma tossida e acabo cuspindo, num gesto reflexivo.

Com a nítida expressão de estar achando aquilo engraçado, Sig se aproxima de mim e bate nas minhas costas.

— Cacete! O que é isso, aguarrás? — pergunto espantada.

Sig dá uma risada escancarada.

— Leite é para bebezinhos, maninha. Bem-vinda à idade adulta. — Em seguida, pousa o copo na mesa e se vira para seu parceiro. — Por que não pega algumas cervejas e uma Coca *pura*? — Depois enfia a mão no bolso para pegar a carteira e entrega algumas notas ao rapaz.

— O que é isso? Pensei que fosse...

Sig me interrompe.

— As cervejas são para vocês dois. Acho que você não vai aguentar mais um daqueles. Portanto, vai beber cerveja. A Coca é para mim, porque alguém vai ter que dirigir e levar a irmã zonza para casa.

Sig me empurra para a cabine e entra depois de mim. Eu me inclino para descansar a cabeça no seu ombro, por um segundo.

— Você é um irmão tão bom.

Ele belisca a ponta do meu nariz, e eu balanço a cabeça com um gritinho.

— Eu sou mesmo. Porque você sabe quem vai acabar sendo punido por isso, não é?

— Ninguém. Porque é tudo responsabilidade minha. Faz parte da vida adulta, certo? Lidar com as consequências?

— Sim, mas você nunca teve que lidar com papai. Nem com Steven. Eles podem aparentemente ter sido duros com você, mas você não sabe o que é dureza.

— Eu vou protegê-lo — digo, tomando outro gole da minha bebida. A sensação de ardência é menos evidente desta vez, e consigo apreciar o sabor amargo do rum com a doçura da Coca-Cola.

— Vou me lembrar dessa promessa

— Por favor.

****

O que descubro sobre o álcool é que ele pega você aos pouquinhos. Num primeiro instante, a pessoa se sente um pouco tonta; no minuto seguinte, ela não vê as coisas com clareza.

— Acho que esta tem que ser a última — observa Sig, no instante em que tomo minha terceira Corona com limão.

— Eu estou bem — digo, percebendo a felicidade e a animação, embora não me sinta debilitada. — Mas *estou* ficando um pouco sonolenta — confesso, sufocando um bocejo. — Vou ao banheiro e depois podemos ir embora.

Sig sai da cabine e eu fico no mesmo lugar, sentindo o bar mergulhando e oscilando ao meu redor. Então ponho a mão para trás para me apoiar na mesa, até conseguir me estabilizar.

— Será que você consegue chegar ao banheiro sozinha?

— Claro que consigo — respondo, observando que minha voz parece confusa até para os meus ouvidos. — Só me aponte a direção.

Sig me segura pelos ombros e me vira lentamente, até me deixar de frente para o bar.

— Sempre em frente. É no final do corredor, à esquerda.

Eu me estico para enxergar o corredor ao qual ele se refere. Quando consigo ver, aceno com a cabeça.

— Já vi — digo, antes de me afastar, desviando com cuidado das pessoas no caminho.

Normalmente, nunca tive tanta dificuldade para fazer xixi. Sou uma verdadeira agachadora, tanto que minha bunda nunca encostou em um assento de privada pública. No entanto, quando manter o equilíbrio é um problema, isso é mais do que um desafio. Então faço a única coisa que me resta: apoio as mãos na parede metálica prateada do cubículo e inclino o corpo para trás, até conseguir ficar exatamente acima do vaso sanitário, e então deixo correr.

Fico satisfeita quando termino e não ter *sequer* roçado na privada. Depois ajeito a roupa, lavo e seco as mãos, e dou uma olhada no espelho.

Meu cabelo preto ainda está liso e macio e minha maquiagem discreta permanece intacta. São meus olhos que me entregam. Parecem pesados e sem foco. *Pareço* bêbada, embora não tivesse a menor ideia de que estava perto disso.

Então coloco a língua para fora para molhar os lábios secos e pressiono as mãos frias nas bochechas quentes, antes de voltar ao bar.

E quando cruzo o salão lotado para encontrar Sig sinto a necessidade de um pouco mais de lucidez.

— Sloane Annelle Locke, o que você pensa que está fazendo?

Eu conheço este tom. Conheço esta voz. E, apesar da minha determinação e bravata anteriores, eu me encolho de medo. É meu irmão mais velho, Steven. Ele é tão bravo quanto meu pai, a ponto de usar o meu nome completo quando está enfurecido.

Então me viro em direção à voz.

— Steven! — digo toda entusiasmada. — Era justamente você que eu estava procurando. Por favor, diga que o papai está aqui. Seria simplesmente perfeito.

— Não, não está. E você deveria agradecer à sua fada madrinha.

— E por quê? — pergunto em tom ousado.

— Ele a colocaria de castigo por um ano se a visse bebendo.

— Bem, isso seria um pouco difícil, já que tenho 21 anos. Não estou fazendo nada de errado.

— O cacete que não está!

— O cacete que estou! — retruco, de forma igualmente enfática.

— Essa não é a questão, e você sabe muito bem.

— Então qual é a questão? — pergunto com raiva, sentindo-me cada vez mais enfurecida.

— A questão é que...

— *Não há* nenhuma questão, Steven — interrompo-o. Não vou mais viver assim. Estou assumindo as rédeas da minha vida. Tomando minhas próprias decisões, e ninguém é responsável por mim, *a não ser eu mesma*. Agora me deixe! Eu vim aqui na esperança de que você seria compreensivo e que talvez, somente talvez, todos vocês deixassem de me tratar como criança. Com certeza eu estava enganada.

Começo a me afastar bufando de raiva, mas Steven me segura pelo braço e me faz ficar de frente para ele.

— Aonde pensa que vai?

— Para casa — respondo, tentando soltar meu braço, mas incapaz de me livrar do seu aperto firme.

— Vai dirigir assim? Acho que não.

Ele começa a sair, me empurrando pela multidão na frente dele.

— Solte meu braço! — grito, lutando para me livrar, mas é inútil. Ele é muito forte.

— Não. Você vem comigo. Agora.

— Steven...

— Sugiro que tire suas mãos dela. Agora — diz uma voz familiar atrás de nós. Meu estômago dá um pequeno salto feliz e, quando olho para trás, vejo Hemi a poucos centímetros de distância, de braços cruzados sobre o peito e uma carranca que destrói seu rosto lindo.

— Fique fora disso, babaca — responde Steven, sem intenção de ceder.

— Não vou falar novamente — ameaça Hemi.

Steven para no mesmo instante. Ele já está enfurecido, e é o irmão com o pior temperamento. Ao se virar, seus dedos se cravam no meu braço.

— Merda, Steven! Isso dói — resmungo.

— E isto? — pergunta meu irmão, em tom calmo, porém inflexível. — Que tal parar de se meter onde não deve antes que eu tenha de fazer isso por você?

Hemi dá um passo na direção de Steven, obviamente despreocupado.

— Faça o que tiver que fazer, cara. Não vou a lugar nenhum enquanto você não tirar as mãos de cima dela.

— Você não está falando sério — avisa Steven.

— Ah, eu acho que sim — responde Hemi, com um sorriso no canto da boca.

Ah, merda! Onde está Sig quando mais preciso dele?

Eu me posiciono de frente para Steven, enfrentando-o.

— Steven, tudo bem. Não vou dirigir. Volte ao que estava fazendo. Não crie problemas.

Policiais não criam problemas em bares de policiais. Outras pessoas fazem isso. E esta é a versão que cada policial no lugar irá sustentar. É assim que funciona. Se Hemi insistir em se meter nesta confusão, só tem um modo de terminar: com ele no banco traseiro de uma viatura.

Steven nem olha para mim quando falo com ele. Está focado em Hemi e somente nele. De propósito, como se estivesse fazendo uma demonstração, Steven põe as mãos sobre os meus ombros e me coloca atrás dele.

— Pode considerar este como sendo seu único passe livre. Não vai ter outro. — Como se quisesse acentuar seu controle, Steven agarra meu braço novamente e me coloca na frente dele

Então ouço Hemi dizer:

— Cara, eu pedi numa boa... — E logo a confusão começa.

Sinto a mão de Steven soltar meu braço e me viro. Então eu o vejo girar nos calcanhares e direcionar um murro bem na cara de Hemi. O que me faz prender a respiração. Steven é um cara grandalhão e treinado para derrubar bandidos. Só de imaginar o que seu soco poderia fazer à maravilhosa estrutura óssea de Hemi...

Meu temor diminui quando Hemi facilmente se esquiva do soco de Steven. Ele faz isso com a maior elegância e se ergue sorrindo.

— Agora ficou um pouco melhor, grandão. O que mais você tem?

Ah, meu Deus, ele está zombando do meu irmão!

Cacete, isto não vai acabar bem.

Steven ergue o punho para bater no estômago de Hemi, mas ele desvia e o soco não o acerta diretamente. Ele aproveita o ímpeto do soco de Steven para rolar para o lado e empurrar Steven na multidão.

Meu irmão sai tropeçando até certa distância, antes de parar e se virar. Vejo o ódio em seu rosto quando ele volta em direção a Hemi. É quando começa realmente o verdadeiro caos.

Eu estou bebendo. Pela primeira vez. Em um bar. Com meus irmãos. E uma briga começa. Por minha causa.

Esta será para sempre a minha primeira impressão sobre eles como adulta.

Num impulso, grito a plenos pulmões ao ficar diante de Hemi.

— Parem com isso!

Não sei se é a minha presença entre os dois ou a minha voz que resolve o problema, mas algo faz Steven parar. E, antes que ele possa dar continuidade ao seu ataque, eu me apresso a falar.

— Steven, antes que você desconte toda a sua raiva ridícula em cima de um estranho, fique sabendo de uma coisa: neste exato momento, eu vou para casa. Sig vai me levar. Seu comportamento foi totalmente inadequado, e você vai ter o mesmo tipo de problema todas as noites, pelo resto das nossas vidas, se não parar de me tratar como criança. Se é assim que quer agir, por mim tudo bem. Mas eu *vou* fazer o que quiser, você aprovando ou não.

Quando acabo de esbravejar, me viro para Hemi, ignorando o fato de que meu coração deu um salto quando nossos olhos se encontram.

— E quanto a você, isso não é da sua conta. Você não tem tempo para uma garota como eu, lembra? — Hemi me encara espantado. Fora isso, ele não move um músculo. Não diz uma palavra. Apenas olha para mim. — Eu agradeço seu gesto tentando me proteger, mas não preciso de proteção. Nem do meu irmão idiota.

Sua expressão se fecha em uma carranca

— Ele é seu *irmão?*

Eu olho para Steven por sobre o ombro.

— Sim. Infelizmente.

Quando olho para Hemi novamente, sua expressão está ainda mais confusa.

— Agora, espero que os dois tenham o bom senso de parar, em vez de continuarem agindo como imbecis no estacionamento. Estou indo embora.

Depois, de cabeça erguida e coluna ereta, faço o possível para me afastar sem tropeçar. E, até onde me lembro, consigo me sair bem.

OITO

Hemi

Puta merda! O cara é *irmão* dela? Não sei se este é o melhor aconte-cimento — um presente súbito a um homem tentando desesperada-mente fazer a coisa certa — ou o pior de todos — a vida me dando os meios que podem me destruir. Seja qual for a resposta, isso muda tudo.

Tenho uma decisão difícil a tomar. Não sei se deveria fazer o im-pensável e deixar esta garota entrar no caos que é a minha vida, ou se deveria deixar a oportunidade passar. De um jeito ou de outro, sou um idiota egoísta e tudo isso se reduz a uma pergunta: quem eu posso tolerar magoar mais? A minha família? Ou uma garota inocente?

NOVE

Sloane

Ouço a campainha tocar, mas a ignoro. Deve ser algum vendedor. Alguém roubou a placa PROIBIDA A ENTRADA DE VENDEDORES na entrada do bairro, há mais ou menos um ano. Não que adiantasse alguma coisa. Os vendedores apareciam de qualquer maneira. A cada dois meses, alguém comprava outra placa e a fincava na grama, perto da entrada do condomínio. E uns dois dias depois, alguém roubava a placa. Nem as placas nem os roubos interromperam o fluxo dos vendedores. Minha suspeita é que algum deles fabrica a plaquinha. Seria uma ideia bem inteligente.

A campainha toca novamente e eu me viro para olhar o relógio. São nove e quarenta.

Minha cabeça lateja como se meu coração tivesse migrado da caixa torácica para se alojar entre as minhas têmporas. Dou um gemido no silêncio, feliz por todos os homens da casa estarem no trabalho, na academia ou a caminho do trabalho. A última coisa de que preciso além da minha ressaca terrível é do olhar presunçoso de um bando de marmanjos arrogantes repetindo eu bem que avisei.

Ouço o toque irritante da campainha pela terceira vez. Com os dentes cerrados, afasto as cobertas e desço as escadas até a porta, enfurecida. Ao abri-la com violência, pronta para soltar os bichos em cima de algum pobre coitado vendedor de aspirador, me deparo com Hemi de pé, na varanda. Ele surge como um sopro de ar fresco com sua calça jeans de cintura baixa, rasgada no joelho, a camiseta

54

preta com a inscrição *Ink Stain* na frente, e seus óculos escuros de aviador, protegendo sua visão da luz forte.

Tenho que apertar os olhos para evitar o sol direto nos meus globos oculares e no centro do meu cérebro.

— O que está fazendo aqui?

Seus lábios se curvam num sorriso e, quando ele levanta o braço, vejo o que ele carrega: um copo de café.

Estendo o braço e pego o copo com as duas mãos. Em seguida levo o líquido quente à boca e tomo um gole lentamente. Só o cheiro já me faz sentir um pouco melhor. Como se houvesse vida dentro do copo.

— Entre — digo distraidamente, antes de me virar e me afastar da porta.

Só depois de me sentar no sofá da sala, com as pernas debaixo do corpo, é que me dou conta da minha aparência: short rosa xadrez, camiseta rosa curtinha com os dizeres KISS ME na frente, o cabelo preso em um rabo de cavalo e a maquiagem da noite anterior, com certeza toda borrada.

Fecho os olhos para evitar a imagem mental e tomo outro gole do café. Após um ou dois minutos, quando há apenas o silêncio na sala, abro os olhos e procuro Hemi. Ele está sentado na beirada de uma poltrona, com os cotovelos nos joelhos, olhando para mim.

— Está gostoso?

Eu faço que sim e tomo outro gole.

— Como adivinhou?

— Já tive algumas ressacas.

— Essa é minha primeira.

— Humm, eu tenho participado de todas as suas primeiras vezes. Sorte minha.

Sinto um calor se espalhar pelo corpo. É como se ele fizesse alusão a outras primeiras vezes, secretas, proibidas. Sua expressão não entrega nada, e seus olhos estão escondidos pelos óculos. Mas eu não preciso vê-los para saber que estão focados em mim. Posso senti-los. Como um toque. Como o contato de um dedo quente nos meus lábios. Nervosa, eu os umedeço com a ponta da língua. Não

55

estou tentando provocá-lo de propósito, mas não creio que isso importe. Percebo o movimento do músculo do seu maxilar quando ele trinca os dentes. E ouço um som de assobio quando suga a respiração por entre eles.

Eu me deleito com a tensão, tal qual um fio esticado, que se apresenta entre nós. Quero curtir e prolongar o momento, e não rejeitar Hemi, como ele tentou fazer comigo.

— E últimas vezes também — digo com um riso casual, referindo-me à minha empreitada no consumo de bebida alcoólica.

— Talvez. Algumas coisas que a gente tenta são muito mais... viciantes do que a bebida.

Meu pulso tremula.

— E quais seriam essas coisas?

— Vou deixar que *você me* diga.

O café parece tépido em comparação ao calor que percorre meu corpo. Este tom sutil e íntimo que ele usa para falar comigo acaba com meus nervos. E me faz sentir coisas deliciosas pelo resto do meu corpo. Mas será que é certo? Este é o cara que pediu que eu fosse embora...

— O que você veio fazer aqui? Veio só me trazer café?

Eu moro aproximadamente a trinta minutos de Atlanta.

Com o meu pai e meus irmãos.

Ainda.

Mas, assim que eu me formar e começar a ganhar algum dinheiro, vou dar o fora daqui.

— Eu vim aqui para a sua primeira lição.

— Primeira lição?

— Sim, lição. Você não disse que queria aprender tudo sobre a arte da tatuagem?

— Huum, sim, mas você não disse que não ensinava?

— Disse. Mas como você tem compartilhado comigo tantas primeiras vezes, senti a necessidade de fazer o mesmo.

— E o que o faz pensar que vou compartilhar mais primeiras vezes com você?

Hemi abre um largo sorriso, e eu sinto meu corpo queimar.

— Acredite em mim. Você vai compartilhar muitas outras comigo.

Não me ocorre rebater seu comentário. Principalmente porque não quero. Não consigo pensar em nada que eu gostaria mais do que compartilhar *todas* as minhas primeiras vezes com Hemi. Não consigo pensar em nenhuma pessoa mais fascinante com quem eu gostaria de abrir as asas. Não posso negar que isso me agrada. E muito. Mas também não tenho que admitir isso.

— É mesmo? — pergunto em tom de indiferença, embora não me sinta *nem um pouco* indiferente.

— Sim.

Ele ainda está sorrindo. E ainda provocando em mim reações maliciosas.

— E o que envolve exatamente minha primeira lição?

— Você. Eu. E a praia.

— Praia?

— Sim, praia. Então se apresse e tome o seu café. Depois coloque essa bunda gostosa num biquíni para pegarmos a estrada. Temos um longo caminho à nossa frente.

Tudo que ouço é *bunda gostosa* e *longo caminho*. Vou passar o dia com Hemi. E ele acha a minha bunda gostosa.

Melhor. Ressaca. Possível.

DEZ

Hemi

O que deu na minha cabeça?

Decidi aceitar a oferta de Sloane porque a oportunidade era boa demais para deixar passar. Quer dizer, este poderia ser o "acesso" que eu preciso. Só tenho de ser cauteloso. Não posso permitir que ela me tire *demais* do foco. Um pouco, tudo bem. Todo mundo precisa de um pouco de distração. E explorar um corpo praticamente puro como o dela *com certeza* seria interessante. Mas também poderia ser uma distração grande *demais*.

Acho que o propósito de negar meus sentimentos está me incomodando. Estou acostumado a ter o que quero. Sempre fui assim. Nunca realmente houve consequências para um cara como eu. Até recentemente. Mas embora esse homem possa estar enterrado há algum tempo, ele não está morto. E tenho a impressão de que posso erguer a cabeça para aproveitar esta situação, por mais estúpida que seja.

Uma parte de mim cogita se Sloane — e a tentação de possuí-la — tem mais a ver com a minha decisão do que meu senso prático. Faz sentido, mas será que esse sentido é *suficiente*?

Imediatamente paro de pensar nisso. Sim, faz bastante sentido. Aos 28 anos, estou velho demais para ser ludibriado por uma garota como Sloane. Por todas as experiências que já tive e o modo como tenho vivido todo esse tempo, é como se eu tivesse 50 anos.

Mas que droga, não posso dizer que não gostaria de meter as mãos, a língua e o meu pau naquele corpinho gostoso. Isso me vem

58

à mente quando ela volta, animada, menos de dez minutos depois, com uma bolsa de praia e usando apenas a parte de cima de um biquíni e o short mais curtinho que já vi.

— Pronto? — pergunta Sloane, disposta e entusiasmada.

— Ah, com certeza estou pronto.

ONZE

Sloane

Realmente nunca imaginei que tipo de veículo um cara como Hemi pudesse dirigir. Não me surpreenderia se fosse uma moto grande e brilhante, ou um carro esportivo pequeno e veloz. Mas o que encontro estacionado na entrada da minha casa combina perfeitamente com ele.

É um conversível antigo, mas em perfeitas condições pelo que posso ver, e com a capota arriada. Com sua estrutura poderosa, pintura preta brilhante e faixas prateadas de corrida que sobem até o capô, o carro parece perigoso e potente, como seu motorista.

— Não sei a marca, mas esse carro combina perfeitamente com você! — digo ao me dirigir ao banco do carona. Como eu estava olhando para o capô, não percebi que Hemi havia me seguido, até passar a minha frente, para abrir a porta. — Ah — exclamo, surpresa. — Obrigada!

Ele sorri com o canto dos lábios e faz um gesto com a cabeça.

— É um prazer.

Adoro quando ele sorri assim. Dá a impressão de que está querendo aprontar alguma coisa, e eu não posso fazer nada — a não ser me sentir excitada com a expectativa.

Eu observo seu jeito de andar relaxado, quando ele contorna o carro e se senta automaticamente diante do volante. Então olha para mim.

— É um Camaro 1969. — Como se quisesse acentuar o que eu já suspeitava sobre o carro, Hemi liga o motor. O ruído forte e profundo grita velocidade. E potência. — São quatro horas até a praia. Mas esta gracinha aqui nos levará até lá em mais ou menos três horas.

Então Hemi passa a marcha e dirige lentamente, saindo do condomínio. Assim que vira a esquina para pegar a estrada, ele acelera e aumenta o som. Um sorriso despreocupado surge em meu rosto. As músicas, o vento, o sol, Hemi — é como me sentir liberta. Estou abrindo as asas. E é maravilhoso.

****

Chegamos à Ilha de Tybee, bem na extremidade de Savannah, um pouco depois de uma da tarde. Nós não conversamos durante o caminho, já que o barulho do conversível não nos deixava ouvir muita coisa. Mas não precisamos falar. A viagem foi maravilhosa sem uma palavra ter sido dita.

Hemi encontra uma vaga em um estacionamento público e manobra o carro. Em seguida, desliga o motor, salta e pega a minha bolsa no banco traseiro. Eu saio em seguida, antes que ele dê a volta até a minha porta, e me junto a ele, na frente do carro.

— Espero que tenha trazido filtro solar — comenta, acariciando meu braço. — Odiaria ver essa porcelana queimada.

— Eu trouxe — respondo baixinho, sentindo seu toque por todo o corpo.

— Muito bem, então, vamos.

Sorrio, lembrando que ele disse a mesma coisa na primeira noite que nos encontramos. Então ele estende a mão, e eu a seguro, lutando contra o impulso de sorrir ainda mais.

— Estou pronta.

Ele não olha para mim quando fala, e sua voz é baixa, portanto não tenho muita certeza de que o ouço corretamente, mas acho que ele murmurou:

— Espero que esteja.

Então atravessamos a rua e caminhamos até a areia quente. Há uma multidão significativa hoje, mas esta não é nem de longe tão badalada (e, consequentemente, tão cheia) como outras praias.

Hemi me surpreende ao me levar a um pequeno pedaço de areia, onde não há ninguém, bem na parte mais lotada e coloca minha bolsa no centro.

— Acho que aqui está bom.

— Não que eu esteja reclamando, mas por que estamos aqui?

— Para observar.

— Observar o quê?

— Pessoas. Corpos. Essa será a sua tela — explica ele, apontando para a multidão de banhistas. — Pessoas como essas. Quanto mais você se familiarizar com o corpo humano, a forma como a pele se move e muda de posição, a forma como se estende sobre ossos e músculos, maior será sua capacidade de fazer uma bela tatuagem.

— Ah — respondo, sem saber o que dizer, mas devidamente impressionada com sua filosofia. — Parece legal.

Enquanto abro a toalha sobre a areia, presto atenção em Hemi. Ele está à minha esquerda, de frente para mim. Por trás dos seus óculos, ele pode estar olhando para outras pessoas na minha direção; ou para mim. Não consigo saber ao certo. De um jeito ou de outro, isso torna o gesto de descer o short pelas pernas algo desconcertante. E também excitante.

Eu me deito sobre a toalha e aproveito que meus olhos estão protegidos para virar o rosto na direção do sol e observar Hemi. Então descubro que estou muito mais interessada em observar sua forma física do que em outros corpos seminus na praia.

Vejo seus lábios se curvarem novamente — só um pouquinho — e me pergunto se ele sabe que estou olhando para ele. Então Hemi puxa a camisa pela cabeça e tira os óculos. Em seguida, ele joga a camisa na areia e, através dos meus óculos de aviador, vejo seus olhos encontrarem os meus antes de ele recolocá-los no rosto. Sim, ele sabe que estou olhando.

Eu já tinha visto Hemi de camiseta, mas de peito nu ele é ainda mais bonito do que eu imaginava. Seus ombros são incrivelmente largos, um lado coberto por uma tatuagem intricada que se estende até um peitoral perfeitamente definido. O peito é coberto por uma pequena faixa de pelos, que vai afinando à medida que se aproxima de sua barriga tanquinho. Em um dos lados da sua cintura definida há uma série de letras e números muito bem-desenhados, que saem do seu quadril e sobem pelas costelas, até a axila. Estou quase perguntando o que significam, quando ele começa a abrir a calça jeans. Eu fico boquiaberta.

Hemi abre os botões da calça, de forma ágil. Parece experiente, e eu imagino sua habilidade abrindo o gancho do meu sutiã. E do meu short. E de qualquer coisa entre a minha pele e a dele.

Então ele desliza a calça pelas pernas, revelando um calção preto e, logo abaixo, as pernas mais perfeitas que já vi. São musculosas e cabeludas na medida certa, e dá para ver a ponta de uma tatuagem logo abaixo da bainha do calção, que deve cobrir sua coxa direita.

Hemi joga a calça em cima da camisa, ajeita os óculos e fica de frente para o mar. Sinto minha boca ficar ressecada quando olho para suas costas. Tomara que a gente entre na água para que eu possa observar melhor tudo aquilo, cada centímetro maravilhoso da parte de baixo do seu corpo grudando no tecido fino do calção molhado.

— Você trouxe *mesmo* o filtro solar, certo? — pergunta ele, olhando para mim por cima do ombro.

— Claro. Eu sou obediente — respondo em tom de brincadeira, enquanto abro a bolsa para pegar o protetor. Ele havia me explicado direitinho sobre os cuidados que eu deveria ter com a minha tatuagem, inclusive sobre como protegê-la do sol.

— Obediente? Humm, gostei. — Algo sobre a maneira como ele diz aquilo, a característica áspera de sua voz, me faz olhar de volta para ele. Hemi ainda está voltado para mim, me observando. E minha boca ainda está seca.

— Sou uma boa menina, lembra?

— Como eu poderia esquecer?

Não sei bem o que isto significa, então fico satisfeita quando meus dedos tocam o protetor. Eu o entrego a Hemi.

— Vai passar?

— Por favor — diz ele, tomando-o da minha mão e apertando o tubo, antes de devolvê-lo. Mas isto é tudo. Fico hipnotizada enquanto o observo espalhar a loção nos braços, depois no peito e na barriga; sua pele brilhando ao sol conforme ele a esfrega. — Pode passar nas minhas costas? — pergunta, calmamente.

Meus olhos voam até os dele e, por dentro, xingo os óculos escuros que os escondem de mim. Tudo o que consigo ver é um reflexo do meu rosto, do meu interesse e do meu desejo. Não sei o que ele está sentindo, se é que está sentindo alguma coisa.

— Claro — respondo, antes de me levantar.

— Pode ficar onde está. Eu me abaixo — diz, sentando entre os meus pés.

Um pouco sem fôlego pelo calor, espremo algumas gotas do filtro solar na palma da mão e abro as pernas para me inclinar e passar a loção na pele lisa e bronzeada de Hemi. Ele deve ser naturalmente moreno, já que não vejo marca de sol no seu corpo. Em lugar nenhum.

Então deslizo as mãos pelos seus ombros, desço até a parte de trás de seus braços e vou até suas costas largas e a lateral do seu corpo. O tempo todo me asseguro em cobrir apropriadamente a tatuagem em suas costelas, e tento ignorar o modo como seus músculos se contraem e se dobram no contato com as minhas mãos.

— Prontinho — digo, meio desconcertada.

— Agora em você — responde ele, virando-se para ficar de joelhos e pegando a loção, ao lado do meu quadril. — Vire-se.

Lentamente, estico as pernas e as posiciono entre os seus joelhos abertos. Em seguida, viro o corpo para ficar de bruços, mais consciente do que nunca do tamanho minúsculo do meu biquíni.

A primeira coisa que sinto é um pingo geladinho entre os ombros. Ele vai de um lado ao outro nas minhas costas, parando na base da minha coluna. Há uma pausa, e em seguida sinto suas mãos quentes começando no meu ombro e depois chegando aos músculos do meu pescoço, seus dedos me alisando.

Tenho um sobressalto.

— Por que está tão tensa?

— Foi a viagem, eu acho — murmuro, enterrando o rosto nos braços cruzados.

Hemi desliza as mãos nas minhas costas, seus dedos abaixo do laço do biquíni, indo perigosamente até a curva dos meus seios. Em seguida, eles seguem para as minhas costelas, cobrindo cuidadosamente minhas novas borboletas.

Ele espalha a loção mais devagar e o sinto chegar cada vez mais perto.

— Elas ficaram muito boas. Talvez a gente possa terminá-las essa semana.

Sinto sua respiração quente na minha pele e fico arrepiada. Novamente.

— Você não está com frio, está?

— Não, não estou com frio.

— Então por que está arrepiada? — sussurra ele, perto do meu ouvido.

— Sinto cócegas — murmuro, o que é parcialmente verdade.

— É? Onde sente mais? Aqui? — Ele passa a ponta do dedo na lateral do meu corpo. Eu estremeço, mas não porque faz cócegas.

— Aqui? — pergunta novamente, aproximando-se da minha axila.

— Ou é mais embaixo?

Ai meu Deus, ai meu Deus, ai meu Deus!

Prendo a respiração conforme ele desliza as mãos por minha coluna e sobe pelo meu quadril, mergulhando-as em direção à areia; as pontas dos dedos deslizando muito levemente em minha barriga. Num gesto reflexivo, eu arqueio, levantando um pouco o quadril.

Hemi solta um palavrão baixinho, antes de afastar as mãos. Então olho para trás e vejo que ele já está de pé, o maxilar cerrado firmemente passando o excesso do filtro solar no peito.

— Levante-se, vamos observar as pessoas.

— Espere! Tenho que passar na parte da frente.

— Vou esperar você na água — avisa ele, em tom inflexível, antes de se virar e se afastar.

DOZE

Hemi

Aqui estou eu. Na praia. Rodeado de mulheres praticamente nuas, água cristalina e areia branca como açúcar, e nada chama ou prende minha atenção. Simplesmente tento olhar para tudo isso, me controlando para não me virar e observar Sloane passando filtro solar nas longas pernas, na barriga lisinha e naqueles seios redondinhos.

Ah, meu Deus, passar aquela loção nela foi uma doce tortura. As mulheres com as quais normalmente convivo sabem muito bem como algo assim acaba. E concordariam com tudo. Pediriam, até. Mas com Sloane é diferente. Ela é inocente até certo ponto. E, além disso, não sei se ela faz ideia do quanto é gostosa e sexy. Na verdade, acho que isto lhe acrescenta algo. Talvez seja o que me atraia tanto em relação a ela. Porque é o que está parecendo. Quanto mais tempo passo com ela, mais a quero, mais sinto que *preciso* tê-la. E agora que sei sobre o seu irmão, poderia ser ruim para nós dois. Nenhuma mulher compensa esse risco. Nenhuma.

— Certo, e agora? — pergunta Sloane atrás de mim. Ao me virar, eu a vejo à minha esquerda, erguendo a cabeça para mim, seus olhos escondidos pelos óculos escuros. Mas não preciso vê-los para saber que há interesse neles. Atração. Fascínio. Não sei se ela não tenta esconder isso ou se pensa que *está* escondendo. De um jeito ou de outro, está lá para eu ver. Claro como o narizinho atraente no seu rosto. E tudo isso está me deixando louco.

— Vamos andar — sugiro, ao me virar em direção ao mar. Estabeleço um ritmo lento, conforme caminhamos pela beira d'água. Ela me acompanha com facilidade. Quando o vento sopra, sinto uma leve fragrância do seu perfume misturado com o filtro solar — o cheiro da inocência. É de dar água na boca.

— O que estamos procurando?

— Nada, só vamos olhar. Observar os corpos expostos. Veja como a pele das pessoas se move quando elas andam. Olhe como se estica quando elas se agacham ou correm. Como cai quando elas relaxam. Quando se desenha algo na pele, quando se cria uma figura que irá viver e respirar com a pessoa que a usa, tem que se levar tudo em consideração. Dobras, gordura, osso, músculo, idade. Todas essas coisas podem afetar o seu trabalho. E a pessoa terá que viver com isso. Por um longo tempo.

Conforme caminhamos, eu aponto tatuagens em pessoas diferentes, explicando por que faria ou não daquele jeito. Faço perguntas a Sloane, tentando identificar alguma habilidade. Perguntas do tipo: como ela trabalharia em uma pele enrugada, ou o que diria a uma pessoa que quisesse fazer uma tatuagem em um lugar que não ficaria como a pessoa imagina.

Eu pensava que ela fosse intuitiva em relação à arte. Depois de ver seu desenho, não tive dúvidas de que ela tinha talento. Mas agora estou começando a achar que ela realmente pode ter uma aptidão para trabalhar com tatuagem. E isto só a torna ainda mais atraente. Fazer tatuagens não é algo comum, portanto não é algo facilmente compartilhado com outras pessoas. Posso sentir um vínculo se formando entre nós, algo que eu não havia previsto e que provavelmente deveria ter evitado a todo custo.

Mas agora esse vínculo atende ao meu propósito. Eu não gosto da ideia de machucar alguém, mas não posso ser responsável pelos outros. Já tenho meus problemas para me preocupar. E alguns são mais importantes para mim do que qualquer outra coisa. Tem de ser assim. Enquanto eu não resolvê-los, eles são prioridade. Fim de papo.

Após quase duas horas passeando ao longo da praia, observando corpos com olhar de tatuador, finalmente percebo o calor.

— Sabe nadar?

Sloane abre um largo sorriso.

— Claro, eu adoro nadar.

— Então você tem duas escolhas: correr ou ser jogada na água.

Seu sorriso desaparece conforme ela assimila as minhas palavras. Apenas dois, talvez três segundos depois, ela se afasta de mim e corre, gritando em direção à água. Eu lhe dou um tempinho de vantagem e em seguida mergulho, antes de pegá-la nos braços e entrar na água salgada. Entro até a altura da coxa, no instante em que vem uma onda. Então eu espero até ela arrebentar e lanço Sloane bem na parte mais alta. Ouço seu grito mais uma vez, mas o som se dissipa rapidamente com o choque da água sobre sua cabeça.

Seus óculos voam e batem na água. Então os pego enquanto a observo, para me certificar de que ela consegue ficar de pé. Em um instante sua cabeça ressurge. Eu sorrio quando a ouço balbuciar algumas palavras. Ela se endireita e afasta dos olhos as longas mechas do cabelo.

— Seu... seu... — gagueja ela. Eu deveria me sentir mal se ela estivesse realmente zangada, mas não está. Posso ver seus lábios curvados, e sei que é só brincadeira.

— Eu... eu... o quê? Eu sou rápido e você é lenta?

Sloane vem em minha direção, aparentemente aborrecida.

— Você vai para o fundo, cavalheiro.

— Uiii, que medo!

Eu começo a recuar, rindo do seu desafio. Ela acelera, e eu também. Ela ataca, eu escapo.

— Cuidado para não se machucar, garota — digo em tom de zombaria, quando ela pula para tentar agarrar o meu braço.

— Eu *não* sou garota — reclama ela, lançando-se em cima de mim. Nesse instante, eu desvio, e ela cai na água.

— Então prove — digo, provocando-a.

É quando Sloane para. Ela simplesmente para. Para e olha para mim. Pelos seu cílios longos, posso ver pontinhos dourados no castanho dos seus olhos. Posso ver que seus lábios deliciosos se abrem ligeiramente, e que seu peito se ergue em resposta à nossa brincadeira.

Então ela ergue as mãos para afastar o cabelo do rosto, que vai até a parte de cima do biquíni. O movimento levanta seus seios, claramente expondo os pequenos mamilos duros. Por um segundo, é como se eu estivesse olhando uma foto da *Sports Illustrated*.

Deixo meus olhos vagarem por suas curvas. Gotas de água descem por sua garganta até o vale entre seus seios. Sua barriga se contrai a cada respiração. Suas coxas se movem ritmicamente pela água, conforme ela caminha na minha direção.

Quando levanto meu olhar de volta ao seu rosto, vejo que seus olhos estão fixos nos meus. Ela me encara até me alcançar e parar novamente.

Então inclina o rosto em direção ao meu. Fora isto, ela não se move. Não fala. Ela está perto o bastante para que eu possa sentir o calor do seu corpo, apesar da água fria na minha pele.

Em seguida, ela me toca. Sinto suas mãos quentes quando ela agarra meu quadril e fica na ponta dos pés. Eu prendo a respiração quando seus lábios chegam cada vez mais perto.

E logo tocam os meus.

O beijo é suave, inocente e rápido. E quando ela se inclina para trás, percebo que *há*, de fato, uma mulher por trás dos olhos sinceros que vejo toda vez que fecho os meus. Há uma mulher, e ela sabe o que quer. Talvez eu não tenha lhe dado muito crédito. Talvez não tivesse notado isso no início, quando me perdi no seu sorriso doce e nas suas bochechas rosadas. Talvez ela seja mais como as mulheres que conheci do que eu imaginava.

Sim, esta garota sabe o que quer. E, embora possa não ser tão prudente em obter isso quanto as outras com quem transei, ela sabe como usar o que tem.

E está usando.

Agora.

Em mim.

Quando ela se inclina para junto de mim novamente, eu mergulho no beijo com a intenção de levá-la para a água e demonstrar exatamente o que ela está exigindo de mim. E dar uma pequena amostra do que ela vai receber.

Mas antes que isto possa acontecer, ela estremece e se afasta de mim, ofegante.

— Aii!

No início, parece que ela havia pisado em algo. Mas então eu a ouço sibilar entre os dentes novamente, e gritar:

— Ah, merda! Alguma coisa me mordeu.

Então Sloane se afasta de mim, correndo, açoitando a água em volta dela, como se tentasse espantar algo. Em seguida, ela volta a gritar e agarra a perna direita:

— Meu Deus, Hemi, algo me mordeu!

Posso ver que ela não está brincando, e que está ficando mais preocupada a cada segundo. Imediatamente corro para ajudá-la.

Indo o mais rápido possível pelo mar agitado, pego Sloane nos braços e a levo para a beira da água. De joelhos na areia molhada, coloco-a suavemente diante de mim. Vejo a contração dos músculos no seu belo rosto e uma expressão de dor. Ela também está pálida.

— Onde foi?

Sloane aponta para a parte externa da coxa direita. Então vejo as marcas vermelhas inflamadas, com pontos inflamados.

Queimadura de água-viva.

— Foi água-viva — digo com a intenção de esclarecer o que houve. — Aguente firme.

Então verifico sua pele para me assegurar de que não há tentáculos agarrados. Quando confirmo que não há nada, fico de pé.

— Não vai fazer xixi em mim, não é? — pergunta ela, com ar ligeiramente horrorizado, apesar da dor que está sentindo.

Não consigo deixar de rir.

— Não. Só preciso ir buscar uma coisa. Fique aí. Eu volto logo.

Corro pela praia, até onde estão as nossas coisas. Por sorte, tínhamos quase voltado para onde estávamos. Então pego o tubo de filtro solar na bolsa de Sloane e retorno, pelo mesmo caminho. Só preciso de alguns segundos para chegar até onde ela está.

Seguro o tubo pela parte cheia e raspo a ponta sobre a pele de Sloane.

Ela grita de dor.

— Não faça isso!

E se afasta de mim.

— Aguente firme. Eu preciso tirar os ferrões. Mais uma vez, cuidadosamente, raspo o local com a borda achatada do tubo, até ter quase certeza de que não há mais ferrões. Posso ver que ela está sentindo dor, mas Sloane não reclama de novo. Finalmente, eu a pego no colo para levá-la até a água.

— O que você está fazendo? — questiona ela, agarrando meu pescoço e grudando seu corpo no meu, para que eu não a coloque na água.

Então eu a pouso na parte rasa, numa profundidade suficiente para que eu possa banhar sua perna.

— Aqui, isso vai ajudar. Confie em mim. Temos que lavar o ferimento com água salgada. Isso vai ajudar a não arder tanto.

Jogo água em sua coxa, esfregando a área suavemente. Repetidas vezes, coloco água na queimadura, na esperança de retirar qualquer resíduo dos tentáculos e neutralizar as toxinas.

— Melhorou? — pergunto, verificando seu rosto novamente. Ela ainda parece pálida, mas agora não *tão* aflita.

— Um pouco.

— Não está sentindo falta de ar ou algo parecido, não é?

Ela faz uma pausa para certificar-se de que está bem, então balança a cabeça e responde:

— Não. Tirando isso, estou bem.

— Venha. Vamos procurar um pronto-socorro ou alguma unidade de emergência.

Eu me curvo para pegá-la novamente, mas ela me evita.

— Não! Não precisa. Só por causa de uma queimadura de água-viva?

Eu observo seu rosto. Ela parece assustada.

— Bem, não que seja *obrigatório*, mas eu me sentiria melhor se você fosse avaliada por um médico. — Eu percebo seus lábios nervosos. — Por quê? Você tem alguma aversão a hospitais ou algo assim?

— Não é isso. É que... é...

— O que é? Fale.

Ela apoia a cabeça no meu peito por um segundo, como se quisesse esconder o rosto.

— É que eu odiaria que minha família descobrisse isso.

— Por quê? Você não fez de propósito.

— Eu sei. É que eles são... é que... é complicado.

— Complicado — repito.

— Sim. Complicado.

Ando mais devagar conforme nos aproximamos de onde a toalha de Sloane está estendida. Então a coloco sentada sobre ela e me inclino ao seu lado.

— Eles não sabem que você está aqui?

— É... — balbucia ela em tom evasivo. — Mais ou menos.

— É por causa de ontem à noite? Fique sabendo que eu não tenho medo do seu irmão, se é isso que te preocupa.

— Não, não é isso. É que...

— Pode falar. O que for. Eu não julgo. E não vou ficar aborrecido, pode ficar tranquila.

Ela dá um muxoxo.

— Humm, não é isso. É que... é constrangedor.

Então eu me sento ao lado dela.

— Tudo bem, diga o que está acontecendo.

— Olhe, a minha família é muito... protetora. Tem sido uma grande luta fazê-los ver que sou adulta, que eles têm que me deixar viver a minha vida. Fazer 21 anos foi muito importante para mim. Eles vão enlouquecer se descobrirem que vim à praia com um cara qualquer, fui queimada por uma água-viva e fui parar no hospital. Vão criar o maior caso durante meses, toda vez que eu quiser sair.

— Sem querer ofender, mas por que você não sai de casa?

Sloane dá um suspiro.

— Não é tão simples assim. Há coisas... bem, não é tão simples assim. Pode acreditar.

Todo mundo tem direito a ter seus segredos e sua privacidade. Eu, dentre todas as pessoas, acredito nisso sinceramente, portanto não a pressiono.

— Certo. Bem, vou dar uma sugestão. Vamos procurar um hotel e, pelo menos, colocá-la em um lugar onde você consiga descansar e passar vinagre nessa coisa. Isso vai evitar uma viagem de carro desconfortável *além* de uma briga terrível com a sua família. Pode dizer a eles que está com uma amiga, e que irá para casa amanhã. Que tal?

Eu vejo e sinto Sloane dar um suspiro. Seu sorriso é de alívio.

— Parece perfeito.

Suspiro também.

— Certo, primeiro o mais importante. Vamos sair daqui, atravessar Savannah e procurar um lugar para passar a noite. E então a gente vê o que faz. Tudo bem?

— Tudo bem — assente ela.

Jogo todas as nossas coisas em sua bolsa — roupa, sapatos, filtro solar, meus óculos escuros.

— Merda! Devo ter deixado cair os seus óculos. Não estão aqui.

— Não tem problema. Foram baratinhos. E acho que dá para aliviar o seu lado, já que você estava tentando me salvar e tudo mais.

— Quanta gentileza — respondo, em tom de brincadeira. — Vou comprar outro para você antes de irmos embora.

— Não precisa, de verdade.

— Tudo bem, mas vou comprar, de qualquer maneira.

Então jogo sua bolsa no ombro e começo a ajudá-la.

— Eu consigo andar — diz ela, ficando de pé e tirando a areia da bunda. Em seguida, vira-se e pega a toalha para sacudi-la, mas eu noto sua expressão perturbada.

— O que foi? Algo mais está errado. O que é?

Ela dá de ombros e balança a cabeça, numa indicação clara de que estou certo.

— É só que… eu não tenho…

— Fale — insisto, quando ela continua gaguejando.

— Eu não esperava ir para um hotel, portanto não trouxe tanto dinheiro. E o meu cartão…

— Ei, isso foi ideia minha. Você nem estaria aqui se eu não tivesse sugerido o passeio.

— Mas você não teria sugerido se eu não tivesse te pedido que me ensinasse a fazer tatuagem.

Posso ver que ela está realmente incomodada tendo de admitir a questão do dinheiro.

— Você tem *ideia* de quantas outras formas nós poderíamos ter feito isso? Eu queria vê-la de biquíni. Portanto, pode me acusar.

Vejo o sorriso no canto de sua boca sexy, o que me faz querer voltar ao momento em que estava prestes a beijá-la, na água.

— Você é...

— Eu sou homem. Gosto de olhar o seu corpo. Essa é a minha penitência. Vamos deixar tudo por isso mesmo, certo? — Ela não parece convencida. — *Caramba!* Pare de insistir nisso! Eu já pedi desculpas! O que preciso fazer para conseguir o seu perdão? Providenciar um lugar para passar a noite? Cuidar dos seus ferimentos? Ajudar você a se preparar para dormir? Me assegurar de que lavou tudo diretinho no banho? — Então dou um suspiro dramático. — Tudo bem. Cacete! Pode deixar, eu faço tudo isso. Só pare de falar disso. Que merda!

Sloane ri, e eu ofereço meu braço para andarmos. Duvido que ela aceite mais caridade de mim no momento, portanto não vou me oferecer para carregá-la no colo.

Embora eu não me incomodasse em fazê-lo.

Vai demorar muito até que eu consiga esquecer a sensação do seu corpo próximo ao meu. E, enquanto isso, a noite provavelmente será um verdadeiro inferno.

TREZE

Sloane

Não que eu precisasse de *mais* razões para ficar encantada por Hemi, mas ser o centro de suas atenções e vê-lo assumir o comando da situação realmente elevaram seu charme a outro nível. E ele já era muito charmoso, para começo de conversa!

A caminho de Savannah, saindo de Tybee, ele parou em uma enorme loja de conveniência, onde comprou uma garrafa de vinagre e uma caixa de bicarbonato de sódio. Quando perguntei por que havia comprado aquilo, ele apenas murmurou:

— Não faça perguntas.

Ele também me comprou uma Coca-Cola e uma barra de chocolate, uma combinação de que eu gostava e que agora acho praticamente venenosa, embora não saiba por que e ache uma idiotice pensar dessa forma.

Agora estou no carro, na rua, em frente ao que parece ser uma mansão. Na realidade é um hotel elegante, com uma fachada de tijolo em um tom alaranjado como o do pôr do sol, sancas sofisticadas e uma cúpula estranha que parece combinar perfeitamente com uma carruagem puxada por cavalos, estacionada do lado de fora. Se eu tivesse que adivinhar, diria que o edifício provavelmente é algum tipo de monumento histórico. Ele fica em Forsyth Park, então esperar enquanto Hemi faz o check-in não é nenhum sacrifício.

Eu já havia ligado para Sarah para avisá-la que ela teria que confirmar a história que eu inventei, até de manhã. Ela deu um gritinho, toda animada, e começou um verdadeiro interrogatório para saber se eu planejava dormir com Hemi.

— Sarah — eu disse, interrompendo-a. — Eu fui queimada por uma água-viva e estou péssima. Realmente não acho que esse seja o melhor momento para perder a virgindade.

Ela ficou desapontada, mas concordou em apoiar minha armação. Depois liguei para o meu pai. Ele pareceu meio desconfiado, mas não me pressionou, o que foi uma surpresa.

Então, agora, estou observando as pessoas. À medida que passam por mim, eu me pergunto se elas teriam tatuagens. Não demoro muito para perceber que Hemi invadiu completamente meus pensamentos. Mas se for para ter a mente dominada, melhor que seja por ele, já que existem milhões de coisas piores que isso.

Vejo a porta do hotel abrir-se novamente e Hemi sair. Meus olhos viajam por sua estrutura alta e esguia conforme ele se movimenta.

Ele está vestindo calça e camiseta desde que saímos de Tybee, mas gosto ainda mais de observá-lo agora que sei o que tem ali embaixo. Ele caminha com uma elegância tranquila, e uma confiança que me deixa sem fôlego. Olha para a esquerda e para a direita antes de se virar para mim. Hemi não sorri nem acena com a cabeça. Só dá uma piscadela. E meu coração dá um salto.

Que forma de abrir minhas asas!

Eu sufoco um sorriso, ao mesmo tempo em que tento controlar os hormônios hiperativos e a imaginação, que se apoderaram de mim recentemente.

— Pronto, tudo resolvido — anuncia ele, ao sentar atrás do volante. Então liga o carro e dá a volta no quarteirão, aproximando-se do edifício pelo outro lado, onde um manobrista espera no meio-fio para nos cumprimentar. Ele vem primeiro do meu lado, abre a porta educadamente e estende a mão para me ajudar a descer. Eu seguro sua mão, desço do carro e ele fecha a porta, antes de passar para o lado de Hemi.

— Alguma bagagem, senhor? Posso pedir ao mensageiro...

— Não, obrigado. Nossa estadia não foi planejada — explica Hemi, saindo do carro e entregando uma gorjeta ao rapaz.

— Obrigado, senhor — assente o manobrista.

Hemi então se aproxima de mim e pousa a mão nas minhas costas.

— Vamos? — pergunta, fazendo uma carícia habilidosa com a mão.

Eu olho para ele, surpresa.

— Você é bom nisso. Tipo, *realmente* bom nisso.

— Vejo muitos filmes do James Bond. — Sua expressão é de indiferença.

Em seguida, ele abre a porta para mim e eu me deparo com um luxuoso saguão. As madeiras são da cor de café, e a mobília parece uma mistura de antiguidade francesa e italiana. Mas eu posso estar enganada, afinal não entendo nada de decoração além do que vejo nos programas de TV a cabo. Muito pouco. Mas, seja o que for, é de tirar o fôlego.

Várias pessoas nos cumprimentam no caminho até o elevador. Ainda bem que tive tempo para ajeitar o short na bunda e que a saída de praia que eu trouxe também serve como blusa. Isso não me faz estar vestida adequadamente para o lugar, é claro, mas pelo menos não me sinto como Julia Roberts andando pelo Regent Beverly Wilshire.

Entramos no elevador. Quando chegamos ao nosso andar, as portas se abrem rapidamente, colocando-nos diante de um elegante corredor. Hemi vira à esquerda, e eu o acompanho. Em seguida, ele para na quarta porta do corredor e desliza um cartão por baixo da maçaneta. Uma luz verde aparece e ouve-se um clique. Hemi abre a porta e recua para permitir a minha entrada.

O quarto é luxuoso. Esta é a primeira palavra que vem à minha mente. O carpete alto é acinzentado, alguns tons mais claros que as paredes. Há pontos coloridos — manta de mink marrom, almofadas vermelhas e mobília de mogno —, mas a cama é coberta de branco — edredom, travesseiros e cabeceira brancos. Resumindo, o lugar é maravilhoso.

— Bem... — digo ao sentar lentamente à beira da cama. — Acho que nem preciso perguntar se tatuagem dá dinheiro.

Hemi ignora meu comentário e vai direto para o banheiro.

— De que lado você dorme? — pergunta ele, quando reaparece com um monte de toalhas de banho e de rosto.

Minha mente emperra com sua pergunta. É quando me ocorre que só há uma cama. Uma cama grande, linda, luxuosa. E nós dois.

— Hummm, na verdade, tanto faz. Eu posso...

— Não é uma pergunta maldosa, Sloane — observa ele, suavizando as palavras com um sorriso. — Só preciso saber de que lado eu devo pôr todas essas coisas.

— Deste lado — respondo, batendo à minha esquerda no colchão.

— Você precisa tirar esse short — avisa Hemi casualmente, me fazendo sentir um breve arrepio. — Depois abaixe as cobertas e deite-se. — Ele coloca as coisas na cama enquanto ordena.

Eu faço o que ele diz. Quando me deito, sinto a necessidade de ser um pouco mais amável.

— Hemi, eu posso dormir em qualquer lado. Realmente, não me incomodo se você tiver que dormir aqui.

— Não importa. Não durmo na mesma cama com ninguém, e não estou planejando dormir muito.

— Não dorme?

— Não.

— Nunca?

— Não.

— Por quê? Quer dizer...

Ele olha para mim e sorri, enquanto dobra duas toalhas.

— Você acha que, como sou homem, provavelmente durmo por aí com todo mundo. Por isso deveria dormir em qualquer lado da cama, com qualquer pessoa, certo?

— Não foi isso que...

— Claro que foi — interrompe ele. — Mas você está enganada. As mulheres que... ocupam o meu espaço sabem que devem ir embora antes que eu saia do banheiro. Não sou exatamente do tipo que... toma café da manhã junto no dia seguinte.

— Ah — digo, sem entusiasmo. Não acho que esteja realmente surpresa. Ele não parece mesmo ser do tipo "vamos fazer amor e ficar abraçadinhos". Por outro lado, eu não imaginava que ele seria tão... frio. — Você nunca... quer dizer...

— Não. Há muito, muito tempo — responde ele, ajeitando as toalhas sob a minha perna, antes de embeber uma toalhinha no vinagre que comprara na loja de conveniência. Ele pressiona o tecido encharcado na área inflamada da minha coxa direita. — Tecnicamente você deveria ficar de molho, mas isso seria difícil considerando-se o local do ferimento. E, além do mais, precisaríamos de *bastante* vinagre para encher a banheira. Então isso vai ter que ser suficiente.

Depois de pressionar a compressa na minha perna, ele se afasta, vai até a mesinha e volta com um livro de capa de couro.

— Onde aprendeu tudo isso?

Hemi dá de ombros, mais concentrado no que está lendo do que em mim.

— Quando eu era criança passava muito tempo na praia. Aprendi algumas coisas aqui e ali.

Não sei se ele está tentando mudar de assunto ou se apenas não está muito interessado, mas de um jeito ou de outro ele muda de assunto.

— Está com fome? Que tal pedirmos serviço de quarto para a enferma?

— Não estou enferma!

— Ah, desculpe. "Levemente ferida" — diz ele, fazendo aspas com os dedos.

— Também não estou levemente ferida! Posso levantar e ir ao restaurante, sem o menor problema. Não quero prendê-lo aqui.

— Você não está me prendendo. Estou em um confortável quarto de hotel, com uma mulher de biquíni. Como isso poderia me prender?

Não consigo disfarçar um sorriso.

— Posso apostar que não era o que você tinha em mente para o dia.

— Ah, eu com certeza posso imaginar muitos modos *piores* para um final de dia na praia — observa ele com um sorriso lascivo.

Eu endireito o corpo para ficar sentada.

— Ah, merda! Você ia trabalhar essa noite? Nem pensei nisso quando liguei para casa. Você vai ter problemas?

— Calma, calma. — Ele corre para a cama junto de mim. — Já cuidei de tudo.

— Meu Deus, detesto ser tão pentelha.

— Bem, eu não ia dizer nada, mas...

Então eu pego um travesseiro e arremesso-o em sua cabeça. Hemi ri.

****

Estou de barriga cheia e já escureceu há muito tempo. Depois de aplicar mais compressas de vinagre na minha perna durante algum tempo, Hemi fez uma espécie de mistura com o bicarbonato de sódio e água e besuntou minha perna com a pasta nojenta. Embora eu não possa fazer muito com toda aquela gosma na minha perna, devo admitir que a queimadura *realmente* parece melhor.

Hemi se levanta de onde estava reclinado, no outro lado da cama.

— Você se importa se eu tomar um banho? Para tirar toda essa areia e a água salgada do corpo?

— Não, de jeito nenhum.

— Você pode tomar um banho pela manhã, mas hoje talvez seja melhor ficar o mais longe que puder da água quente.

— Tudo bem. Vou estar bem de manhã.

Hemi vai para o banheiro, mas não fecha a porta completamente. Sei que ele fez isso para poder me ouvir, caso eu precise de alguma coisa. Ou para me torturar. Posso vê-lo fazer qualquer uma das duas coisas intencionalmente. Estou começando a perceber que ele é um misto irresistível e carismático de contradições.

Eu ouço a ducha sendo ligada. Então fecho os olhos e acompanho o processo. Ouço os aros deslizarem ao longo do trilho à medida que ele abre a cortina do boxe. Ouço o som mais uma vez, provavelmente quando ele a fecha. Muito claramente, posso imaginá-lo entrando no boxe, nu, pegando o sabonete tão branco em contraste com sua pele bronzeada e esfregando-o sobre o peito e a barriga.

Posso visualizar as gotas de água descendo por suas costas e sobre sua bunda perfeita. Consigo visualizar praticamente tudo com absoluta clareza. Praticamente tudo. Mas a parte que mais quero ver é a parte que não consigo imaginar.

Meus olhos ainda estão fechados quando a água para. Ouço a fricção suave da toalha em sua pele e posso imaginá-lo amarrando-a em volta da cintura, enquanto passa os dedos pelo cabelo para ajeitá-lo.

O barulho do exaustor no banheiro fica mais alto e eu abro os olhos. A porta está aberta e Hemi está de pé, coberto apenas pela toalha.

— Estava dormindo?

— Não, só... pensando.

— Em quê? — pergunta ele, andando tranquilamente. Então deita com o corpo atravessado na beira da cama, se debruça sobre o cotovelo e olha para mim. Em seguida, cruza os pés na altura do tornozelo e espera, com uma expressão pacientemente interessada.

— Em pele — respondo de forma honesta. Só não explico que estava pensando na *pele dele* em particular. Então me apresso para continuar. — Eu estava pensando em como seria desenhar nela.

— Quer praticar?

— Como assim?

— Bem, acho que deve haver uma caneta por aqui. Pode desenhar algo em mim, se quiser. Depois posso lavar.

— Sério?

— Claro. O que mais há para se fazer?

Posso pensar em vários modos de responder a esta pergunta, mas não verbalizo nenhum. Tem uma gosma branca na minha perna, não me lavei o dia todo e meu cabelo virou uma massa trançada de água salgada.

— Há algo específico que você gostaria que eu desenhasse?

Hemi se levanta, vai até a escrivaninha e volta trazendo uma caneta com o nome do hotel.

— Hummm, bem, eu tenho pensado em: "Viva sem arrependimentos" tatuado do lado direito, escrito com uma letra bem bacana.

Nada muito enfeitado. Talvez algo parecido com arte tribal saindo do V e do P. Não sei. Já queria ter feito o esboço desde... Bem, há algum tempo. Fique à vontade para tentar.

— Certo — digo, ficando animada com a ideia. — A frase é o seu lema de vida ou algo assim?

— Era... o de uma pessoa. Alguém que conheci.

Algo em seu tom de voz me faz ter certeza de que o assunto está encerrado. Mas o mesmo tom me faz querer investigar mais, para descobrir se isto seria a fuga na sua arte. E se tem algo a ver com alguma mulher. Talvez a mulher com quem ele dormia. E ficava para tomar café da manhã. Há muito tempo.

Então afasto os pensamentos perturbadores da cabeça ao sentar na cama, para me concentrar na logística do trabalho.

— Como eu... Quer dizer, onde você vai...

— Você é destra ou canhota?

— Destra.

— Certo. Vire para o seu lado esquerdo e eu vou me deitar de frente para você.

Na cama, eu viro para o lado, conforme Hemi sugere. Imagino que ele vá ficar de costas para mim, para me dar acesso ao seu lado direito. Quando ele se deita de frente para mim — com a cabeça na minha perna, bem abaixo do ferimento, e coloca o braço na minha cintura, deixando as costelas abertas para que eu possa trabalhar — fico agitada, e até um pouco excitada.

Hemi olha para mim, seus olhos como lagos azuis de águas escuras e turbulentas.

— Eu tenho muita... flexibilidade.

— Sim, tem mesmo — respondo, soando monótona, com os nervos à flor da pele. — Espero que não sinta cócegas.

— Só em um lugar, mas você não vai chegar nem perto dele com a caneta — diz Hemi com uma piscadela.

Sinto o rosto corar e, mais uma vez, amaldiçoo o fato de estar tão desarrumada. Esta poderia ser uma oportunidade perfeita. Então pigarreio e me concentro no que estou prestes a desenhar.

No instante em que a caneta toca sua pele, ela não desliza. Então esfrego a ponta na palma da mão para aquecê-la, antes de colocá-la de volta na posição. Os primeiros traços ficam estranhos. Eu nunca tinha desenhado na pele de uma pessoa. Aliás, eu nunca sequer escrevi na *minha própria pele*. À medida que vou me acostumando, porém, tudo torna-se mais fácil.

Não demora muito e minha mão está deslizando sobre a pele e se movendo rapidamente sobre o osso, conforme desenho letras e espirais. Fico tão absorvida que me pego fazendo um sombreamento e acrescentando alguns pequenos toques pessoais.

Não tenho nenhuma ideia de quanto tempo levei até terminar, mas, quando olho para Hemi, ele está me fitando. Calmamente. Atentamente.

— Prontinho.

— Você se perde *mesmo* na sua arte, não é?

Sorrio para esconder meu constrangimento.

— É, mais ou menos.

— Nós temos muito em comum.

Concordo acenando com a cabeça. Não sei o que dizer, mas fico feliz de ouvi-lo admitir isso.

Os olhos de Hemi procuram os meus. Neles, normalmente, vejo intensidade ou um ar provocador, mas neste momento nenhuma das duas hipóteses é verdadeira. Eles parecem... preocupados. Como se ele estivesse travando um conflito em relação a alguma coisa. Eu me pergunto se ele não *quer* ter tanto em comum com alguém. E também se não *quer* se envolver, nem permitir que alguém estabeleça uma relação.

Sem mais uma palavra, Hemi se afasta de mim, levanta da cama e caminha tranquilamente até o banheiro. Com a porta aberta, posso vê-lo examinar meu trabalho no espelho. Ele passa os dedos sobre alguns detalhes, mas não diz nada. E seus olhos... seus olhos permanecem cautelosos. A cada segundo fico mais ansiosa.

Finalmente ele volta ao quarto.

— Ficou muito bom, Sloane. Realmente muito bom.

Suspiro e dou um sorriso tímido.

— Obrigada.

— Não acho que você terá qualquer dificuldade para aprender a tatuar.

— Sério?

— Nenhuma dificuldade.

Ergo o corpo para sentar na cama, juntando coragem para o que estou prestes a pedir. É algo que irá exigir um compromisso de Hemi e não sei se ele irá concordar. Falar que vai me ensinar a tatuar é diferente de ser, tipo, um mentor.

— O negócio é o seguinte: estou no último ano na Universidade da Geórgia e não apenas tenho que cursar desenho figurativo avançado e anatomia neste semestre, como também uma matéria eletiva de desenho que pode conter um aspecto prático, se meu professor concordar. Você, humm, você estaria disposto a ser o meu mentor? Eu poderia utilizar minhas experiências com você, como desenho e anatomia em um sentido prático. Pelo que alguns dos outros alunos na minha turma estão fazendo, acho que isso seria aceitável, e mataria dois coelhos com uma cajadada só.

Hemi olha para mim atentamente. Por trás dos seus olhos posso ver que sua mente está trabalhando, e isso me deixa tensa enquanto espero.

— Acho que posso. Podemos começar com alguns esboços originais, depois avançamos para trabalhos em estêncil. E depois, para completar, podemos utilizar máquina na pele.

Eu me animo por várias razões, dentre elas o tempo que isso irá me proporcionar ao lado de Hemi.

— Seria fantástico! Eu fico realmente agradecida.

Ele abre um sorriso tenso quando distraidamente passa a mão sobre as palavras que eu desenhei no seu corpo.

— O prazer é meu.

Então me encara durante alguns segundos, antes de desviar o olhar, quase sem jeito.

— Vou sair para comprar umas coisas. Escova, pasta de dentes… Precisa de alguma coisa?

Não sei por que, mas tenho a impressão de que ele está louco para fugir de mim.

— Não, não vou precisar de nada até irmos para casa amanhã. A escova e a pasta de dentes daqui são suficientes.

Hemi assente.

— Vou me vestir e sair.

Ele então desaparece no banheiro, fechando a porta. Quando volta, está com o celular na mão. — Qual o seu número? Mando uma mensagem para você me ligar, se precisar de alguma coisa.

Acho o pedido de Hemi um pouco estranho, já que ele só vai sair para comprar algumas coisas. Quanto tempo ele planeja ficar fora?

No entanto, guardo meus pensamentos para mim e falo da forma mais casual possível quando dou meu número a ele. Ele o grava em seu telefone e, alguns segundos depois, meu aparelho indica o recebimento de uma mensagem, que diz simplesmente: "Hemi".

Então, após dizer apressadamente *volto logo*, ele sai. Espero acordada por cerca de meia hora, antes de ir para a cama e ficar mais confortável. É quando o peso dos eventos do dia cai sobre mim e meus olhos ficam pesados.

Não sei quando adormeci, mas, ao acordar, todas as luzes do quarto estão apagadas, exceto a lâmpada na escrivaninha. Vejo Hemi sentado lá, esboçando algo em um bloco de papel. Sua cabeça está curvada e sua expressão é intensa sob a luz suave, direta. Então viro o corpo para dar uma olhada no relógio. São duas e vinte da manhã. Quando volto a olhar para Hemi, sua cabeça está erguida e seus olhos estão em mim. Ele não diz nada, nem eu. Permaneço apenas deitada, fechando os olhos e tentando afastá-lo dos pensamentos para conseguir voltar a dormir.

E, algum tempo depois, caio no sono.

Finalmente.

QUATORZE

Hemi

Sloane permaneceu em silêncio a manhã inteira. Sei que é pelo fato de eu ter desaparecido por algumas horas, na noite passada. Eu precisava organizar as ideias, pensar direito. Ver aquelas letras no meu corpo me lembrou da minha meta, da minha missão. E, embora eu goste de Sloane e me sinta culpado pelo que estou lhe fazendo, é isso que eu *tenho de fazer*. Ponto. Se eu abrisse o jogo, talvez ela até entendesse. Ou talvez não. Mas nunca saberei, porque não posso contar. Não posso dar a ela tal responsabilidade. Ela poderia colocar tudo a perder, e este é um risco que eu simplesmente não posso correr.

Assim que ela acordou e disse que sua perna estava bem melhor, sugeri que fôssemos embora. É sábado, portanto ela não deve ter planos, mas eu tenho. Tenho de voltar ao trabalho. E agora preciso de umas horas de sono, já que não dormi nada na noite passada.

Quando estamos aproximadamente a uma hora de Savannah, começa a chuviscar, então abaixo a música e paro no acostamento para levantar a capota. E quando estou voltando lentamente para a estrada ouço um estômago roncar.

— Merda, cacete, porra! Eu sou mesmo um idiota! — digo em voz alta enquanto começo a verificar sinais de que passamos da autoestrada interestadual.

— Que foi? — pergunta Sloane, confusa. — Por que está dizendo que é um idiota?

— Você nem tomou café da manhã. E deve estar com fome.

Ela dá de ombros.

— Está tudo bem. Vou sobreviver.

— Pare de ser boazinha. Você tem que falar, dizer o que quer.

— Sério, eu estou bem. Não é um...

Ela é tão amável e compreensiva que só me faz sentir pior com o que fiz. Com o que estou *fazendo*.

— Olhe, estou me sentindo um babaca e você só está piorando as coisas. Diga que eu sou um cretino egoísta. Mande eu parar o carro e comprar comida para encher seu maldito estômago. Dê um soco na minha perna. Faça alguma coisa!

Meu discurso violento sai mais irritado do que planejei. Percebo isso pela expressão aflita que agora toma o rosto de Sloane.

— Tudo bem — responde ela. Então faz uma pausa por um segundo, antes de se esticar no banco e me dar um soco na perna. E não é um soco leve, de menina. É um soco que provavelmente ela dá no irmão "Pé Grande". — Pare no próximo restaurante e compre um café da manhã pra mim, seu cretino egoísta.

Há sinceridade na sua voz, tanto que me leva a acreditar que ela tem algum sentimento agressivo para extravasar. Com certeza algo da noite passada.

— Eu não disse que precisava fazer *tudo* isso — murmuro, provocando-a. — Cacete.

Ela me fita por alguns segundos. Eu a encaro, usando minha expressão mais magoada. Finalmente, ela se acalma e sorri.

— Desculpe. É que eu fico aborrecida quando estou com fome.

— Aborrecida? Bobagem! Você vira uma cobra!

Ela ri e dá um tapinha no meu braço, de brincadeira.

— Não é tanto assim.

— Agora vou ter que explicar por que comecei a mancar.

Ela revira os olhos, mas seu rosto parece mais relaxado, o que era o meu objetivo. Não vai ajudar em nada irritá-la agora. Preciso dela. E preciso que ela seja capaz de falar comigo.

Vejo a placa de uma lanchonete, então pego a primeira saída. Em poucos minutos, estamos sentados a uma mesa, com cardápios nas mãos.

Depois de fazermos nossos pedidos e a garçonete nos trazer o café, Sloane diz:

— Não te culpo por esquecer o café da manhã.

— E por que não?

— Você disse que não era do tipo que toma café da manhã.

— É mesmo. Eu disse, não é?

— Fico lisonjeada por você abrir uma exceção para mim.

— Nós não dormimos juntos, portanto isso não conta.

— Quer dizer que você não leva as garotas com quem transa para tomar café da manhã?

— Não.

— E por quê?

Eu dou de ombros.

— Só não tenho tempo nem jeito para ficar tão… envolvido com alguém. — Sloane olha para mim. Ela sopra o café para esfriá-lo, antes de tomar um golinho. Então aproveito a oportunidade para mudar de assunto. — Me conte sobre sua família.

Ela suspira.

— Bem, eu tenho três irmãos. Todos são policiais. Assim como meu pai. Dizer que eles são superprotetores seria como chamar o Golfo do México de uma poça de chuva.

Tento não parecer muito interessado, embora esteja.

— Três irmãos? Todos policiais? Nossa, aposto que é dureza. Fale sobre eles.

— Sig é o mais jovem. Não é tão rígido quanto os outros dois. Sempre fomos unidos, e ele não é tão durão comigo, como os outros. Ele saiu da academia de polícia há mais ou menos um ano. O outro é Scout. Ele é um meio-termo entre meus pais, em relação a temperamento. É mais compreensivo de vez em quando, mas nem sempre é assim. E tem Steven, que você viu na outra noite no Cuff's. Ele é um urso. Exatamente como meu pai. Se dependesse deles, eu nunca sairia de casa.

— É por isso que ele agiu como um idiota? Ele não gostou de ver você no bar?

— Sim, eu apareci sem avisar. Eu queria mandar um recado para eles. Consegui. E como!

— Parece que ele não reagiu muito bem.

— Bem, quando encontrei Steven, eu tinha bebido bastante. Provavelmente não foi o melhor momento.

— Você sabia que ele estaria lá?

— Sim, minha família frequenta o Cuff's. — Ela toma outro gole de café e franze a testa. — Por falar no Cuff's, o que você estava fazendo lá? Eu achava que o local fosse um bar de policiais.

Assumo uma expressão de calma.

— Você tem ideia do número de policiais que têm tatuagens? Quase tanto quanto nas Forças Armadas.

— Ah — assente ela. — Acho que nunca pensei nisso.

Eu também tomo um gole do meu café.

— Bem, o que sua mãe diz dos homens superprotetores?

O sorriso de Sloane fica triste e imediatamente sinto que toquei num assunto delicado e doloroso.

— Provavelmente ela reviraria os olhos se soubesse. Ela morreu quando eu tinha 7 anos.

— Puxa, Sloane, sinto muito.

— Não tem problema. Ela viveu uma vida boa enquanto foi possível. Sofria de leucemia linfoide aguda. Surgiu quando ela era pequena, mas ela conseguiu viver bem por muitos anos. Infelizmente ela teve uma reincidência, aos 28 anos. E quando isso ocorre na idade adulta o prognóstico normalmente é ruim. Ela morreu com 30.

— Cacete. Desculpe ter tocado nesse assunto.

— Não se preocupe. Sério. Ela foi uma mãe maravilhosa. Nunca deixou que a doença a impedisse de *realmente viver*. Estava determinada a sugar felicidade da vida, o quanto pudesse. E fez isso.

Isso é que é lição de vida!

Estou me sentindo um idiota por ter tocado no assunto.

— Fico contente que ela tenha feito isso. A vida é curta. Só depende de nós aproveitá-la ao máximo.

— Exatamente! — concorda Sloane de maneira enfática. — Por isso quero começar a viver *agora*. Meu pai e meus irmãos podem não gostar, mas sou adulta e eles não podem me manter trancada em uma torre, a salvo de sofrimento, de erro, *da vida,* para sempre. Precisam aprender a me libertar.

Essas palavras... Ah, meu Deus, essas palavras!

— Às vezes se libertar é mais difícil do que se imagina.

Sloane olha para mim sobre a xícara de café com uma expressão... estranha.

— Não duvido que seja, mas é necessário. Temos que ir em frente. Precisamos viver a vida. Como aquelas palavras no seu corpo: viva sem arrependimentos.

Eu concordo com um gesto de cabeça, fitando o café na caneca. Antes que um de nós tenha que falar alguma coisa, a garçonete chega com a nossa comida. Farei mais perguntas sobre a família dela depois. Agora, acho que ambos precisamos de um tempo.

QUINZE

Sloane

— Está brincando? É *isso?* Isso é *tudo* o que aconteceu? — pergunta Sarah no banco do carona. É a minha vez de dirigir até a escola esta semana e ela está começando a segunda-feira com um interrogatório que deixaria a KGB orgulhosa.

— Sim.

— Amiga, a gente precisa assistir a uns filmes pornô de vez em quando. Você precisa de ajuda. *Muita* ajuda.

— Não preciso de filme pornô, Sarah. E não preciso de ajuda. Ele foi direito e disse que não gosta de garotas "inocentes". Ele age como se fosse arruinar a minha vida, caso se envolva comigo.

— Então você precisa convencê-lo do contrário. Sem blusa. Isso sempre ajuda um homem a mudar de ideia.

— Deus do céu, Sarah! *Você* é quem precisa de ajuda.

— Não, *você* precisa de ajuda. Eu disse isso. E estou falando sério, Sloane, você precisa que *esse cara* te ajude a abrir suas... asas. — A pausa na fala de Sarah é intencional. Quando olho em sua direção, ela dá um riso diabólico.

— Você é nojenta, sabia?

— Você não pensaria assim se não tivesse mais essa virgindade ridícula.

— Estou tentando! Não é tão fácil quanto pensei.

— É exatamente tão fácil quanto pensou. Você só está perdendo a coragem.

— Não estou! De jeito nenhum. Eu estou a fim do cara. Muito a fim. Mas por alguma razão ele decidiu não ceder. Não sei por quê. É mais do que só a minha... inexperiência. É como se ele quisesse me deixar em paz, mas não conseguisse. E se ressente por isso. — Penso em minhas próprias palavras. — Bem, talvez "ressentir" não seja a palavra certa. Não sei como explicar. É como se ele quisesse ficar comigo, mas não fica. Como se sentisse que deve ficar longe de mim, mas não fica. É muito louco.

— E *excitante!* — acrescenta Sarah.

Eu sorrio para ela.

— E isso está me deixando louca!

— Ah, eu posso apostar que sim. Quando você o deixar agir, estará pronta para perder o controle. Mas isso pode ser bom, especialmente para a sua primeira vez.

Odeio pensar na minha primeira vez, e mais ainda falar sobre isso. Sei todos os detalhes, toda a mecânica e aspectos fisiológicos do assunto. Só quero acabar logo com toda aquela parte dolorosa e inconveniente e avançar para a parte boa. Estamos perdendo tempo!

— Bem, se há alguém em quem eu apostaria uma grana para fazer a primeira vez de uma garota ser inesquecível, essa pessoa seria Hemi.

— E quero toooodos os detalhes. Ouviu?

— Ouvi.

— E pare de perder tempo. Você é mulher. Use todas as armas que Deus te deu e deixe o cara de joelhos.

Eu dou um suspiro.

— Estou tentando.

— Não está, não. Só está indo conforme a maré, deixando as coisas "acontecerem". Mas não é assim. Você tem que *fazer* as coisas acontecerem. Do seu jeito. No seu tempo.

— Estou trabalhando nisso, Sarah. Pode acreditar. Está tudo sob controle.

Digo isto para Sarah me deixar em paz, sem acreditar em nada do que falo, nem por um segundo. Quanto mais o tempo passa e Hemi não age, mais insegura me sinto. Porém, ainda não estou pronta para desistir. Se eu pudesse escolher alguém no mundo para ser meu primeiro, esse alguém seria Hemi. Por mais teimoso, difícil e frio que ele seja, Hemi me mostrou um lado seu diferente. O lado carinhoso, magoado e inseguro em relação a algumas coisas. Pode não ter sido intencional, mas mostrou. E eu vi. E agora não consigo esquecer.

O que não posso — e não vou — contar a Sarah é que isto é muito importante para mim para simplesmente estragar tudo por causa de sexo sem compromisso. Para mim, isso vale mais. *Hemi* vale mais. Só não posso dizer isto a ela.

— Afinal, quando irá vê-lo novamente?

— Como eu tenho que ir à faculdade, ele não quer que eu vá ao estúdio muito tarde e fique cansada no dia seguinte, então disse para eu me organizar e ir na quinta e na sexta, à noite.

— Quanta consideração — comenta ela, em tom sarcástico. — Ele precisa superar essa babaquice e fazer logo o que deve ser feito.

— Sarah... — digo, revirando os olhos. — Você devia ter nascido homem.

— Por quê? Só porque sou sincera?

— Talvez.

— Exatamente por isso que eu *não* sou homem. Homem não é sincero. Eles escondem coisas e dizem o que você quer ouvir. Eu não faço isso. Por isso Deus me fez mulher. De longe um gênero muito superior.

— Você realmente *deveria* escrever isso em uma caneca.

— Estou me empenhando nisso. Estou me empenhando nisso. — Um relance em sua direção me diz que provavelmente ela está mesmo. E, se estiver, tenho certeza de que pelo menos uma dessas canecas vai aparecer debaixo da minha árvore de Natal.

Eu balanço a cabeça e reviro os olhos novamente.

Sarah é louca.

****

Quando chega quinta-feira, estou *mais do que pronta* para ver Hemi novamente. Sinto que estou ficando viciada, a ponto de achar que os momentos que passo longe dele são quase dolorosos; o que é ridículo naturalmente, já que o conheço há pouco tempo.

Mas ainda assim...

Eu me vesti com capricho para minha primeira noite no "estúdio", como diz Hemi. Queria parecer sexy e madura, sem parecer vulgar ou como se estivesse forçando a barra. Escolhi uma calça confortável, de cintura baixa, e uma blusa de manguinha, que deixa os meus seios bonitos e faz minha cintura parecer fina. Quando me movimento, ela dá um vislumbre da minha barriga. E fazer com que um homem tenha um vislumbre de uma parte do seu corpo é sempre uma boa ideia. Pelo menos foi o que ouvi falar. Além disso, em alguns ângulos, ela deixa a tatuagem das borboletas parcialmente visível, o que eu adoro.

Estaciono no final da rua para não ocupar nenhuma vaga dos clientes e salto do carro. Deixo a bolsa para trás, mas pego a pasta com os formulários para o chefe do Hemi preencher. São documentos para a faculdade e outros materiais, além do formulário de mentor. E então será oficial. Ele não conseguirá se livrar de mim pelo resto do semestre — algo que me deixa bem empolgada.

Quando chego, há duas pessoas na sala de espera. A julgar pela aparência, elas devem estar aguardando sua vez para serem tatuadas. Eu sorrio e vou até a entrada que leva à sala dos fundos. Não sei se devo simplesmente ir em frente, então coloco a cabeça do lado de dentro para tentar ver Hemi. E o vejo. Imediatamente. Meu olhar é atraído para ele como a terra é atraída pelo sol. Eu consigo avistar sua cabeça atrás da meia parede que divide sua área. Parece que ele está falando com alguém, uma mulher, muito provavelmente, a julgar pelo pouco que consigo ver.

Um rapaz aparece do meu lado. Eu estava tão distraída procurando Hemi que nem o vi se aproximar. Ele não deve ser muito mais velho que eu. Usa um penteado moicano e tem vários piercings no rosto. Ainda assim é atraente, num estilo punk rock, com seu sorriso encantador e olhos verdes brilhantes.

— Está procurando Hemi?

— Sim, eu o vi lá dentro, mas não quero atrapalhá-lo.

— Ah, não vai atrapalhar. A moça não é cliente.

— Tem certeza? Não quero causar problema.

— Como poderia?

— Bem, o chefe dele poderia se aborrecer...

O rapaz ri.

— Hemi *não tem* chefe. Ele *é* o chefe.

Fico confusa.

— Ele administra o estúdio?

— Sim, claro. Ele é o gerente.

— Ah, tá — digo desanimada. Queria saber por que ele nunca me contou isso.

— Mas esse será o nosso segredo. Ele não comenta com muita gente. Eu só pensei que ele contaria a você, já que vai passar a vir aqui com frequência.

— Como você sabe disso?

— Ele avisou que você viria, e que ele iria ensiná-la a tatuar. Tem alguma coisa a ver com a sua faculdade.

— Pois é. Sim, ele... vai me ajudar.

— Então, o que está esperando? Vá até lá — diz ele com um sorriso gentil. — Tenho *certeza* de que ele vai gostar de ver você. — Não sei exatamente o que significa esse comentário, mas ele desvia a minha atenção quando estende a mão e se apresenta. — A propósito, meu nome é Paul. Sou um dos artistas que trabalha meio expediente.

Eu retribuo seu sorriso e o cumprimento.

— Oi, Paul. É um prazer te conhecer. Meu nome é Sloane.

— Sloane — repete ele. — Vai ser *muito bom* ver você por aqui, Sloane.

Virgem ou não, consigo notar muito bem a admiração nos olhos de um homem. E há admiração nos olhos de Paul. Muita admiração.

— Você é um galanteador, Paul — digo francamente. — Mas mesmo assim eu gosto de você.

— Sabia que gostaria. A mulherada não consegue resistir. Quer tocar no meu cabelo?

Ele abaixa a cabeça ligeiramente para a frente, mostrando seu moicano espetado. É um gesto bobo da parte dele, mas me faz sor-

95

rir. E eu *de fato* quero tocar em seu cabelo, quando ele praticamente o esfrega no meu rosto.

— O que *é isso?* — pergunto quando encosto nas pontas.

Paul levanta a cabeça, passa os dedos no cabelo eriçado e sorri para mim.

— Nem queira saber. — Em seguida, começa a se afastar em direção à cadeira na qual agora está um cliente. — A gente se vê por aí, Sloane.

Sorrio, enquanto o vejo cumprimentar o homem grandão. Ele estica o braço em um cumprimento gentil e dá um leve soco na mão do cliente, como se fossem velhos amigos ou algo assim.

Que figura esse Paul.

Então volto a me concentrar em Hemi. Atravesso a sala e me dirijo ao cubículo onde ele trabalha. É apenas quando viro o corredor que vejo o quanto "não cliente" a mulher de fato é. Uma loira lindíssima que se inclina sobre ele, como se fosse *muito* íntima.

Quando paro de repente, ambos viram a cabeça na minha direção. Hemi parece irritado. A mulher parece... ansiosa.

— Desculpe, não queria atrapalhar — digo à mulher. Em seguida, me viro para Hemi. — Paul disse que eu poderia entrar. Mas, se você preferir, eu posso esperar na salinha...

— Não, tudo bem, querida — diz a mulher. De perto, posso ver que seus olhos são acinzentados, e seu rosto é um modelo de perfeição. — Eu já estava de saída. — Ela dá um sorriso atordoante para Hemi. — Obrigada mais uma vez, bebê. Vou recompensá-lo. Prometo. — Ela roça então os lábios nos de Hemi, antes de se afastar. — Vou deixá-lo voltar ao trabalho.

Ao passar por mim, a mulher deixa um rastro de perfume sofisticado. Fico só imaginando a marra de uma pessoa assim. Eu me recuso a olhar, mas realmente não preciso. O modo como Hemi a observa enquanto ela caminha me diz tudo o que preciso saber.

Não é de admirar que ele não tenha se interessado por mim. Realmente. Nem em mil anos e com uma equipe de cirurgiões plásticos eu poderia competir com uma mulher dessas. Nem nascendo de novo.

Sinto um nó na garganta. Eu não deveria deixar isto me perturbar. Quer dizer, eu via Hemi apenas como uma forma de viver um pouco, de me livrar da minha virgindade. Só isso, certo?

Certo?

— Posso voltar mais tarde se você estiver ocupado — digo, orgulhosa por não estar com a voz trêmula.

— Não, não precisa. Nós já... terminamos. — Hemi olha a pasta que estou segurando com toda a força. — Esses são os papéis que eu devo preencher?

— Sim, acho que pode assinar todos eles, já que é o gerente.

Ele não estremece quando digo isso. Provavelmente nem se incomoda que eu saiba.

Então retira os formulários da pasta e os coloca sobre o pequeno balcão, em um canto de seu cubículo. Enquanto os lê, o silêncio e a curiosidade são demais para suportar.

— Ela é... bem bonita.

— Também acho — concorda ele distraidamente. E não fala mais nada além disso. Eu deveria deixar passar. Mas não consigo. Simplesmente não consigo.

— Ela é, tipo, ex-funcionária ou algo assim?

— Não.

— É sua irmã?

— Não.

— Prima? Agiota? Freira? — Cruzo os dedos, torcendo para que ele diga sim à última pergunta.

Ele não sorri nem olha para mim.

— Não, é uma velha amiga.

— Ah, tá — digo, sem me sentir aliviada por ouvir aquilo. — Pensei que talvez alguém da sua família poderia estar na cidade ou algo assim.

— Não, ninguém da família na cidade. — Ele parece distraído. E não muito feliz. Não consigo evitar pensar que aquilo tem algo a ver com a visitinha da sua velha amiga. Fico imediatamente ressentida. Quando Hemi termina de preencher o formulário, me entrega os papéis e coloca a caneta na mesa. — Bem, algumas pessoas estão esperando. Vamos ver o que desejam. Acho que você pode participar de alguns esboços e fazer um molde esta noite.

E sua atitude fria e distante se arrasta pelo resto da noite.

Para meu desânimo.

Isso me faz questionar a ideia de armar esta cilada "profissional" para Hemi. Pensei que isto fosse resultar em mais tempo com ele, mas começo a achar que talvez não tenha sido uma boa ideia.

DEZESSEIS

Hemi

A volta de Sasha à minha vida não ajuda em nada meu humor. Já me sinto uma pessoa asquerosa. Tê-la por perto só vai me fazer lembrar disso com mais frequência. Com certeza, isto vai ser melhor para Sloane. Ela — e suas malditas virtudes — estão muito mais seguras comigo assim. E meu plano está mais seguro dessa forma, também.

Mas isso não significa que eu tenha de estar satisfeito.

A única outra coisa boa é que Sasha é o tipo de mulher com que estou acostumado. Com ou sem passado, ela sabe como o jogo funciona. Talvez eu possa extravasar minhas frustrações no seu corpo cheio de disposição.

Se eu conseguir tirar da cabeça a tempo um outro corpo mais gostoso.

DEZESSETE

Sloane

De alguma forma, eu tinha conseguido me convencer de que as coisas seriam melhores esta noite, que o ressentimento de Hemi em relação à sua "velha amiga" passaria e que poderíamos retomar nosso ritmo. Mas minhas esperanças não apenas são oficialmente destruídas no instante em que passo pela porta, como também são sufocadas, cortadas, apunhaladas e queimadas.

A primeira coisa que vejo é a loira lindíssima sentada em um banco, em frente a uma das cadeiras de tatuagem, fazendo um desenho na coxa de um cara.

Meu coração fica apertado.

Cada vez mais apertado.

A mulher levanta os olhos, meio constrangida, e me vê na porta, fitando-a.

— Você deve ser Sloane. Pode entrar e pegar uma cadeira. Hemi volta logo.

Ela é simpática e amável, o que obviamente me faz odiá-la ainda mais. Entretanto, faço a única coisa que posso: pego uma cadeira e a deslizo até o outro lado do cliente.

— Você está aprendendo a fazer tatuagem? — pergunta o cliente.

— Tentando — digo.

— Ela vai ter um dos melhores professores. Não poderia ser diferente. Eu ensinei a ele tudo que sei — diz ela, piscando para o rapaz.

Cacete! Esta é a mulher que o acolheu?

No início eu estava me sentindo pior. Mas depois, à medida que analisei a ligação entre os dois, comecei realmente a ficar animada. Toda essa sedução explícita não é motivada por um interesse amoroso. Hemi era o pupilo dela. Isto dá um sentido completamente diferente à relação deles, algo que não me intimida nem um pouco.

Agora sinto que posso, de fato, sorrir para esta mulher, e é um gesto quase verdadeiro.

— Quer dizer que você o ensinou a fazer isso?

— Sim. Não que tenha sido muito difícil. Hemi tem um talento natural. Nós desenhávamos em guardanapos, todos os dias, no café da manhã. Eu vi que ele tinha habilidades antes até de pegar a pistola.

A pequena e recente esperança que começara a emergir do meu desespero se apaga completamente com seu comentário.

Todos os dias no café da manhã.

Mas Hemi não toma café da manhã. Em hipótese alguma. Ele disse que não faz isso há muito tempo. Agora estou tentando entender há quanto tempo, exatamente.

— Então — digo pigarreando —, quanto tempo é preciso para se dominar a técnica? Quer dizer, quanto tempo você levou para ensinar Hemi?

Espero ter sido sutil. Meu Deus, por favor, faça com que eu tenha sido sutil.

— Alguns anos. Mas não creio que realmente tenha levado tanto tempo. Acho que nós prolongamos as coisas, se é que você me entende.

E então ela ri, em um tom rouco e sugestivo, que me faz querer morrer.

— Ahhh, entendi. — Bem, já que ela resolveu agir sem fingimentos, eu não preciso ficar cheia de dedos. — Quer dizer, misturando negócios com prazer, leva-se uns dois anos. Mas ficando apenas nos negócios leva-se muito menos. É mais ou menos isso? — pergunto, abrindo um sorriso, para não parecer invejosa. Ou mal-intencionada, embora me sinta das duas formas.

— Mais ou menos isso.

— Bem, nesse caso, acho que não vou levar tanto tempo.

Dói admitir, mas sei reconhecer quando perco. E me recuso a deixar esta mulher pensar que estou me importando.

Embora eu esteja.

— Não contaria com isso, querida. Hemi gosta de misturar negócios com prazer. E é difícil resistir.

— É por isso que você voltou? — pergunto sem cerimônia. Quando ela vira a cabeça na minha direção, eu sorrio novamente. — Quer dizer, eu acredito que *seja* difícil resistir a ele.

— Acho que não me apresentei, não é? — responde ela, ignorando minha pergunta. — Meu nome é Sasha. Eu vou trabalhar aqui por algum tempo.

Eu poderia abraçar Hemi enquanto ele atravessa a porta dianteira. Não sei se posso manter as aparências por nem mais um segundo. Se é que eu estava fazendo isso. Seja o que for, tenho certeza de que ela percebeu.

— Desculpe o atraso, Sloane — diz Hemi, indo direto para seu cubículo. — Vamos para os fundos. Tenho uma cliente daqui a alguns minutos. Ela quer algo bem criativo. Pensei em bolarmos alguma coisa antes de ela chegar.

— Legal — comento, levantando-me para retirar a cadeira do caminho. Então olho para Sasha. Ela está fitando Hemi. Será que ela está ofendida por ele ter ignorado sua presença? Só de imaginar isso, meu sorriso já fica um pouco mais satisfeito. — Prazer em conhecer você, Sasha.

— Foi um prazer te conhecer também, querida. A gente se fala depois. Vou ficar por aqui.

Se por uma fração de segundo eu estivesse inclinada a pensar que Sasha não era nenhuma ameaça, eu estaria enganada. Mas também estava enganada sobre a incapacidade de competir com uma mulher daquelas. Não que o fato de Hemi tê-la ignorado signifique alguma coisa — talvez ele a tenha visto antes de sair. É a reação *dela* que me dá esperança. Por que ela se sentiria ameaçada por mim se não houvesse razão para isso?

Seria essa lógica irracional?, penso ao colocar a bolsa sob o balcão, onde Hemi me disse para guardá-la.

Talvez. Mas é a lógica que me faz sentir um pouco melhor por estar aqui. E em relação às minhas chances. Então, equivocada ou não, me agarro a elas.

Talvez Sasha não tenha tudo resolvido na cabeça, afinal de contas.

****

Faz três semanas que comecei a fazer desenhos no Ink Stain. Três semanas ao lado de Hemi. Três semanas de hostilidade com Sasha. Três semanas vendo qualquer coisa que poderia nascer entre nós... ir por água abaixo.

Mas esta noite vou tentar pôr as coisas nos eixos, mais uma vez. Ou pelo menos ver se há algo *para pôr* nos eixos. Sasha não está trabalhando, Hemi disse que sua agenda está tranquila e que, se não houver muitos clientes sem hora marcada, fará o acabamento da minha tatuagem. Só de imaginar suas mãos no meu corpo novamente...

Aimeudeus!

É a primeira vez que me sinto ansiosa para chegar ao estúdio desde aquela noite que desencadeou uma espiral descendente de noites frustrantes. Mas esta é diferente. Esta noite será apenas Hemi e eu. Poderei ver em que situação estamos e como ele se comporta quando Sasha não está por perto.

Hemi não flerta com ela, mesmo quando estou lá. Parece que está aborrecido, porém ele age educadamente. Ela aceita aquilo normalmente. Tenho certeza de que ela sabe *por que* ele fica aborrecido. Afinal de contas, isso só começou depois que ela apareceu. Não sei o que está rolando entre os dois, mas, seja o que for, parece mais coisa do passado que algo atual.

Naturalmente, isso pode ser excesso de pensamento positivo da minha parte.

Merda!

Quando chego ao estúdio, Hemi está esperando por mim, no balcão.

— Você se incomoda de desenhar aqui fora por um tempo? E atender algum cliente, se chegar alguém? Estou com um cliente lá nos fundos e preciso fazer uns retoques nas cores.

Tento não me sentir muito desanimada e dou um sorriso.

— Tudo bem. Há algo específico que você quer eu desenhe?

— Sim. Trabalhe naquele que você fez em mim. Quero que você crie o esboço para podermos fazer um estêncil. Serei seu primeiro cliente.

Fiquei boquiaberta.

— Você está brincando, não está?

Ele sorri. Pela primeira vez em muito tempo, é o que parece.

— Não, não estou.

— Esta noite?

— Não. Esta noite eu devo terminar a sua. — *Yes!* — Talvez você possa me tatuar na próxima vez que vier trabalhar.

— Tudo bem. Se está bom para você, então…

Em seguida, pego alguns papéis sob o balcão e vou até o banquinho fixo que fica na parte de trás. Hemi se prepara para ir embora, mas logo para, do lado de dentro.

— Sloane — chama ele. Como não fala mais nada, eu levanto os olhos. Ele me fita durante longos segundos antes de prosseguir. — Entenda isso como um elogio. Significa que confio em você.

— Obrigada. — Não sei o que dizer além disso.

Hemi dá uma piscadela e desaparece na outra sala. Mais uma vez, como a fênix teimosa que insiste em renascer, a esperança reaparece.

****

Finalmente chegou a hora. Todo mundo já foi embora, clientes e funcionários. Agora somos só Hemi e eu. Sozinhos.

E ele vai terminar a minha tatuagem.

Estou nervosa. Não sei por que esta situação tem um peso muito maior do que fazer uma tatuagem. Acho que, na minha cabeça, estou dando a ele uma última chance de me mostrar que ainda me quer, antes que eu ponha um fim a toda e qualquer esperança em relação a nós dois. E estou rezando para que ele corresponda às minhas expectativas.

— Então, onde quer que eu fique? — pergunto.

— Ah, sim. As suas borboletas. Hummm — murmura ele, franzindo a testa. — Onde você quer que elas acabem?

— Bem, a última é bem aqui — digo, apontando por cima da roupa para a borda inferior do sutiã. — Talvez mais umas três ou quatro, até aqui. — Indico o lugar bem abaixo da minha axila. Eu *sei* o que estou pedindo. A pergunta é: Hemi sabe?

— Certo. Para chegar aí preciso que você levante a roupa desse lado. Não posso ficar afastando alças e tecido para trabalhar. Vai sobrecarregar a minha mão.

Seu tom é frio, mas eu não me sinto afetada.

— E essas mãos precisam estar livres para trabalhar — digo em tom de brincadeira. Hemi não diz nada, mas ergue a sobrancelha com o piercing. Um arrepio percorre meu corpo, e eu pigarreio. — Tudo bem. Eu posso tirar o sutiã e usar o avental, se você achar melhor.

Há uma longa pausa.

— Tudo bem. O que for mais confortável para você.

Faço um gesto com a cabeça e sorrio, antes de me dirigir ao vestiário. Então tiro a blusa e o sutiã e deslizo o avental sobre a cabeça. Ele é aberto nos dois lados, de forma a ser basicamente uma grande aba que cobre meu peito e minhas costas. Olho para o meu reflexo no espelho, esperando que Hemi não perceba minhas bochechas vermelhas e pupilas dilatadas. Então respiro fundo para me acalmar, antes de abrir a porta e voltar.

— Certo, quando você quiser — digo a Hemi, que está de pé ao lado da mesa, de costas para mim. Ele me olha por sobre o ombro e observa a parte superior do meu corpo. Percebo o músculo do seu maxilar se mexer, antes de se virar de costas novamente.

— Pode deitar na cadeira. De lado, por favor.

Eu faço como ele pede, um pouco nervosa. Então me deito, desnudo o lado direito do meu corpo e ajeito o avental em volta do peito, num gesto recatado. Quando Hemi se vira na minha direção, ele para e apenas me olha durante alguns segundos, antes de se sentar diante de mim. Vejo suas sobrancelhas se franzirem e me pergunto o que o deixa assim. Seria eu, a situação? Estaria ele resistindo? Será que não está interessado? Não está mais interessado em *mim*?

Fecho os olhos e levanto o braço acima da cabeça, afastando todas essas dúvidas, enquanto Hemi prepara a minha pele. De um jeito ou de outro, estou perto de descobrir.

— Então — começa ele, fazendo meu coração saltar dentro do peito. *Lá vamos nós...* —, fale mais sobre seus irmãos. Você disse que aquele no bar era... Steven? É o mais velho, não é isso? Ele deve ser bastante protetor.

Minhas esperanças e meu coração ficam desanimados. Isto não é *nem de longe* o que eu esperava.

— Humm, sim. Ele é muito protetor. Todos eles são.

— Parece que é o único que não tem um nome incomum. Ele tem algum apelido?

— Não. Ele é conservador demais para esse tipo de coisa. Acho que nem o seu parceiro tem um apelido para ele.

— Qual é o nome do parceiro dele?

— Duncan.

— É bem normal, também. Muito interessante.

Em seguida ele permanece calado, enquanto se prepara para começar a trabalhar. Não sei exatamente como me comportar diante disso: a falta de reação, a decepção devastadora, a humilhação. E *muita* humilhação. Eu me sinto como se tivesse sido enganada, como se ele tivesse flertado comigo apenas o bastante para me deixar apaixonada e depois simplesmente... se afastar. Emocionalmente. E agora *eu* fui deixada... na vontade.

Não digo nada. Não consigo encontrar forças para conversar. Só quero que isso acabe logo para que eu possa ir para casa e esquecer tudo.

— Você deve conhecer a maior parte dos amigos policiais do seu irmão — comenta Hemi, quando finalmente volta a falar.

— Sim — respondo vagamente. Tenho vontade de gritar!

— Acho que ouvi um deles chamar o outro de Tumblin um dia.

— Não sei. A única Tumblin que conheço é a rua onde meu irmão morava. Acho que nunca ouvi falar de nenhum policial com esse nome.

— Ah, merda! É uma rua — exclama Hemi, de forma esquisita.

— Bem, acho que isso faz mais sentido.

Não respondo. Não tenho a menor ideia do que ele está resmungando. E a esta altura não me importo nem um pouco. Estou dividida entre estar aborrecida com a rejeição e realmente enfurecida por ter sido enganada. Isso não me deixa muito a fim de conversa.

Hemi toca em um lugar especialmente sensível e eu dou um grito.

— Aaaai! Cacete, essa doeu!

Ele para imediatamente.

— Desculpe. — Seu tom é sincero. — Está tudo bem? — Ele fica de pé e se inclina para tentar olhar o meu rosto, que está parcialmente coberto pelo meu braço.

— Está tudo bem. Só... acho que você tocou em um ponto sensível. Talvez seja o último. Minha pele deve ser muito sensível mais para cima.

Ah, como são verdadeiras essas palavras!

Hemi esfrega a palma da mão no meu braço.

— Ei, tem certeza que está bem?

Seus olhos azul-escuros procuram os meus. Pela primeira vez durante toda a noite, ele parece realmente me *ver*. E isso torna as coisas piores.

— Tenho.

— Posso terminar de sombrear essa última borboleta? Vou fazer com todo o cuidado. Acho que você vai ficar mais satisfeita se me deixar terminar.

Depois de tudo, ele ainda me faz sentir como uma idiota.

— Tudo bem. Só essa.

Então ele se curva e beija meu antebraço.

— Vou ter cuidado. Não vai doer. Prometo.

— Não faça promessas que não pode cumprir.

Hemi sorri.

— Eu não faço.

Faz, sim. Todo mundo faz. Menos eu.

Ele então volta a se sentar na cadeira e continua com o sombreamento. Eu me preparo para sentir dor, mas ela não vem. Talvez Hemi realmente não faça promessas que não pode cumprir.

Ou talvez ele simplesmente não faça promessas.

DEZOITO

Hemi

Impaciente, ouço o toque do outro lado da linha.

— Porra, Reese, atenda!

Quando ouço a mensagem eletrônica, desligo o aparelho e ligo de novo. Vou encher o saco dele até ele atender.

— Alô — atende uma voz feminina abafada depois do segundo toque.

— É... posso falar com o Reese? — pergunto, pensando que poderia ter ligado para o número errado desde o início. Mas logo me dou conta de que isso seria impossível, porque eu tinha selecionado o número dele na lista de contatos. Não, este *tem que ser* o número de Reese.

— Ele está tomando banho. Quer deixar recado?

— Pode dizer a ele...

Então paro de falar no meio da frase quando ouço a voz irritada do meu irmão ao fundo.

— O que você está fazendo?

— Estava de saco cheio de ouvir o telefone tocar. — Ouço a mulher explicar.

— Pegue sua roupa e saia — manda Reese friamente.

Eita!

Meu irmão tem uma sede insaciável pelas mulheres, exatamente como eu (na realidade, exatamente como *todos* os homens da família Spencer), mas não tolera que nenhuma delas crie intimidade ou se meta em seu trabalho ou em sua vida. Se eu estabeleço certa distância com elas, Reese as mantém em outro planeta. Ele é um cretino sem coração, mas é meu irmão. E eu sei o que o tornou assim.

Após um ou dois minutos ouvindo os pedidos de desculpas da mulher, e em seguida seu choro abafado (Reese tapou o fone do aparelho), finalmente ouço a voz dele e *só* a voz dele. Nada mais da mulher.

— O que foi?

— Sou eu — digo rapidamente. — É ele. Eu o encontrei. Sei que é ele.

— Achou? Como?

— Liguei os pontos. A irmã mais nova, Sloane, a garota sobre quem falei, disse que ele morava na rua Tumblin. Era isso que faltava. É ele, Reese. Finalmente nós o encontramos.

— Puta merda — sussurra ele. — Vou repassar a notícia. Fique de olho nele. Falta pouco agora.

— Me mantenha informado — digo, sentindo uma ponta de alívio se formar em meu peito.

— Pode deixar — promete Reese. — Bom trabalho, Hemi.

— Eu disse que o encontraria.

— É mesmo. Obrigado, cara.

— Não fiz por você.

— Eu sei. Ele agradeceria se estivesse aqui.

— Eu sei — admito, fechando os olhos. — Eu sei.

DEZENOVE

Sloane

— Quer dizer então que você não vai voltar? — pergunta Sarah.

Dou um suspiro ao olhar pela janela, vendo a paisagem correr em cores desfocadas.

— Na verdade, eu não quero.

— Então não vá. Foda-se ele!

— Mas acho que tenho que ir. Quer dizer, agora isso é parte dos meus estudos. Desde que o fiz preencher aqueles malditos papéis.

— Se arrependimento matasse... — Além disso, não quero que ele pense que pode se livrar de mim tão fácil.

— Você acha que ele estava tentando se livrar de você?

— Não, não acho que ele estava *tentando* fazer isso. Só acho que perdeu o interesse quando a piranha voltou.

— Piranha? Cacete! Cuidado com as garras, mulher.

Eu sorrio para Sarah.

— Qual é o problema? Estou sendo boazinha.

— E eu estou adorando essa nova Sloane! Nunca vi você com ciúmes antes.

— Provavelmente porque ninguém como Hemi jamais se atreveu a se aproximar de mim antes. Os homens da família Locke não são de facilitar as coisas para um cara que tenta sair comigo, você sabe.

— E o único *cara* que não tem medo deles...

Suspiro novamente.

— Eu sei. É um saco.

Ela dá uma risadinha.

— Sim, dependendo do saco até que pode ser bom.

Lanço um olhar fulminante a Sarah.

— Não preciso de piadinhas sórdidas, Sarah. Nunca. Ouviu?

Ela dá uma piscadela exagerada.

— Você deveria estar aprendendo comigo, não me criticando.

— Não há necessidade. Não vou estar em condições de colocar seus ensinamentos em prática tão cedo. Pelo menos por enquanto.

— Amiga, você precisa ficar mais saidinha, se expor mais. Por que não se oferece como voluntária para aquele negócio de arte que você falou?

Olho para ela, confusa.

— Que "negócio de arte"?

— O lance de modelo nu. Você não disse que a sua turma fazia isso como parte de uma espécie de estudo da anatomia ou algo assim?

— Sim, disse, mas não vou me oferecer para isso! Ficou maluca?

— Não, não fiquei maluca! Estou falando sério. É exatamente o que você está precisando fazer. Se você quer realmente abrir as asas, então vá em frente! Isso é algo que você *nunca* teria feito antes. Mas a nova Sloane...

— A nova Sloane não é sinônimo de "Sloane estúpida".

— Isso não é estupidez. É coragem. Está fora da sua zona de conforto, mais uma razão para fazer. Talvez ver os outros apreciarem o seu corpo te dê uma perspectiva diferente.

— Eu não *preciso* de uma perspectiva diferente.

— Precisa, sim. Aquela piranha destruiu sua confiança. Você estava indo muito bem até ela aparecer. Agora precisa de um estímulo para que seu ego entre de novo nos eixos.

— Posso encontrar outros meios para estimular meu ego. Meios que não envolvam tirar a roupa diante de um monte de pessoas.

— Bem, é uma pena que você pense assim, Sloane.

— E por quê? — Como Sarah não responde, eu me viro para ela. Ela está visivelmente constrangida. — Sarah? Por quê?

— Porque eu mandei a Triva inscrever você como voluntária.

Fico boquiaberta.

— Você. Fez. O quê?

— Isso mesmo. Desculpe. Achei que você agiria de forma mais receptiva.

— Se achasse, não teria pedido a Triva para fazer isso pelas minhas costas.

— Se isso ajuda, você ganha cinco pontos na prova. Na época eu nem sabia, mas isso é bom, certo?

— Sarah... eu... por que diabos...

Estou sem palavras. Simplesmente sem palavras.

— Estou fazendo um favor a você, Sloane. Confie em mim.

— Nunca vou confiar em você novamente. Nunca.

— Não fale assim. Eu te adoro! Só fiz isso para *te ajudar*.

— Então, por favor, pelo amor de Deus, não tente me ajudar nunca mais.

— Tudo bem. Foi a última vez. Não vou ajudar mais. Prometo.

— Não faça promessas que não pode cumprir — murmuro.

Ela não diz nada, e eu também permaneço calada. Sua promessa deve durar no máximo uma semana. No máximo. Nós duas sabemos que ela não consegue evitar.

****

Não consigo decidir se é a vitória ou a derrota que é agridoce.

Falei com minha instrutora sobre o nu. Ela não se mostrou muito favorável. Não quis admitir que outra pessoa havia feito a inscrição por mim, o que fez minhas desculpas não parecerem muito convincentes. E ela não acreditou em nenhuma delas. Então, parece que estou presa ao compromisso de tirar a roupa e permanecer imóvel, diante de centenas de olhos, sexta-feira à noite.

A história da derrota/vitória vem do fato de que não poderei ir ao Ink Stain por pelo menos uma noite. Eu estava procurando uma desculpa para não ir, de certa forma. E agora eu tenho uma. Embora seja humilhante. Mas ainda assim... é uma desculpa.

Espero até a hora de sair, na quinta-feira à noite, antes de avisar a alguém no "trabalho". Já estou com a bolsa no ombro e quase na porta que leva à salinha de espera, quando volto e falo com Hemi. Ele está do outro lado da sala, limpando tudo.

— Ah, esqueci de falar, eu não venho amanhã à noite. Tenho um trabalho na faculdade.

Hemi franze a testa.

— Trabalho na faculdade? Sexta à noite?

— Sim, é voluntário. E dá pontos extras.

É quando Paul fala que as coisas tomam um rumo pior.

— Não tem nada a ver com o nu para o desenho de anatomia, não, né?

— É... tem sim. É esse mesmo.

— Eu me inscrevi — explica ele, animado. — Eu faço aula à noite e nos deram dez lugares. Então me inscrevi. — Em seguida, ele olha para Hemi e sorri. — Quer dizer, *claro*. Nós vamos desenhar uma garota nua. Quem não gostaria de passar uma noite de sexta-feira assim?

Eu rio, nervosa, sentindo o rosto corar.

— Quer carona? — oferece ele.

— Huum, não, eu... tenho que chegar lá cedo.

— Cedo? Para quê?

Sentindo o rosto queimar cada vez mais com o rumo da conversa, não respondo. Não só vou ter de me despir na frente de um colega de trabalho, como agora Hemi vai ficar sabendo disso.

Queria morrer agora!

— Ah, merda — sussurra Paul. — Você... não é... você é a modelo?

Hemi entra na sala e se vira para mim. Quando olho para ele, vejo que ele está me fitando, esperando por uma resposta. É a expressão em seu rosto que faz vir à tona o meu lado atrevido, o lado que eu mal conhecia.

— Para falar a verdade, sou eu, sim. Algum problema? — pergunto a Paul.

— Está brincando? Cacete, claro que não, não é problema nenhum.

Sinto o rosto corar diante de seu comentário e do brilho receptivo dos seus olhos. Não poderia ser em um momento melhor. Talvez Sarah tenha razão. Talvez eu *realmente* precise dar uma levantada no meu ego.

— Não pode estar falando sério — diz Hemi quando finalmente fala alguma coisa. Tanto seu tom quanto sua dúvida me irritam.

— Claro que estou. Por que não estaria?

— Você vai tirar... a roupa? Na frente de estranhos? E ficar parada enquanto eles te desenham?

— Sim. Basicamente isso — respondo, de forma corajosa. — Talvez consiga alguns clientes aqui para o estúdio. Quer dizer, eu *tenho* pintura corporal para expor.

Hemi parece furioso, e eu não consigo imaginar por quê. Mas, no momento, não me preocupo. Estou gostando disso. De verdade.

— Com certeza vou ficar bem atento — comenta Paul, com um sorriso brincalhão.

— Não tenho dúvidas — retruca Hemi. — Seria uma pena se eu precisasse de você *aqui* amanhã à noite, não é?

O sorriso de Paul se apaga.

— O que... Está falando sério?

— Não, ele não está falando sério — interrompo antes que Hemi possa falar alguma coisa. — Agora, o que não falta aqui é ajuda. Sasha é uma excelente profissional. Ela pode me substituir, com certeza. — Então me viro para olhar para Hemi, com ar desafiador. — Não é, Hemi?

Ele não diz nada. E eu o encaro, me sentindo mais corajosa do que nunca. Não vou assumir um papel inferior a Sasha. Pela primeira vez desde que ela apareceu, não me *sinto* inferior.

Posso ver a cabeça de Paul mover-se de um lado para o outro, entre mim e Hemi. Fico imaginando se ele percebe a tensão no ar.

— Estarei de volta sábado à noite — digo a Hemi, rapidamente, antes de me virar para Paul. — E verei *você* amanhã à noite.

Com isso, dou meia-volta e vou embora, falando ao sair pela porta:

— Tchau, pessoal.

Sigo até o carro sorrindo.

****

Minha coragem dura exatamente até a noite de sexta-feira, quando me vejo sentada em um banco, em uma saleta, usando apenas um roupão e sendo preparada por uma estudante do curso de cosmetologia. Ela fez meu cabelo e minha maquiagem conforme a orientação precisa do meu professor. Como a Sra. Shuler disse à garota o jeito que ela queria que eu ficasse, consegui facilmente entender seu objetivo. E o resultado final está muito perto do que eu tinha imaginado. Minha instrutora também parecia satisfeita.

Meu cabelo é uma massa de cachos pretos brilhantes, no alto da cabeça, presa com pequenas flores brancas salpicadas em todas as partes. Algumas mechas foram deixadas soltas, para ficarem caídas sobre o meu ombro. A maquiagem é pesada em volta dos olhos, mas minha pele foi deixada pálida para realçar a força dos meus lábios vermelho-rubi. A ideia por trás da cena é que eu transmita ao mesmo tempo uma inocência — cachos delicados e flores brancas pueris — e uma sexualidade — lábios vermelhos e olhos escuros —; uma dicotomia que os artistas devem apresentar em seus desenhos, cada um à sua maneira. Estarei completamente nua, apoiada sobre o cotovelo, com um dos joelhos dobrados, segurando uma maçã verde na altura da garganta, e a cabeça inclinada para trás.

Por um lado, fico animada. Estou ansiosa para ver como ficarão os desenhos. Sempre fui fascinada pela variedade de formas que as pessoas são capazes de interpretar a partir de uma mesma imagem e como elas retratam isso em sua arte. Isso me faz querer estar dentre o grupo de artistas em ascensão, desenhando, em vez de ficar na mesa, servindo de modelo. Mas este é o meu lugar esta noite. Talvez no próximo evento da turma eu tenha o bom senso de me inscrever, em vez de estar tão ligada em um cara que nem *sonharia* em renunciar uma noite no seu estúdio para fazer algo relacionado à faculdade.

Então dou um suspiro. Esses dias acabaram. Não estou mais tão ligada em Hemi. As coisas mudaram. Percebo isso agora. Mas pelo menos consegui recuperar um pouco da minha dignidade, graças a Sarah. Mas, claro, nunca poderei dizer isso a ela, caso contrário essa história não teria fim. Ela acabaria armando os esquemas mais malucos e esperaria que eu sempre concordasse por causa da única vez que esteve certa.

Eu sorrio e balanço a cabeça ao pensar na minha amiga. Ela estaria orgulhosa de mim se pudesse me ver agora. Embora eu esteja satisfeita que não possa ver. Já é ruim o bastante ter que olhar nos olhos de Paul, no estúdio, depois disso tudo.

— É agora — diz minha professora, Anita Shuler, ao enfiar a cabeça pela porta.

Respiro fundo, reúno cada partícula de coragem que consigo encontrar e vou, de cabeça erguida, atrás dela. Em duas horas, tudo terá acabado. Somente duas horas. Posso fazer qualquer coisa por duas horas.

Certo?

Certo.

A Sra. Shuler para bem na porta da sala repleta de estranhos que me verão nua em pelo daqui a alguns minutos.

— Espere aqui.

A janela de vidro no centro da porta de madeira foi coberta, escurecida. Talvez para que as pessoas que passarem casualmente não possam me ver pelada. Graças a Deus!

Ouço a professora se dirigir aos alunos, dentro da sala. Ela lembra a todos o objetivo do exercício desta noite e como espera que todo mundo se comporte. Fico contente que ela reitere essas instruções, me poupando de ter que aturar qualquer reação infantil e aviltante.

Quando ela termina, eu aguardo novas instruções, sem saber se devo entrar ou...

Mas então a porta se abre, e a Sra. Shuler aparece. Ela mantém a porta fechada atrás dela, apenas o tempo suficiente para me encorajar.

— Entre de cabeça erguida. Não olhe para os lados. Finja que é a única pessoa na sala. Se for preciso, repita sua música favorita várias vezes, mentalmente, até a aula acabar.

— Obrigada, Sra. Shuler. Está tão visível assim que estou nervosa?

— Não, mas eu fiz isso uma vez na faculdade, também. Eu me lembro de como foi. Confie em mim — incentiva ela com um sorriso gentil. — Quando acabar, vai ficar contente de ter feito.

— E até lá?

Ela dá uma piscadela.

— Continue pensando naquela música.

Nervosa, retribuo o sorriso, que desaparece do meu rosto no instante em que ela abre a porta. Eu a sigo, mantendo os olhos fixos no espaço entre seus ombros. Ela me conduz direto à mesa e fica de frente para mim, enquanto abro o roupão e o deixo cair pelos braços, no chão.

Da forma mais graciosa possível, deslizo o corpo sobre a mesa, consciente do arrepio que surge nos meus braços quando minha pele toca a superfície fria. Tento não pensar no quanto meus mamilos devem estar enrijecidos. A última coisa que preciso é de um rubor na face, o tempo inteiro.

Então me ajeito, até sentir a parte de trás confortável. Em seguida pego a maçã e a posiciono. Deixo a cabeça pender para trás e solto o suspiro que estava prendendo.

Sinto as mãos frias da Sra. Shuler tocando meus membros. Ela acomoda minha perna inclinada, puxando-a um pouco mais para a frente, e põe a maçã mais embaixo, na minha garganta, quase no meu peito. Por fim, ela levanta a minha cabeça ligeiramente, deixando-me numa posição muito mais confortável durante o tempo que vou ficar aqui. Agora, se eu *realmente* abrir os olhos, o que me instruíram a evitar fazer com muita frequência, tudo o que vejo é a porta, do outro lado. Aquela com a janela coberta. Se eu conseguir me concentrar nisto...

Percebo que ela se afasta e, em seguida, ouço sua voz em algum lugar, por cima do meu ombro esquerdo.

— Vamos começar.

E são com essas palavras, com essa pequena frase, que eu sinto o verdadeiro alívio. A parte difícil acabou. Eu consegui. Tirei a roupa e subi em uma mesa para posar nua, em uma sala cheia de artistas. Agora, só preciso esperar.

Apenas esperar.

Os minutos se arrastam como se fossem horas, e eu começo a pensar em como devo parecer, sentada aqui. Com pensamentos assim, volto a ficar nervosa. Então me lembro do que a Sra. Shuler disse.

A música.

Embora haja pelo menos uma dúzia de músicas que consigo lembrar sem pensar muito — e que não só adoro, como também considero relevantes —, só uma me vem à memória: *Still Remains*, a canção que ouvi no estúdio. Aquela que provavelmente me lembrará para sempre de Hemi. O Hemi sexy, belo, evasivo.

Não sei quanto tempo se passou. Não sei quantas vezes repassei a música na minha mente. Não sei quanto tempo fiquei pensando em Hemi, deixando meus pensamentos serem levados em oceanos de sonhos e fantasias, tudo girando em torno do que eu esperava que compartilhássemos, esperava que pudéssemos ser — mas isso parece ter sido há uma eternidade.

Tenho de admitir que eu esperava mais do que somente sexo. Eu esperava poder experimentar o amor, ao menos uma vez na vida. Mas a cada dia que passa não sei se isso é possível. O tempo voa tão rápido, de forma tão inesperada. Minha mãe pensou que o tinha para sempre. Mas não teve.

Minhas pálpebras tremulam e eu me dou conta de que minha cabeça se inclinou muito sobre meus ombros, mais do que a Sra. Shuler havia me posicionado. Então eu a levanto, enquanto meus olhos procuram o quadrado de vidro coberto, que me servia de ponto de apoio. Porém, em vez de ver o quadrado de madeira com a janela coberta, vejo Hemi. De pé, na porta, olhando para mim. Me observando.

Minha pulsação acelera e minha barriga revira com uma mistura de constrangimento, curiosidade e excitação. Sinto a respiração acelerar, mas eu a controlo, decidida a não reagir, de nenhuma maneira perceptível. Não desvio o olhar nem fecho os olhos. Mantenho a cabeça firme e os olhos fixos nos dele.

Seu olhar é intenso. Não é feliz ou raivoso, apenas intenso. Posso dizer pela cor dos seus olhos que Hemi não está com ânimo leve, descontraído. Eles... quase brilham quando ele está alegre. Ficam num tom mais vivo de azul. Mas não esta noite. Esta noite, eles estão da cor de águas muito profundas, calmas na superfície e agitadas na parte de baixo.

Então, de propósito, como se estivesse me desafiando a fazê-lo parar, ele deixa os olhos percorrerem meu corpo nu. Fico tensa conforme eles descem pela minha garganta, até os meus seios. Então ficam lá. Não acho que precisaria vê-los parar para saber onde ele está olhando. Se ele estivesse respirando, exalando nos meus mamilos, não creio que pareceria mais real do que o que sinto agora. Seu olhar é como um toque. Não um toque físico, mas ainda assim um toque.

Finalmente, quando meus mamilos estão pesados com uma dor que não alivia, Hemi vai adiante. Seu olhar desliza pelas minhas costelas, acaricia minha barriga e provoca as minhas coxas. Então ele aperta os olhos no lugar coberto com a minha perna dobrada, mas ainda assim eu também sinto seu toque lá.

O calor toma conta do meu corpo. Começo a corar e sentir falta de ar, apesar da determinação de me conter. Então fecho os olhos e tento interromper o que ele está causando em mim. O que ele está causando em mim, do outro lado da sala. Diante de uma multidão de espectadores. Tento recuperar a calma que sentia antes, mas ela me escapa. Volto à canção que ficou na minha cabeça, mas agora ela só piora os efeitos da análise de Hemi.

Embora não considere a melhor escolha, não consigo resistir e abro os olhos novamente. Mas vejo que Hemi não está mais lá. Não há ninguém na porta.

Durante alguns segundos, chego a me perguntar se eu simplesmente o imaginei lá, mas um movimento à minha esquerda chama minha atenção. Por um instante, viro a cabeça. Hemi está contornando a sala para, imagino, falar com a minha instrutora. Com certeza foi assim que ele conseguiu aparecer esta noite. Afinal, isto não é exatamente um evento público.

Rapidamente, antes que alguém possa notar e antes que Hemi possa me flagrar olhando para ele, volto à minha posição. Independentemente do que acontecer daqui para a frente, minha paz acabou. Minha calma se foi.

Hemi me viu nua.

E eu adorei cada segundo.

VINTE

Hemi

Merda! Merda, merda, merda!

Estou tão furioso agora, três horas depois, quanto estava quando entrei naquela sala e vi Sloane, nua, deitada em uma mesa. Eu nunca deveria ter ido lá. Deveria ter ficado bem longe dela. Eu já havia descoberto a informação de que precisava. Não tinha razão para manter a mentira, muito menos tornar as coisas em um nível pessoal. Mas foi exatamente o que eu fiz.

Na quinta-feira à noite, depois que ela saiu, eu só pensava no que ela estaria fazendo à noite. E hoje, o dia todo, não conseguia pensar em outra coisa. Ela iria tirar a roupa e posar para um bando de estudantes imbecis babarem em cima dela e fazerem um desenho. Mas eu não precisava ir para ver com meus próprios olhos. Por que fui fazer isto?

E agora… agora não consigo tirar a imagem dela da cabeça. Se eu soubesse que o fascínio da sua inocência doce e sexy seria tentador…

Então fecho a gaveta da mesa com violência e olho o relógio novamente. Ela já deveria ter chegado.

— O que está acontecendo com você? — pergunta Sasha do outro lado da sala, onde está pintando o braço musculoso de um cara.

— Não é da sua conta — respondo com raiva, sem me preocupar com a possibilidade de magoá-la. Não vou responder a perguntas de ninguém. Não vou admitir, de jeito nenhum, que estou esperando Sloane, que eu pedi à sua professora para avisá-la para passar

122

no estúdio esta noite, porque eu precisava discutir essa história de mentor com ela. Não, eu jamais admitiria isto. Nem admitiria a maneira insana como me sinto agora porque ela não apareceu.

Não, eu nunca confessaria a ninguém. Nem a mim mesmo.

VINTE E UM

Sloane

No início, eu me recusei a fazer o que Hemi havia pedido. Disse a mim mesma que *não* iria ao estúdio esta noite. Ponto. Eu *não* sou obrigada a estar sempre à disposição dele. Além disso, eu me sentia envergonhada só de *pensar* em ficar diante dele novamente, depois do que aconteceu. Mas então me dei conta de que pareceria muito pior se eu *não* aparecesse. Portanto aqui estou, esperando todos os outros irem embora para que não haja testemunhas da conversa embaraçosa que estou prestes a ter.

Sasha é a última a sair. Claro. Vejo a porta da frente se abrir e ela aparecer. Sozinha. Hemi não está com ela. Por alguma razão, isso me traz alívio e satisfação. Ele não a levou até a porta. Provavelmente ele não deu bola para ela hoje. Pelo menos isso é o que digo a mim mesma.

Então eu a vejo entrar em seu pequeno conversível vermelho e ir embora. Resisto ao impulso de vomitar. *Eca!* Eu não gosto nem do *carro* daquela mulher!

Fico prestando atenção até a lanterna traseira desaparecer completamente no topo da ladeira e só então saio do meu carro. De pé, ajeito meu vestido e respiro fundo ao atravessar a rua. Quando estou me aproximando do meio-fio, vejo Hemi vir até a porta. Acho que ele está fechando o estúdio.

Então paro quando ele ergue a cabeça e nossos olhos se encontram através da porta de vidro jateado. Suas mãos param no ar, hesitando, acima da fechadura. Durante alguns segundos, ele não se move. Será que está em dúvida se fala comigo ou se simplesmente me ignora. Quando ele afasta a mão da fechadura, eu sei o que ele vai fazer. Ele inclina o corpo para a frente, abre a porta e me espera entrar. Eu entro. Nenhum de nós diz uma palavra enquanto ele a fecha e a tranca atrás de mim.

Sem saber que tipo de confronto me aguarda, ergo o queixo e aprumo a postura, aguardando o que ele tem a dizer. Mas ele não fala nada. Em vez disso, dá a volta no balcão e atravessa a porta que dá para a sala dos fundos.

Espero alguns segundos antes de segui-lo, e o vejo de pé, ao lado da cadeira que ele usa para fazer tatuagem. A cadeira está totalmente reclinada na posição horizontal, com certeza para ele limpá-la.

Hemi está com o corpo inclinado para a frente, os punhos cerrados e plantados na superfície de vinil almofadada. Embora sua cabeça esteja abaixada e eu não consiga ver o seu rosto, sei que ele está furioso. Percebo isso em cada linha rígida do seu corpo.

Eu me aproximo lentamente, o salto da minha sandália batendo de leve no piso de azulejo. Sinto um ar frio nos braços e nas pernas à mostra, e tremo quando paro, a alguns centímetros de distância.

— O que você queria falar comigo, Hemi?

Ele não se move nem fala nada. As veias de seus antebraços estão visíveis, e seus tríceps são marcantes sob a roupa. Fiquei receosa sobre vir aqui o tempo *todo*. Agora, acho que deveria ter dado ouvidos à minha intuição.

— Se você não vai falar comigo, então vou embora.

Começo a me virar, quando ele levanta os olhos para mim e me fita com um olhar irado.

— Não se atreva — resmunga. Em seguida, ajeita o corpo e dá dois longos passos na minha direção, ficando de frente para mim, seu peito a poucos centímetros do meu. — Você vai me dizer que diabos tinha em mente com aquela proeza?

— Que proeza? — pergunto, espantada.

— Tirar a roupa e ficar pelada em cima de uma mesa, diante de um bando de idiotas babando em você.

— Não foi uma *proeza*. Fiz aquilo para a faculdade. Eu...

— O cacete que foi! Você fez aquilo para se vingar de mim. — Ele cerra os dentes com tanta força que posso quase ouvi-los rangendo.

— Me vingar de você? Por quê? Isso é ridículo.

— Você quis me mostrar o que eu não posso ter, o que estou perdendo? Bem, já mostrou.

— Hemi, isso não faz sentido. Do que você está *falando*?

— Fiz tudo que podia para ficar longe de você. Para manter as coisas no nível profissional. Para manter as mãos longe de você. E aí você vai e faz isso.

Então fico furiosa.

— Você *é* um babaca egoísta! Aquilo não tinha nada a ver com você. Tinha tudo a ver *comigo*. Eu não fiquei pelada e mostrei meu corpo em público naquela sala para provocar *você*. Fiz para provar a mim mesma que eu *poderia*. Que eu *posso*.

— E você gostou? De saber que todos aqueles olhos estavam em você? Que todo mundo naquela sala, homens *e* mulheres, fariam qualquer coisa para saborear você?

— Isso é ridículo! Ninguém naquela sala estava olhando para mim dessa forma.

— Aí é que você se engana — retruca ele, furioso. — Você não tem a menor ideia de como você estava, lá em cima. Com o cabelo preso no alto e uns cachos soltos no ombro. — Ele estende a mão e acaricia as mechas de cabelo que ainda estão no mesmo lugar. — Seus lábios tão vermelhos e convidativos — continua ele, olhando para minha boca. Sinto o impulso de umedecer os lábios. — E seus seios, tão redondos e firmes. Ah, meu Deus! — suspira Hemi. — Nunca senti tanta vontade de tocar uma pessoa em toda a minha vida. Ninguém. Nunca. Minha língua formigou só de pensar em chupar um daqueles pequenos mamilos rosados. E quando você olhou para mim, pude ver nos seus olhos. Você desejava a mesma coisa. Desejava que eu a tocasse. — Sua voz é baixa e grave, hipnótica. Goteja sobre a minha pele como mel. — Diga que queria que eu te tocasse.

Ele está tecendo uma rede de desejo à minha volta, suas palavras como fios de seda resistente, mantendo-me presa. Estou aprisionada por elas, envolvida por *ele* até que me solte ou me tome nos braços.

Antes que eu possa pensar melhor, falo com franqueza.

— É verdade. Eu mal conseguia respirar quando você olhava para mim — admito, sem fôlego.

— Sei que vou me odiar por isso amanhã, mas eu preciso saborear você, Sloane. Não posso mais negar isso, nem mais um minuto. Vou mostrar a você o que eu estava pensando quando te vi lá. Vou mostrar como são as coisas quando um homem desiste de lutar. — Suas palavras se distanciam conforme seu rosto se aproxima do meu. Sinto sua respiração quente e úmida nos meus lábios. — Vou mostrar como são as coisas quando seu desejo se realiza.

E logo seus lábios tocam os meus. Pelo primeiro toque, tenho a sensação de que ele quer me devorar. Eles são firmes e insistentes. Sua língua é exigente quando lambe a minha boca, decidida a explorar o interior. Eu a aceito. Eu *o* aceito.

Ela se entrelaça na minha, e eu o saboreio. Seu gosto é ainda melhor do que eu imaginava.

Ele então suga meu lábio inferior e o chupa suavemente, conforme sua mão encontra as alças do meu vestidinho de verão e as desliza para baixo. Ele percorre os meus braços com seu toque, arrastando as alças junto, tirando o meu vestido. Sinto o ar fresco na minha barriga quando o vestido cai no chão.

Com os lábios ainda nos meus, Hemi toca de leve as minhas costas. Quando chega no quadril, eu o sinto gemer na minha boca. Ele joga a cabeça para trás.

— O que foi? — pergunto, ofegante, olhando para seu rosto bonito.

— Você não está usando nada.

Eu dou de ombros.

— E por que eu usaria?

Como se o fato de não estar usando nada de alguma forma fomentasse sua paixão, Hemi dá um rosnado, apertando meus lábios nos seus. Então me suspende e se vira, para me colocar na cadeira de tatuagem.

Sem tirar os lábios dos meus, ouço o zumbido do pequeno motor enquanto Hemi levanta a superfície. Quando a cadeira para de subir, ele consegue deslizar o quadril facilmente entre as minhas pernas. A altura perfeita, a posição perfeita.

Ele fala com os lábios nos meus, suas mãos deslizando sobre meus braços e minha cintura.

— Quis pôr os lábios em você durante cada segundo que passei tatuando essa pele linda.

Hemi faz um caminho de beijos pela minha mandíbula e pelo meu pescoço, pressionando meu corpo para trás quando alcança o meu ombro. Eu me apoio nas palmas das mãos, aplainadas na mesa atrás de mim.

— Cada borboleta que eu fazia, eu chegava cada vez mais perto disso — sussurra ele, tocando suavemente meus seios —, e sempre pensava que não conseguiria fazer mais uma vez. Nem mais uma vez, ou iria explodir. — Hemi passa os dedos em meus mamilos. Eles formigam terrivelmente; meus seios pesados de desejo. — Não sei quantas vezes sonhei que estavam na minha boca — diz ele, seus lábios serpenteando em direção aos mamilos. — E que você se arrepiava com isso.

A boca quente de Hemi se fecha sobre meu mamilo e eu dou um suspiro, a sensação irresistível de uma coisa tão boa. Como se o fizesse para acontecer exatamente como ele tinha imaginado, um tremor de puro prazer percorre meu corpo. Tudo que sinto é calor — o calor da sua boca, o calor das suas mãos, o calor do seu corpo entre as minhas pernas. Até o vinil frio debaixo de mim parece quente.

— Hummm — geme ele, e o som da sua voz vibra no meu mamilo. — Exatamente assim.

Enquanto lambe e chupa um dos meus seios, Hemi acaricia o outro, apertando os mamilos.

— Mas nada me preparou para essa noite — sussurra ele, agarrando as minhas mãos, afastando-as do vinil e me levando mais para trás. — Não pensei que poderia desejá-la mais até vê-la hoje.

Então percebi que, por mais que lutasse, não conseguiria descansar enquanto não a sentisse gozando com meus próprios dedos. Até poder tirá-los de dentro de você e lambê-los.

Suas mãos deslizam pelo meu corpo até a minha bunda, e puxam meu quadril para mais perto da beirada da cadeira. Hemi se ajeita entre as minhas pernas. Seu corpo e sua roupa roçam minha pele, me fazendo ansiar por mais pressão, por algo para preencher o vazio, para aplacar a palpitação que eu sinto.

Então ele me beija novamente e leva as mãos ao lugar onde mais desejo. Sinto a ponta do seu dedo roçar a parte externa, antes de ele enfiá-lo em mim. Dou outro suspiro, não familiarizada às inúmeras sensações que ele provoca em mim.

— Você gosta assim? — sussurra ele nos meus lábios. — Quer mais?

Não consigo falar. Tudo que consigo fazer é dar um gemido curto, sem fôlego.

— Isso aí, quero ouvir você gemendo gostoso.

Ele lambe meus lábios conforme massageia minha pele pulsante com o dedo.

— Cacete, você está muito molhadinha — continua ele. — Quero tanto ficar dentro de você.

Ele então desliza a língua na minha boca enquanto enfia o dedo em mim. Lenta e cuidadosamente, roça sua língua na minha, me provando profundamente, conforme seu dedo explora meu corpo. Sinto a pressão quando Hemi curva o dedo e o retira, devagar. Uma tensão aperta meu estômago fazendo a ansiedade crescer entre as minhas pernas. Quero pedir, suplicar, mas as palavras não saem. Apenas sons.

— Vou fazer você gozar, Sloane. E quero ouvir você gozando.

Ele introduz outro dedo, movendo ambos dentro de mim, enquanto usa o polegar da outra mão para tocar a parte mais sensível. Sinto que estou a ponto de explodir quando ele pega meu clitóris entre as pontas do dedo e puxa levemente.

— Isso, garota — provoca ele, quando meu quadril começa a se mexer. — Olhe para cá, Sloane. Veja o que estou fazendo.

Hemi afasta o peito o bastante para que eu possa ver, para que eu possa fazer o que ele me pede. Dois dedos desaparecem dentro de mim, pressionando entre as minhas partes. Com a outra mão ele segura meu quadril, e seu polegar circula meu clitóris.

— Na próxima vez que olhar, vai ver o meu pau entrar em você e sair molhadinho. E vai me ver gozar. Bem aqui — indica ele, tocando a parte intumescida ao enfiar outro dedo em mim.

Sua voz torna-se cada vez mais suave, e cada vez mais distante, conforme meu mundo se ajusta a um ponto focal. Tudo é vago em comparação ao que Hemi faz com as mãos.

E logo minha respiração para e sinto o fôlego preso dentro do peito. Fecho os olhos no instante em que um gemido sai de mim. Meus olhos piscam. Um fogo percorre meu corpo. Um líquido quente e incandescente flui em mim e vai para as mãos dele.

— Isso, Sloane. Cacete, isso. Goze para mim.

Seus dedos são como mágica; suas palavras, um elixir poderoso. Após alguns segundos de nada além da sensação intensa, um torpor toma conta dos meus membros, deixando-os pesados. Meus braços não me sustentam mais e eu deixo o corpo cair na superfície almofadada da cadeira. Minha respiração volta ao normal, saindo do corpo em uma série de breves arfadas.

Quando finalmente consigo abrir os olhos, olho para baixo e vejo Hemi me observando, com uma expressão voraz. Lentamente, enquanto eu o fito, ele leva a mão até a boca e desliza a língua no dedo.

— Caral...

A expressão é interrompida quando ele trinca os dentes e fecha os olhos. Em seguida, inclina-se para a frente, agarrando meu quadril e abaixando a cabeça novamente. Eu o ouço resmungar e sinto que ele soca as mãos na cadeira. Quando volta a falar, preciso me esforçar para ouvi-lo.

— Vou parar por aqui, Sloane. Quero que esta escolha seja sua.

— Escolha? — pergunto, confusa.

Hemi olha para mim. Sua expressão é quase de dor.

— Sim, você tem que tomar essa decisão sem se sentir pressiona-da, sem ninguém para te influenciar. Quando não estou explodindo de tesão com o desejo de te penetrar.

O peso entre as minhas coxas diminui e eu volto à vida imedia-tamente com suas palavras.

— Você não está me pressionando.

— Conheci muitos tipos de mulheres. Mas nenhuma como você. Nenhuma. Estou tentando fazer a coisa certa.

Duvido que ele quisesse que elas fossem como eu, mas suas pala-vras me fazem sentir como se eu fosse... uma exceção. Viro a cabeça para o lado, fugindo do seu olhar.

— Não é algo que fiz *de propósito* — explico, tentando não parecer defensiva sobre a minha virgindade.

— Não é uma coisa ruim. Não é disso que estou falando. Não é uma coisa ruim *de jeito nenhum*. Não sei muito bem como conseguiu controlar até agora, mas estou contente que ainda seja virgem.

— Bem, na realidade, não tive muitas oportunidades. Com o pai e os irmãos que eu tenho, os caras preferiam não se arriscar. Acho que todos tinham um pouco de medo dos homens da minha família.

— A perda deles é o meu lucro — constata ele, me puxando para que eu fique sentada, falando suavemente no meu ouvido e roçan-do o rosto no meu. — Quero que saiba de uma coisa, Sloane: não posso mais ficar longe de você. Você tem que ter certeza de que realmente quer isso. E que eu sou o cara.

Eu inclino a cabeça para trás para fitar os olhos de Hemi e mer-gulho nas profundezas azuis tempestuosas.

— Eu quero — admito, confiante.

— Posso não ser capaz de oferecer cafés da manhã e prometer coisas, mas posso te dar prazer de um jeito que nunca sonhou. Isso vai ter que ser suficiente.

— Não quero promessas. Elas quase sempre não passam de belas mentiras. São palavras com o objetivo de fazer os outros se sentirem melhor. Mas, no fim, continuam sendo apenas mentiras. Mentiras frustrantes — digo, num momento de completa honestidade. — En-tão não se preocupe em fazer promessas. Prefiro a verdade.

Por um momento, antes que ele consiga disfarçar, vejo um lampejo de arrependimento em seu rosto. Não sei ao certo o que significa, e vou fazer o possível para não pensar nisso. Vou fazer de tudo para não me concentrar em *nada* que possa se sobrepor a esse momento especial. Quaisquer que sejam os segredos de Hemi, eles pertencem a ele, e cabe a ele guardá-los ou compartilhá-los. Como os meus. Todos temos nossas razões para esconder coisas. Eu não posso negar isso a ninguém.

— Então isso é o que vou dar a você: a verdade. Agora — diz ele, tomando meu rosto nas mãos —, quero você, Sloane. Quero fazer coisas para você, fazer coisas *com* você. Quero mostrar como é ter alguém adorando o seu corpo. Quero que experimente o prazer que um homem *deve* dar a você, para que nunca aceite ter menos. Saiba que, enquanto estivermos juntos, você é minha. Só minha. De mais ninguém. Entendeu? — Eu respondo com um gesto afirmativo de cabeça. — Não me entenda mal. Eu *adorei* ver seu belo corpo naquela pose, como o quadro da inocência e do pecado, tudo misturado numa pele macia e sedosa. Mas — ressalva Hemi, com a testa franzida — não gostei que outras pessoas te vissem daquele jeito.

— Não é como se eu estivesse fazendo algo com qualquer um deles. Ou como se eu *conhecesse* algum deles. Bem, exceto Paul. — Meu rosto queima só de pensar em vê-lo novamente.

— Eu sei. Mas mesmo assim não gostei.

Não vou sorrir porque seria grosseiro e mal-educado. Mas quero fazê-lo. Por dentro, estou sorrindo.

— Você não vai fazer aquilo de novo, não é?

— Claro que não!

Sinto sua respiração soprar em meu rosto quando ele dá um suspiro.

— Que bom. Eu odiaria ter que jogar um cobertor em você e te arrastar para fora de lá.

Desta vez, realmente sorrio.

— E o que faz você pensar que isso seria certo?

— Porque *alguém* acabou de me dizer que, enquanto for minha, é *só minha*. E isso inclui olhar. Eu odiaria ter que meter a porrada em um bando de estudantes babacas porque estavam no lugar errado, na hora errada.

— Você faria isso? — Não posso negar o prazer que suas palavras me trazem.

— Com certeza!

— Muito bem, então. Longe de mim colocar em risco a vida de outras pessoas. Acho melhor permanecer vestida.

— Menos quando estiver comigo. Em vez de uma política de "portas abertas", tenho uma política de "roupa opcional".

— Isso vale para todos os seus funcionários?

— Não, só para as estudantes sensuais que parecem anjos e têm gosto doce.

Eu aceno com a cabeça, pensando que poderia fitar seus olhos para sempre e nunca ficar entediada. Poderia ficar ouvindo sua voz eternamente e nunca sentir falta de outros sons. Durante algum tempo — não importa quanto — vou me concentrar em Hemi. E, enquanto eu viver, mesmo depois de tudo acabar, nunca vou olhar para trás com arrependimento.

Penso no desenho que ele me pediu para fazer nele, lá no hotel — há um milhão de anos, parece — e queria saber quem costumava dizer aquela frase. Não consigo evitar pensar em Sasha.

— E quanto a você? Será todo meu, também?

— Se você quiser.

— E quanto a Sasha?

— E quanto a Sasha? — repete ele, com a testa franzida.

— Vocês não são... ? Quer dizer, não tinham um lance... ?

— Tínhamos. Mas não temos mais. Só estou fazendo um favor a uma velha amiga. Mais nada.

— Sasha sabe disso?

— Deveria. Mas, se não sabe, vai descobrir logo.

— Ela é... é aquela do lance de viver sem arrependimentos?

Novamente, vejo algo surgir e desaparecer rapidamente na expressão de Hemi. Desta vez, parece doloroso.

— Não, não era Sasha.

Faço uma pausa, esperando que ele continue. Desejando que ele continue. Mas de alguma forma sei que isso não vai acontecer.

— Bem, é um lema interessante. Talvez *eu mesma* queira ter isso tatuado, também.

— Podemos fazer um no outro — sugere ele com um sorriso malicioso.

— Gostei da ideia.

— De alguma forma, eu sabia que gostaria. Talvez eu devesse acrescentar "sacana" àquela descrição que fiz de você.

— Não, acho que isso se encaixa melhor em *você*.

Mais uma vez, vejo algo estranho surgir nos olhos de Hemi. Mas desaparece tão rápido quanto surge. Eu me pergunto, distraidamente, e com uma crescente sensação de medo, quanto tempo serei capaz de ignorar isso.

VINTE E DOIS

Hemi

Ainda estou acordado quando Reese telefona.

— O negócio é o seguinte: tem muita gente interessada nesse babaca. Não sei como não arrumaram nenhuma confusão com ele antes. Mas agora acabou. Eu telefonei para aquele meu amigo que trabalha na Geórgia, no escritório do procurador-geral. Não vai demorar muito para ele entrar em contato com os caras para cuidarem desse assunto. Espero, para o bem dele, que este tal de Locke não tenha feito muitos inimigos ao longo dos anos. Se alguém mais for tão sujo quanto ele, e o boato se espalhar, outra pessoa é capaz de resolver esse problema. De vez.

Sinto o início de uma dor de cabeça. E ela só piora, à medida que Reese continua seu relato. Era isso o que queríamos. Era o que tínhamos de fazer. Uma questão de honra. E de respeito. Algo importante para mim. Para todos nós

Mas..

Isso vai matar Sloane. Claro que não é culpa minha o fato do irmão dela ser um filho da puta.

Mas, ainda assim...

E se... quer dizer, *quando*... ela descobrir que eu tive alguma coisa a ver com isso, estará tudo acabado. Ela vai me odiar e tudo estará acabado, antes mesmo de começar.

Isso não deveria me incomodar. Quer dizer, eu nem a conheço tão bem. Eu não deveria dar a mínima. Ela é um dano colateral, pois é irmã de um babaca cretino e safado.

Mas, ainda assim...

— Só me mantenha informado, cara. Eu... quero saber o que está rolando. Sabe como é, para poder me preparar.

— Preparar? Preparar para quê? — pergunta Reese.

— Como eu vou saber? Sou eu que estou na linha de frente. Quem sabe que tipo de reação algo assim pode causar? Principalmente quando descobrirem quem sou eu. Eles ligarão tudo.

— A essa altura, não vai fazer diferença. Já estará tudo resolvido. De um jeito ou de outro.

Eu trinco os dentes.

— Mesmo assim, quero saber.

— Tudo bem. Como quiser. Vou fazer a ligação. Tome cuidado, durma com um olho aberto e faça de tudo para se manter seguro. Mas continuo achando que você não precisa se preocupar.

— Você não conhece essa gente. Eles protegem uns aos outros.

— Mesmo quando um deles é safado?

— Eles são como uma família. Alguns são *literalmente* família. Acho que seria um erro subestimá-los.

— Enfim. Manterei você informado — conclui ele do seu modo sucinto, direto.

— Obrigado.

— Até mais — diz Reese.

— Até mais.

Ele desliga e eu fico no silêncio da minha casa, pensando.

VINTE E TRÊS

Sloane

— Por que diabos você está tão feliz a esta hora do dia? — pergunta Steven, ao pisar meio cambaleante na cozinha.

— Bom dia para você também — respondo alegremente.

Em seguida, enquanto ele prepara um sanduíche, bebo o meu café. Desde que éramos crianças, Steven tem o hábito de tomar um café da manhã esquisito, parecido com um almoço. Não tem nada de estranho para ele comer um sanduíche de pasta de amendoim ou um sanduíche de rosbife, às vezes até um sanduíche de atum, que tem o cheiro mais desagradável do mundo às seis da manhã.

— Afinal, o que está acontecendo com você? Tenho notado que você tem dormido tarde. Perdeu a noção, não é? — questiona ele bruscamente.

— Não, não "perdi a noção".

— Mas é o que parece. Ficando fora até tarde da noite, bebendo, fazendo amizade com todo tipo de gente desagradável.

Imediatamente, tomo uma atitude defensiva.

— E a que "tipo de gente desagradável" você se refere?

— Você não achou que eu ia esquecer, não é? Aquele cara, no Cuff's. Aquela não foi a primeira vez que vocês se viram. Eu já o tinha visto por lá antes. Provavelmente é algum bandidinho. O tipo de gente para se envolver logo de cara — comenta ele, num tom sarcástico.

— Ele não é nenhum bandido.

137

— E como você sabe?

— Simplesmente sei. Eu o conheço.

— A única maneira de ter certeza é levantando os antecedentes do cara.

Eu fico boquiaberta.

— Você não está falando sério.

Steven olha para mim como se não acreditasse que eu o estivesse questionando.

— Claro que estou.

— Você não pode *fazer* uma coisa dessas, Steven. Meu Deus!

— Por que não?

— Porque... Porque... Você... simplesmente *não pode*.

— Bem, a sua lógica sensata nunca me impediu antes.

Fico ainda mais espantada, se é que isso é possível — o que fisicamente tenho certeza de que é impossível para mim, a esta altura.

— Você já verificou os antecedentes criminais das pessoas que eu conheço? — pergunto lentamente. Steven, tão cheio de integridade moral agora, não percebe que estou *perigosamente* tranquila.

— Sim. E daí?

— Tipo quem? — Estou dizendo a mim mesma para me manter calma. Pelo menos até ter uma ideia do verdadeiro tamanho desta traição.

— Tipo... todo mundo com quem você se relacionou nos últimos cinco ou seis anos.

A resposta dele me deixa fora de mim de tanta raiva, ressentimento e... *choque*. Eu nunca teria imaginado que a minha família louca fosse capaz de medidas tão extremas. Nunca.

Minhas mãos estão tremendo de tão furiosa que estou. Quando ele continua, ainda estou considerando a hipótese de dar um soco no meu irmão, com toda força, bem no seu estômago. O desejo só aumenta diante do seu tom casual, como se não tivesse feito nada de errado.

— Eu já teria feito isso com esse cara, mas ele é um pouco mais difícil de rastrear. E é isso que me preocupa.

— Bem, então pode desistir agora mesmo! Eu não quero que você o rastreie. Nem o investigue. Nem sequer *olhe* para ele. Quero que você fique *fora da minha vida!*

Steven me encara, como se eu fosse uma garotinha boba de 2 anos fazendo birra.

— Azar o seu. Nós somos a sua família. Cuidamos de você. É isso que fazemos.

Minha raiva suaviza um pouco por ele não entender o motivo do meu aborrecimento.

— Steven, isso não é normal. Nem saudável. Vocês não podem me tratar assim pelo resto da vida. Vocês *precisam* me deixar crescer. *Precisam* aprender a confiar em mim. E no meu bom senso. *Precisam* me deixar cometer meus próprios erros.

— Não precisamos, não.

Eu aperto a cabeça entre as mãos, na esperança de aliviar a pressão que surge nas minhas têmporas. Então fecho os olhos e faço um gesto para ele.

— Eu desisto. Se é assim que vai ser, então não espere que eu respeite essa palhaçada. Porque não vou. Não vou porque não preciso. Não tem nenhum cabimento, é completamente inaceitável.

— Sloane, com o seu passado...

— Pode parar. Vocês têm que me dar liberdade, Steven. Eu vou cortar as amarras, quer vocês queiram ou não. Não torne as coisas mais difíceis para todos nós.

Vejo um toque incomum de tristeza nos olhos pretos do meu irmão.

— Faça o que tiver que fazer. E nós faremos o que tivermos que fazer.

Sem mais uma palavra, Steven pega o seu sanduíche e vai embora.

****

Eu começo a me preparar para o "trabalho", no sábado à noite, com bastante cuidado. Não consigo evitar me perguntar se Hemi vai tirar a minha virgindade hoje à noite. Na verdade, torço para isso. Sempre a considerei uma coisa embaraçosa. Como se eu fosse uma espécie de aberração. Mas agora me sinto contente de que nenhum outro cara tivesse tido a coragem de tirá-la. Melhor ser deflorada pelas mãos (e pela boca e pelo corpo) de alguém como Hemi do que por um adolescente hipercauteloso.

Sorrio ao ver meu reflexo no vidro jateado da porta do Ink Stain. Meu cabelo está preso em um coque meio frouxo, como Hemi parece gostar. Meus lábios estão pintados de vermelho-escuro, com um leve gloss, e minha roupa é a combinação perfeita de sensualidade e pureza. Ou assim espero. Era isso que eu tinha em vista, porque de fato me sinto uma garota prestes a se tornar mulher.

Minha pele está hidratada, estou ligeiramente bronzeada e com um brilho acetinado. Depilei todas as partes do corpo. Por alguns segundos fico nervosa, torcendo para que a decisão de ter depilado *tudo* não tenha sido um erro. Mas agora, sabendo que não há absolutamente nada que eu possa fazer sobre isso, abro a porta e entro no estúdio.

Há alguns clientes na sala de espera. Devem estar aguardando para serem atendidos. Vou até a sala dos fundos e vejo três outros tatuadores trabalhando esta noite. Ainda bem que Paul não é um deles, mas eu ficaria mais feliz se Sasha não estivesse também. Só que ela está. Ao erguer a cabeça enquanto faz uma tatuagem, ela me olha intrigada.

Que estranho, penso, me perguntando se ela já sabe que está rolando algo entre mim e Hemi. Então abro um largo sorriso para ela e passo direto, dirigindo-me ao cubículo onde Hemi trabalha.

Quando viro o corredor, vejo que o local está vazio, então me curvo para pôr a bolsa debaixo do balcão, onde costumo guardá-la quando estou aqui. Ao me levantar, antes de me virar, sinto um corpo sólido e quente me pressionando por trás. A mão grande de Hemi envolve a minha cintura e pousa na parte de baixo da minha barriga, conforme ele se inclina em cima de mim. Posso visualizar cada centímetro firme, até a ereção crescente que sinto na bunda, onde ele pressiona o quadril.

— Já vi que essa vai ser uma longa noite — sussurra ele no meu ouvido, apertando a minha barriga. Fico sem fôlego. Imediatamente com falta de ar. — Você não pode se abaixar assim perto de mim, entendeu? Senão vou te arrastar para o banheiro e sua primeira vez será memorável, mas totalmente diferente do que eu tinha em mente.

A voz de Hemi é misteriosa, profunda e rouca. Há insinuações de promessas sensuais nela que fazem com que meus ossos pareçam geleia. Então, lentamente, me viro em seus braços, pressionando meu peito no dele.

— E qual seria o problema?

— Eu odiaria que sua primeira vez fosse assim.

— Por quê? Eu não me importaria. Desde que seja com você, o lugar não importa.

Eu o ouço sugar por entre os dentes cerrados.

— Não diga coisas assim, se *realmente* não souber do que está falando. Passei o dia todo pensando em te lamber, em provar seu gosto doce. Estou a aproximadamente dois segundos de te arrastar daqui.

— Então o que está esperando?

— Ahh, porque tenho clientes essa noite — resmunga ele com um gemido. — E tem um lugar onde eu quero te levar amanhã. Só tenho que esperar até lá.

Não consigo deixar de sorrir.

— Bem, não sinta que tem que esperar por minha causa. — Então mordo o lábio inferior quando vejo seus olhos se dirigirem para a minha boca.

— Acho que eu estava certo — responde ele, baixinho.

— Sobre o quê?

— Na verdade, você deve estar mais para capeta do que para santa.

— Acho que você vai descobrir logo.

Com isso, me desvencilho de seus braços e vou até a sala de espera verificar a agenda, olhando sobre o ombro na direção dele. Seus olhos escuros estão grudados em mim. De repente, sinto um calor por todo o corpo.

Este negócio de flerte é bem divertido.

****

Como era de se esperar, trabalhar ao lado de Hemi com esta tensão louca entre nós, com a excitação e a antecipação pairando no ar, é emocionante. E frustrante. À medida que observo suas mãos, enquanto ele trabalha no corpo de outras pessoas, só consigo pensar em como seria tê-las em mim, em como não aguento esperar para senti-las novamente. É por essa razão que fico contente quando o último cliente da noite cancela a sessão.

— Acho que isso nos dará algum tempinho, antes de fecharmos o estúdio — diz Hemi com um brilho no olhar. Meu coração dispara e meu pulso acelera no rumo selvagem que a minha imaginação toma. — Quer tentar usar a pistola para tatuar?

— Sério? O quê?

— Sério — responde ele com um sorriso. — Em mim.

Sinto o sorriso no meu rosto. Não só me emociono com a chance de finalmente sentir a pistola nas mãos, como também com a possibilidade de tocar Hemi enquanto isso... Sim, por favor!

— Isso seria... interessante!

Com os lábios curvados em um sorriso sugestivo, Hemi abaixa a cadeira para a posição horizontal e se senta.

— Prepare-se também para fazer um sombreamento. E vamos rápido, garota. Não temos tempo a perder.

Por alguma razão, não fico aborrecida quando Hemi me chama de "garota". Pelo menos não mais. Tornou-se uma demonstração estranha de carinho. Algo sexy. Provocante. Como se eu fosse a garota inocente a quem ele quer ensinar coisas picantes. E na realidade eu sou. Talvez por isso não fiquei aborrecida.

Enquanto executo cada passo que Hemi me ensinou sobre a preparação para uma tatuagem — do álcool e barbeador a agulhas esterilizadas e frascos de tinta, e à preparação da máquina eletromagnética, que é o que ele prefere usar para sombrear —, noto o leve tremor na minha mão. Não sei se é excitação, nervosismo ou a pressão que sinto com os olhos de Hemi em mim, conforme trabalho (porque eu *sei* que ele está olhando para mim). Mas algo está me deixando nervosa.

Coloco todo o material sobre a mesa, antes de voltar a atenção para ele. Ele está imóvel, sem camisa, olhando para mim. Observando. Esperando.

— Quero que você prepare este lado — diz ele, indicando as costelas que já estão tatuadas. — Eu disse que queria fazer mais um sombreamento aqui. Esta é uma ótima maneira de se acostumar à pistola antes de trabalhar com ela sem ter uma base. — Concordo com um gesto de cabeça, enquanto olho para sua cintura marcada e sua barriga tanquinho. — Dessa forma eu posso te orientar, te ensinar. Mostrar a você como funciona. — Meus olhos pousam nos dele. Eles são intensos, sua voz é rouca, e o duplo sentido é claro.

— Então, por favor, me mostre.

Hemi se deita de lado. Com ele me observando, e suas palavras estimulantes me atormentando a cada movimento, preparo sua pele para a tatuagem. Quando termino, ele ergue o corpo para se sentar.

— Agora pegue aquele *shader* e venha aqui.

Eu faço o que ele pede, empurrando a mesinha para mais perto dele e pegando o instrumento, antes de olhar em seus olhos.

— E agora?

Hemi passa o braço em volta da minha cintura, me posiciona entre as suas pernas e envolve meus dedos nos seus. Em seguida, coloca as nossas mãos juntas em sua coxa, no contato com o jeans, onde o tecido está esticado sobre seu músculo saliente.

— Melhor se acostumar com o peso dele na sua mão, para aprender a utilizá-lo como um lápis ou um pedaço de carvão. Fazer sombreamento é o modo mais fácil de começar. Só precisa deixar os dedos fluírem e se moverem naturalmente. Para a frente e para trás.

Então ele começa a mexer a minha mão sobre a sua coxa, em pequenos círculos regulares. Eu me esforço para concentrar toda a atenção na pistola e no que Hemi diz, mas minha mente insiste em se desviar para ele fazendo pequenos círculos, como este, no meu corpo. Com *seus* dedos. E o que eles fazem comigo. Onde me levam. E onde devem me levar novamente.

— Você gosta da sensação? — pergunta ele. Eu viro a cabeça para olhar para ele. Há fogo em seus olhos. Ele não está mais falando sobre a pistola para tatuar. Ele se refere à outra coisa, também. Algo muito mais íntimo. E muito mais prazeroso.

— Adoro a sensação.

— Sabia que iria gostar — responde, com a voz rouca. — Está pronta?

— Sim — digo, novamente me referindo a muito mais do que o que vou fazer nos próximos cinco minutos. — Totalmente pronta.

— É bom que esteja — comenta ele, de forma significativa. — Porque sou um cretino egoísta e sempre consigo o que quero. Mesmo se tiver que tomar à força.

Eu me pergunto se ele ainda considera a hipótese de me arrastar para o banheiro. Nesse caso, quero que ele saiba que eu topo. Eu vou. Aonde ele quiser ir, eu vou.

— Ainda é egoísmo quando alguém *quer* que você tome à força?

— Não sei. Mas acho que já não estou nem aí.

— Então tome. Tome o que quiser.

— Cuidado com o que deseja, garota.

— Não quero ter cuidado.

Hemi me olha durante alguns segundos longos, intensos, antes de soltar minha mão.

— Então me mostre o que sabe.

Ele se afasta um pouco, estica-se na mesa e se vira de lado, ficando de frente para mim. Eu sento no banco e abaixo a cama, até a minha "tela" ficar na altura certa. De maneira instintiva, como se ele soubesse do que preciso (o que estou certa de que sabe, de *todas as* formas possíveis), Hemi avança para a borda da mesa, na minha direção.

É a minha vez de perguntar:

— Está pronto?

— Com certeza.

Então mergulho a ponta da pistola na tinta preta e pouso o pé perto do pedal, no chão. Após encontrar uma posição confortável para os braços, me inclino sobre Hemi, mantendo a pistola a poucos centímetros da sua pele. Em seguida, respiro fundo e piso no pedal, raspando, de forma experimental, a pele lisa de Hemi com a ponta afiada.

Ele não faz movimentos bruscos, nem emite nenhum som, mas sinto seus músculos sob as minhas mãos se contraírem, em resposta à primeira picada das agulhas. Então faço uma pausa e percebo que ele se acalma imediatamente, antes de prosseguir.

Não demoro muito tempo para eu me acostumar com a pistola, para saber como deslizá-la sobre a pele, pintando e retirando o excesso, pintando e retirando o excesso. E Hemi é a tela perfeita nas minhas mãos; sua pele lisa e firme, seu corpo perfeito. Após alguns minutos, fico completamente envolvida no que estou fazendo, observando a revelação da sua tatuagem através do sombreamento, de um jeito novo e maravilhoso.

Não sei quanto tempo estou curvada sobre ele quando lanço os olhos ao seu rosto. Seu olhar está em mim, e ele está brilhando com... alguma coisa. Nós somos parecidos. Eu sinto isso, assim como tenho certeza de que ele também sente. Pelo menos *espero*. Ambos somos apaixonados por arte. Somos consumidos por ela. E gostamos disso. Ambos a usamos como fuga. Nos escondemos nela. Nos escondemos da realidade dos nossos segredos.

Mais uma vez, quando me lembro do meu irmão dizendo que Hemi é difícil de rastrear, eu me pergunto o que Hemi estaria escondendo de mim.

VINTE E QUATRO

Hemi

Não me surpreendo que Sloane se acostume à arte de tatuar como um peixe se acostuma à água. Eu pude ver isso nela desde o primeiro dia. O que *realmente* me surpreende é o efeito que o contato das suas mãos causa à minha concentração. E isto é inaceitável. Estou aqui por uma única razão. Este era o tipo de distração que eu *sabia* que não precisava. Mesmo assim, ela persiste.

O pragmático em mim diz que tenho de deixar minha personalidade correr livre e tirá-la de mim, para poder me concentrar no que preciso. E que não é uma mulher. E certamente não *esta* mulher. Alguns segundos após este pensamento me vir à mente, a decisão está tomada. Não precisei de muita convicção. O antigo Hemi salivava diante do sinal de sangue na água. Eu pude senti-lo se arrastando sobre mim, mostrando sua cabeça feia, hedonista e egocêntrica. E, somente desta vez, eu o recebi de braços abertos.

Desde já sinto uma pontada de culpa. Eu a empurro com punho de ferro, lembrando a mim mesmo do lema: *viva sem arrependimentos*.

— Ligue para casa e avise que precisa ficar até mais tarde no trabalho esta noite — digo a Sloane.

Ela ergue a cabeça e seus olhos encontram os meus. Ela não faz perguntas.

— Tudo bem. Até que horas vou ficar?

— Você é quem sabe. Mas com certeza vai estar em casa antes do sol nascer.

Vejo em sua expressão que ela não fica tocada com aquela resposta, mas eu avisei que não era o tipo de cara que compartilha o café da manhã. Isto tem de ficar bem claro antes de sairmos esta noite.

— Tudo bem — assente ela novamente.

— Por que não começa a guardar as coisas? Vou pedir a Gil para fechar o estúdio.

— Pensei que você não deixasse ninguém fechá-lo.

— Vou abrir uma exceção esta noite.

Agora que decidi libertar meu animal interno da jaula, estou louco para sair daqui. Com Sloane. Ela quer abrir as asas, mostrar ao mundo que cresceu. Eu posso ajudá-la. Vou ajudá-la a crescer. Do modo certo. E bem rápido.

VINTE E CINCO

Sloane

Saio da sala para telefonar para o meu pai. É humilhante que minha família seja tão superprotetora a ponto de, com 21 anos, eu ainda ter de ligar para casa e dizer onde estou. Mas é assim que funciona. Não tenho como mudar. Pelo menos não esta noite. Isto é o que estou tentando fazer, mas ainda é um processo em andamento.

— Locke — responde meu pai, atendendo do seu modo direto. Eu sei que o identificador de chamada mostra o meu nome, mesmo assim ele atende como se fosse qualquer outra pessoa telefonando. Eu reviro os olhos, irritada. É um policial em todos os aspectos.

— Oi, pai. Só liguei para avisar que vou chegar mais tarde hoje. Sarah e eu...

— Não. Você e Sarah não vão fazer nada. Você tem que vir direto para casa esta noite.

— Por quê? Nós não vamos...

— Não importa — interrompe ele, novamente. — Isso é importante. Você tem que vir direto para casa. Aliás, Sig está livre esta noite. Ele irá garantir que você chegue bem.

— O quê? Vou ter uma escolta policial *do meu irmão* para me levar para casa?

— Não, o seu irmão, que por acaso é um policial, irá garantir que você chegue em casa em segurança. Só isso.

— É só uma questão de interpretação, pai. Isso é ridículo! Quando todos vocês irão ver que eu já sou adulta? Que eu posso fazer...

— Isso não tem nada a ver com a sua idade ou com o quanto é adulta, Sloane. Steven sofreu uma ameaça. Só estamos nos precavendo.

— Pai, vocês são policiais. Recebem ameaças o tempo todo.

E é verdade. Minha família tem irritado noventa por cento dos maus elementos na grande Atlanta.

— Não tem nada a ver. Isso é... diferente.

Um pequeno calafrio percorre a minha coluna.

— Diferente como?

— Apenas diferente, Sloane. Olhe, isso é importante. E inegociável. Sig estará aí às duas horas. Esteja pronta.

— Pai... — suspiro. Por um lado, estou lutando contra o fato de ainda ser vista e tratada como criança. A garotinha que eu era. Mas, por outro, estou preocupada. Embora todos possam reagir de forma exagerada quando o assunto sou *eu*, eles não poupam esforços quando o assunto é se proteger. Deve ser um assunto bem sério para uma reação como esta do meu pai.

— Sem discussão. Te amo, filha.

Logo depois ouve-se um clique. Fim de conversa.

Eu bato o pé algumas vezes em um ataque de fúria, num gesto nem um pouco adulto. Mas então me acalmo e volto para a sala. Pelo visto, meus dias quentes de exploração sexual terão de ser adiados um pouco mais.

Hemi está limpando a cadeira de tatuagem quando volto. Ele se vira para mim, com os olhos embaçados. Dou um sorriso, que provavelmente transmite toda a decepção que estou sentindo. Então Hemi ergue o corpo, e eu o vejo franzir a testa.

— O que foi?

— Aconteceu alguma coisa com um dos meus irmãos no trabalho. Meu pai está um pouco preocupado que isso possa me afetar, de alguma forma. Então mandou Sig vir até aqui para me levar para casa.

Por um segundo, me pergunto o quanto seria vulgar seduzir Hemi para transar no banheiro. Ele deve ter grandes planos para tirar a minha virgindade amanhã à noite, mas eu não me importo onde isso vai acontecer. Desde que ele o faça e que seja uma noite incrível, cheia de paixão, os outros detalhes não me importam.

Hemi parece mais preocupado. Então levanta da cadeira e caminha na minha direção. Em seguida, se curva para investigar meus olhos e me dar atenção total.

— Como assim? Aconteceu alguma coisa? De que irmão você está falando?

Eu rio ao mesmo tempo em que faço uma careta.

— Nossa! Eu não esperava esse tipo de reação — digo com um risinho. — Para falar a verdade, não sei exatamente o que é. Tem a ver com alguma ameaça a Steven. Deve ser algo sério para meu pai agir dessa forma. Normalmente todos eles agem como se fossem à prova de bala.

— Por que seu irmão seria ameaçado? E por que isso afetaria você?

— Meu irmão é policial. Esse tipo de coisa faz parte da profissão dele. Quanto a isso me afetar, duvido que seja possível. Isso é só um belo retrato de como os homens da família Locke se comportam e como reagem de forma exagerada quando o assunto sou eu.

— Seu pai acha que você pode estar correndo perigo?

Hemi parece realmente preocupado, o que me agrada. Na verdade, bem preocupado. Eu me pego querendo sorrir, embora saiba que essa reação não seria apropriada.

— Meu pai acha que até *o vento* é um perigo para mim.

Ele se aproxima ainda mais e põe as mãos nos meus braços.

— Sloane, eu não estou brincando. Ele acha que você pode estar correndo perigo? — insiste Hemi, como se eu fosse uma criança que não está prestando atenção.

Desta vez, eu *realmente* fecho a cara. Não preciso de *outro* homem superprotetor para me tratar como criança!

— Não sei. Mas, se ele acha, tenho certeza de que vai cuidar para que eu esteja em segurança dentro de uma fortaleza de aço antes do amanhecer.

— Isso pode ser sério, Sloane. Pare de agir como se não fosse nada — retruca Hemi, com raiva.

— Pare de me tratar como criança. Já tenho muita gente para me tratar assim. Não preciso que você me trate dessa forma também — respondo, aborrecida.

A expressão de Hemi se abranda, e ele alivia o aperto no qual me envolve, acariciando meus braços.

— Desculpe. Não foi a minha intenção. Só estou... Só estou preocupado com você.

— E eu agradeço, mas vou ficar bem. Minha família se encarregará disso. Eles podem até me sufocar a vida toda, mas farão de tudo para me manter segura.

— Imagino que uma casa cheia de policiais talvez seja o lugar mais seguro do mundo, certo?

Acho estranho o fato de Hemi ainda parecer inseguro, como se *ele* precisasse *da minha* confirmação.

— Uma casa cheia de policiais da família Locke? Com certeza.

— Que bom. Isso me deixa mais tranquilo — responde ele. O mais engraçado é que, com base na sua expressão, duvido que seja verdade. Não parece que isso o deixou mais tranquilo, *de jeito nenhum.*

VINTE E SEIS

Hemi

— Vou levar você lá fora — digo a Sloane quando ela se dirige até a porta, às cinco para as duas.

— Não precisa — responde ela, erguendo a mão para me fazer parar.

— Eu sei que não preciso.

Mas isso não me impede de segui-la. Merda, odeio ter de deixá-la fora do meu campo de visão. Não importa por quanto tempo. E não é por causa da culpa que sinto. Nem de longe.

Ela para novamente quando chega à porta, antes de abri-la.

— Sério, meu irmão já está aqui. Estou vendo o carro dele — continua ela, apontando pelo vidro jateado. Entretanto, isto não é o bastante para mim.

— Ótimo, então vou me apresentar.

Eu a empurro pela porta e olho ao redor, procurando o carro. É fácil ver o enorme 4x4 e o cara gigantesco com ombros encurvados atrás do volante; a parte superior do seu corpo iluminada pelas luzes do painel. Acho que todos os irmãos de Sloane são grandalhões. Graças a Deus Sloane herdou genes femininos!

Então me viro na direção do carro. Sloane muda seu caminho também. Não sei por que parece que ela não quer que eu conheça ninguém da sua família, mas não me importo. Vou me assegurar de que ele está aqui e vai levá-la para casa, antes que eu a deixe ir. Ponto.

A janela está abaixada e eu ouço um rock, típico do sul, em volume baixo vindo do interior escuro do carro. Quando paramos junto à porta do motorista, vejo o irmão dela se ajeitando no banco. Acho que ele estava dormindo.

— Sig, este é Hemi. Hemi, é... Hemi, este é meu irmão mais novo, Sig. — Sei que a leve gagueira foi devido à falta de um sobrenome para me apresentar. Eu nunca lhe disse. Na verdade, não digo a ninguém meu sobrenome. Este é o problema em uma ocupação como a minha. As pessoas não são muito curiosas *ou* insistentes em saber muito a meu respeito. A maioria provavelmente pensa que sou uma espécie de criminoso, o que não me incomoda. Realmente não me importo com o que pensam.

— Prazer, Sig — cumprimento educadamente, oferecendo a mão pela janela. — Só quis me assegurar de que você já estava aqui para levá-la para casa.

— Tranquilo, cara — diz Sig, tomando a minha mão em um aperto firme. Não é um daqueles apertos firmes demais que passa a sensação de que ele se sente ameaçado, ou de que tenta ser dominante ou coisa parecida. Eu me deparo muito com isto. Obviamente eu intimido muita gente. Eu diria que a maior parte da minha família tem essa característica. Nós estamos acostumados a certo nível de respeito e a conseguir o que queremos. Imagino que, ao longo da vida, isso pode passar a impressão de que somos bastante confiantes e autoritários. É o nosso jeito. Tem sido assim desde que nascemos.

— Afinal, você sabe o que está acontecendo? Sloane está por fora. Devo me preocupar com ela indo e vindo todas as noites? Porque prefiro ter certeza de que ela vai chegar bem em casa.

Não quero parecer curioso demais, mas pelo menos quero tentar descobrir alguma coisa, antes de ligar para Reese e ver o que ele sabe.

— Não, não precisa se preocupar. Vamos garantir que ela chegue em casa em segurança enquanto estiver trabalhando aqui à noite.

Merda.

Faço um gesto afirmativo com a cabeça uma vez e bato no peitoril da janela.

— Beleza, cara. Se precisar de alguma coisa, é só me avisar.

— Pode deixar, irmão — responde Sig, com um aceno de cabeça. Ele parece um cara tranquilo e honesto. Gosto dele, logo de cara. Ele não é como o irmão mais velho, Steven. Mesmo se não tivesse as razões que tenho para não gostar dele, ainda assim eu o acharia um babaca.

Em seguida, acompanho Sloane até o carro dela e a ajudo a entrar, fechando a porta com força. Espero até que o motor seja ligado e as luzes estejam acesas, antes de atravessar a rua. Para fechar o estúdio. E ligar para Reese.

Quando estou trancando as portas da frente e desligando a placa de néon do lado de fora, o telefone toca no meu bolso. Eu pego o aparelho, enquanto desligo as luzes da saleta. LEIF aparece na tela iluminada.

— Sim.

— O que você conta, seu velho? — diz meu irmão mais novo, Leif.

— Não muita coisa, *baixinho* — respondo, acentuando o termo. Embora Leif seja alguns centímetros mais alto que eu e muitos quilos mais pesado, ele era baixinho quando mais novo e simplesmente odeia qualquer referência a isso. Então, quando ele me sacaneia sobre a minha idade, eu revido na mesma hora. Normalmente ele para, rapidinho.

Sorrio quando o ouço pigarrear.

— Babaca — murmura ele, antes de continuar. — Só queria saber como estão as coisas. Como vai a caça?

— Para falar a verdade, finalmente as coisas estão andando. — Nunca pensei que essas palavras fossem soar tão amargas. Penso imediatamente nas ameaças ao irmão de Sloane e na possibilidade de ter tido algo a ver com isso. Tomara que não; mesmo.

— Sério? Bom trabalho, cara! Espero que a gente consiga ver alguma justiça sendo feita.

— Sim, talvez — digo, distraidamente.

Por alguma razão, embora as peças do quebra-cabeça se encaixem, elas não *parecem* certas. Digo a mim mesmo que isso não tem nada a ver com Sloane, mas no fundo duvido de mim mesmo. Pelo menos um pouco. *Não posso* deixar que ela afete meu julgamento. Já cheguei até aqui. Não posso voltar.

Entretanto, também não posso ignorar esse detalhe.

— Você não parece muito feliz com isso, irmão — diz Leif com seu jeito sereno. Ele é o mais calmo da família.

— Estou feliz. Só... só quero me certificar.

— Então certifique-se.

— Pode deixar, cara. Só preciso de um tempo.

— Tempo é algo que você tem pra cacete.

— Não necessariamente — respondo, vagamente.

— Está falando sobre Reese?

Eu dou um suspiro

— Sim. Você sabe como ele é teimoso. Quando eu disse a ele que achava que tinha encontrado o cara, ele nem esperou que eu acabasse de falar e já foi chamando os cachorros.

— Então você precisa ser mais rápido que os cachorros.

Eu sorrio. Embora o jeitão superficial e despreocupado de Leif me irrite muito hoje, eu ainda adoro seu modo simples de lidar com as coisas. Leif não é o tipo de pessoa que complica a vida. Ele é direto e calmo, vai deixando o barco correr. Para ele é preto no branco. Para alguém como eu, que viveu dentro de milhares de tons de cinza, essa virtude é invejável.

— Acho que vou fazer isso.

— Rápido, cara. Au-au — sugere ele, com seu jeito surfista. — Au-au.

Em seguida, ouço um clique. Ainda estou achando graça da sua atitude enquanto ligo para Reese. Quando a ligação cai na caixa postal, percebo que a voz dele parece muito com o latido que Leif imitou. Então me dou conta de que falar com Leif e logo depois com Reese é o equivalente emocional a sair de uma banheira quente e entrar em uma piscina de gelo. Deixo um recado para ele me ligar quando chegar.

Pelo menos não vou levar uma mordida esta noite, penso, ao imaginar o quanto ele vai ficar irritado por saber que preciso que ele controle os cachorros enquanto investigo um pouco mais. Há algo muito estranho acontecendo.

VINTE E SETE

Sloane

Como sempre nos últimos dias, Hemi fica na porta, olhando, enquanto eu entro no meu carro. E como sempre nos últimos dias, os faróis piscam do outro lado da rua, do carro de um dos meus irmãos.

Solto um suspiro ao passar a primeira e dou um tchauzinho para Hemi enquanto me afasto do meio-fio. O veículo do outro lado da rua começa a se mover, atrás de mim. Como sempre nos últimos dias. É um dos meus irmãos. Ou meu pai. Sempre. Toda noite, um deles me acompanha até em casa. É a nova regra. E eu a odeio. Mas eles não irão parar enquanto o que estiver acontecendo não acabe. E isso é o mais chato; ninguém me diz o que está acontecendo, só que há uma ameaça. E que não deve ser ignorada.

Tenho vontade de dizer que tudo é uma bobagem, mas mudo de ideia. *Deve* ser algo sério para eles estarem agindo dessa forma. Naturalmente, meu lado estúpido, desconfiado e precavido suspeitou algumas vezes de que isto poderia ser uma estratégia deles para boicotar minha libertação. Mas imediatamente rejeito tal pensamento. Seria uma coisa tão desleal que nem consigo imaginar. Se há algo que caracteriza a minha família é a sinceridade. Eles são francos. Se quisessem ficar de olho em mim, ou em Hemi, ou em qualquer outra pessoa, provavelmente me diriam, na cara. Mas todos mantêm a mesma história, inclusive meu pai, o que significa que *deve ser* verdade.

Fico contente de ver que as ridículas medidas de segurança deles, pelo visto, não atrapalharam a crescente atração entre mim e Hemi. Tive medo de que ele perdesse o interesse ao perceber que nós não transaríamos tão cedo. Mas, ao contrário, acho que isso só está aumentando a nossa certeza e fazendo crescer a expectativa — o que é frustrante, mas de um modo bom.

Se antes eu ia ao estúdio apenas algumas noites por semana, agora estou lá todos os dias, pelo menos durante algumas horas. E toda noite, em algum momento, sempre há uma oportunidade para Hemi me apresentar algo novo, algo excitantemente novo.

Às vezes, ele me pede para trabalhar em seu corpo — seja sombreando a antiga tatuagem, completando a nova que ele me pediu para traçar do outro lado, ou desenhando letras em sua mão. Eu nunca discuto, principalmente porque não me importa o que ele quer que eu faça. O simples fato de tocá-lo já é um prazer — acariciar sua pele macia, observar seus músculos se contraindo, sentir seu corpo quente.

Em momento algum ele tira os olhos de mim, nem mesmo quando olho para ele. Não mais. Um dia, durante uma destas ocasiões, ele vai acabar me fazendo parar de repente. Vai tirar a pistola da minha mão e pousá-la ao seu lado. Então vai se levantar e me colocar de pé. Depois vai me levar até os armários, onde ninguém pode nos ver, e me beijar. Com todo o fogo, paixão e desespero que sinto, ele vai me beijar. Só espero que isso não seja apenas um reflexo da minha intuição. Esse simples pensamento já é quase insuportável.

Houve algumas vezes que ele me ajudou a tatuar meu corpo, também. Eu queria as iniciais da minha mãe no meu pé, com algumas videiras subindo em volta do meu tornozelo.

— Por que não trabalhamos em *você* hoje? — perguntou ele certa noite, quando apenas Paul e um cliente estavam no estúdio.

— Em mim? Está falando sério?

— Sim — confirmou ele com um sorriso, me fazendo lembrar de outras conversas que tivemos e que aconteceram de forma semelhante. Às vezes, é como se eu o conhecesse desde sempre. Como se eu estivesse *destinada* a conhecê-lo, desde sempre.

— Até parece que eu recusaria.

— Eu imaginei. Pode ir preparando o pé. Eu volto já.

Fiz o que ele pediu e já ia me sentando na cadeira, quando ele voltou, trazendo um biombo.

— Para que isso? — perguntei ao vê-lo pousar o biombo a poucos centímetros da cadeira e abri-lo, nos escondendo ainda mais no nosso cantinho.

— Já estava pensando em trazer isso para cá há algum tempo. Agora parece um bom momento — explicou ele, dando de ombros.

Apesar de sua atitude casual, minha barriga se desdobrou em uma bola de origami, só de imaginar o tanto de privacidade que a divisória nos proporcionaria. Patético, eu sei.

— Está pronta?

— Sim — respondi, dobrando a perna e puxando o pé para poder trabalhar nele.

— Bem, vamos fazer assim — sugeriu Hemi, abaixando as costas da cadeira e fazendo-a ficar reta. Quando a cadeira ficou totalmente estendida, ele subiu atrás de mim, passando uma perna sobre o meu corpo até conseguir se encaixar nas minhas costas. Lembro que senti os músculos rígidos do seu peito. E que inalei e pensei que seria ótimo sentir apenas o cheiro de Hemi. Não o álcool do estúdio, nem o plástico dos pacotes novos de agulha, nenhum outro odor de qualquer lugar na sala. Só o de Hemi. E isso era o paraíso.

— Faremos isso juntos — disse ele, com os lábios tão perto do meu ouvido que eu podia sentir que eles roçavam minha orelha.

Então me abraçou, segurou meus dedos, e juntos pegamos a pistola e colocamos as agulhas na minha pele, pintando a primeira letra. Nossas mãos moviam-se de forma ritmada, como se tivéssemos a mesma visão, como se nossa arte fluísse exatamente da mesma forma. Desde o primeiro contorno, o primeiro traçado, foi tudo lindo.

Esta foi uma das primeiras noites que *não trabalhamos* no corpo dele, para que ele pudesse me ensinar a tatuar. Enquanto pegava uma barrinha de granola na bolsa, mencionei que havia tido um dia complicado na faculdade e não estava com muita fome para jantar.

Hemi não disse nada enquanto eu comia meu lanche, embora, menos de uma hora depois, chegasse uma pizza.

— O que é isto? — perguntei quando o entregador me deu a pizza.

— O cara lá da frente disse para entregar aqui, para a morena gostosa.

Esse gesto por si só já me encantou, tanto da parte de Hemi *quanto* do entregador. Então abri um largo sorriso para ele e, feliz da vida, peguei a caixa da pizza.

Quando estava saindo, ele passou por Hemi, que trazia uma cliente. Em vez de levar a garota à cadeira no seu cubículo, ele andou na direção oposta, em direção a JonJon. Ouvi Hemi explicar o que a garota queria e entregar a JonJon um estêncil. Pediu que ele começasse o trabalho e explicou que o terminaria depois. JonJon concordou, acenando para a garota para que ela se sentasse em sua cadeira.

Achei aquilo meio estranho, já que Hemi normalmente não deixa *ninguém* fazer o seu trabalho. Ele participa de tudo, passo a passo, do começo ao fim. Olhei curiosa quando ele atravessou a sala, na minha direção, caminhando como quem tem um objetivo. Sem uma palavra, Hemi abriu o biombo no pé da cama, me ergueu sobre o balcão, pegou uma fatia de pizza da caixa e colocou-a na minha mão.

— Coma — ordenou. No início, fiquei atordoada diante do seu comando severo. Mas, após alguns segundos, ele acrescentou: — Quero olhar.

Quase joguei a pizza no chão e pulei em cima dele. Só que eu não poderia, principalmente porque sexo impulsivo é algo impossível para uma virgem. E nós estávamos em um estúdio cheio de gente. Nenhum desses fatores contribuía para nada impetuoso.

Merda!

Então, esta noite, ao que parece pela milionésima vez, deixei Hemi na mão e ficamos ambos… insatisfeitos. Giro o botão de volume do som do carro, aumentando a música. Não ouço nada, exceto o baixo barulhento. Então me surpreendo ao ver o utilitário esportivo de Scout passar voando por mim, na contramão.

— Ficou maluco, Scout? — resmungo no carro.

É nesse momento que vejo as luzes se acenderem em nossa casa, logo adiante. Tipo, *todas* as luzes — as da varanda, da parte interna, da área lateral. Fico apreensiva e vejo Scout passar direto pela casa, mais rápido que a velocidade do som.

Então reduzo a velocidade e paro no meio-fio, olhando horrorizada para as dezenas de buracos de bala que agora salpicam nosso revestimento de vinil branco.

Meu coração dispara de pavor, e eu ouço meu sangue correr pelo corpo. Então estico o braço até o banco ao meu lado para pegar o telefone na bolsa, mas o local onde guardo o celular está vazio.

— Droga!

E agora, o que devo fazer? Instintivamente, não saio do carro, ainda. Meu pai me esfolaria viva se eu fizesse algo estúpido assim.

Então fico observando, controlando a respiração e rezando para Deus manter aquelas balas longe do meu pai, que devia estar sozinho em casa esta noite, já que Scout e eu havíamos saído, e Steven e Sig estavam trabalhando.

Em alguns minutos, vejo a porta da frente se abrir e meu pai sair. Suspiro aliviada, e até sorrio quando o vejo ao telefone, dando o maior esporro em alguém. Ele gesticula com raiva e, do meio-fio, posso ver uma veia grossa saltando em sua testa.

Então estaciono o carro e desligo o motor. Quando caminho até a calçada, sou obrigada a andar com cuidado para não pisar em vários cartuchos vazios. Meu pai finaliza seu discurso violento assim que paro na frente dele.

— O que aconteceu? — pergunto.

Meu pai está furioso.

— Um filho da… — Ele passa a mão pelo cabelo castanho, tentando desesperadamente controlar o linguajar diante dos ouvidos sensíveis da sua filha, *lady*.

— Pode falar, pai, eu não ligo.

— Um… babaca acaba de conquistar o ódio eterno dos Lockes para o resto da vida. Deve ter droga na cabeça, droga na mente, droga nas ideias! — diz ele num rosnado. Sua raiva é tanta que prefiro abrir mão de aplaudir seu criativo e repetitivo uso da palavra "droga", num esforço de evitar a palavra que começa com M perto de mim. Que sujeito!

— Isso tem algo a ver com as ameaças?

— Claro que tem a ver com essa droga.

Desta vez eu sorrio. Ele está se saindo bem. Ao perceber isso, resolve descontar sua raiva em mim.

— Escute aqui, mocinha, isso não é nada engraçado. Alguém poderia ter sido morto aqui, esta noite. Se você estivesse aqui, vendo televisão na sala... — O rosto normalmente bronzeado do meu pai fica pálido. — Ah, Jesus amado, o que eu teria feito se você tivesse levado um tiro, Sloane?

De um modo quase visível, a fúria some rapidamente do rosto do meu pai, sendo substituída pela constante preocupação com o meu bem-estar. Ele então me puxa em seus braços.

— Mas nada aconteceu, pai. Eu estou bem. Todos estamos bem.

Ele não diz nada enquanto acaricia o meu cabelo. De uma forma estranha, tudo parece tranquilo à nossa volta, até o som de um motor quebrar o silêncio.

Então me viro, esperando ver Scout estacionar na entrada. Em vez disso, vejo o carro de Hemi parar atrás do meu.

— Quem é aquele? — pergunta meu pai, com os músculos retesados.

— É o cara com quem trabalho, pai. Você o conheceu naquela noite que me trouxe para casa, lembra?

— Ah, sim. Ele se chama... Homey. Ou algum outro nome estúpido do gênero — diz ele em tom sarcástico.

— É Hemi, pai. Pare de ser chato.

— Sloane... — começa ele.

— Por favor, não me faça passar vergonha, pai — digo com o canto da boca enquanto ele me solta e ambos nos viramos para esperar Hemi. Eu me sentiria muito mais confortável indo até ele, em vez de ele vir até mim (e a meu pai). Mas meu pai simplesmente me seguiria. Era a cara dele fazer isso.

Hemi sai do carro e vai para a calçada, onde meu pai e eu estamos. Percebo que ele olha para o chão enquanto caminha, com certeza notando os cartuchos espalhados. Sua expressão é de espanto quando para diante de nós.

— Está tudo bem? — pergunta ele sem preâmbulos, dirigindo-se a mim.

— Tudo bem. Eu perdi a melhor parte. Scout e eu estávamos vindo para casa. Ele saiu a toda velocidade. Deve estar achando que consegue pegar quem fez isso.

— O que aconteceu? — Desta vez ele se dirige ao meu pai. — Muito prazer, Hemi — apresenta-se, estendendo a mão. — Nós nos conhecemos há alguns dias quando o senhor foi buscar a Sloane.

Meu pai aperta a mão de Hemi e responde do seu modo rude:

— Eu me lembro. Quanto a essa confusão, algum babaca com um instinto assassino resolveu abusar da sorte. — E, de repente, toda a raiva está de volta. Meu pai começa a andar de um lado para o outro, xingando baixinho. — E onde seu irmão se meteu? Ele já deveria ter voltado.

— O que você veio fazer aqui? — pergunto a Hemi, quando meu pai está a certa distância, vociferando.

— Você esqueceu o telefone no estúdio. Imaginei que precisaria dele.

Ele me entrega o telefone, e sua mão se demora na minha, antes de soltá-la.

— Sério, vocês estão bem?

Eu dou um sorriso.

— Eu estou bem. Na verdade, tenho pena dos caras que fizeram isso. Eles realmente não imaginam o tamanho da merda em que se meteram.

— Sloane, isso não é engraçado. É muito sério. E se você estivesse aqui? E se tivesse voltado cinco minutos antes?

Posso ver a preocupação e a irritação em seus olhos.

— Mas não voltei.

— Mas poderia ter voltado — rebate Hemi.

— Viu, Sloane? — diz meu pai atrás de mim. — Até Homey é mais responsável que você.

Sinto o rosto arder de vergonha e aperto os olhos. Mas Hemi ri.

— Obrigado, senhor — responde rapidamente, antes de se virar para mim. — Talvez fosse melhor ficar comigo essa noite.

Eu fico perplexa e chocada ao mesmo tempo com a sugestão dele, na frente do meu pai, que vem furioso em nossa direção, sem parar, até ficar quase peito a peito com Hemi. Sinto um misto de orgulho e prazer quando Hemi não recua. Nem um centímetro.

— O que diabos você pensa que está fazendo, meu jovem?

Hemi permanece completamente tranquilo diante da fúria do meu pai, respondendo calmamente:

— Estou oferecendo a ela um lugar seguro para ficar, senhor. O quarto de hóspedes. Não acho que aqui seja o melhor lugar para ela no momento.

— Não dou a mínima para o que você acha, *meu filho*. Ela é minha filha, e eu cuido da segurança dela, como tenho feito nos últimos vinte anos.

— Vinte e um — retruco automaticamente.

Meu pai dá um grunhido, e vejo Hemi contrair os lábios ao conter uma risada.

— Não estou dizendo que o senhor não pode mantê-la em segurança. Só estou falando que uma situação como essa é difícil para *qualquer um* controlar. Ela não é o alvo, mas obviamente está em perigo. E mesmo se ela *fosse*, ninguém pensaria em procurá-la na minha casa. É só uma precaução. Só estou pensando no que é o melhor para Sloane. Nada mais.

— E desde quando você se interessa tanto pelo bem-estar da minha filha?

Hemi responde friamente:

— O senhor prefere que eu não me preocupe com ela?

— Claro que não, mas eu não vou entregá-la para que um… tire proveito dela.

— Com todo o respeito, senhor, mas *Sloane* tem idade suficiente para tomar as próprias decisões. Talvez o senhor devesse perguntar a ela o que *ela* prefere fazer.

— No momento, não estou interessado na sua opinião ou no que acha que eu deveria fazer. Estou fazendo o que é o melhor para a minha filha. Como sempre faço.

— Senhor, não estou dizendo isso. Estou apenas...

— O cacete que não está! Você está na frente da *minha* casa me dizendo o que fazer sobre a segurança da *minha* filha.

— Estou preocupado com a mesma coisa que o senhor: manter Sloane em segurança. E acho que...

— Não dou a mínima para o que você acha ou deixa de achar!

— Mas deveria levar em consideração o que Sloane acha! — rebate Hemi bruscamente.

— Escute aqui, seu safado, *minha* filha fará o que *eu* disser, porque eu a protegi nos últimos vinte anos!

— Vinte e um — murmuro novamente.

— Sloane! Cale a boca! — grita meu pai.

Sua ordem ríspida é a gota-d'água. É exatamente disso que estou tentando me livrar: de ser tratada como uma criança que não tem voz própria, nem cérebro. Mas agora chega! Esta é a minha chance de *realmente* mostrar alguma coisa. O momento não poderia ser pior, eu sei, mas ainda é a minha chance de provar algo a meu pai. E eu não vou desperdiçá-la.

— Pai, ele tem razão. A respeito de tudo — digo, chamando atenção de dois pares de olhos que estavam concentrados um no outro. Agora, ambos estão focados em *mim*.

— Sloane, eu...

— Eu sei, pai. Eu conheço cada argumento, cada motivo, cada explicação. Sei que me ama. Sei que quer o melhor para mim. E sei que não quer me deixar livre. Eu sei. E entendo. Realmente entendo. — Então estendo a mão e pego a dele, fitando seu olhar fixo e penetrante. — Mas você tem que fazer isso, pai. Preciso que me deixe livre.

Eu o encaro sem desviar o olhar; ele faz o mesmo. Quero que ele me veja, que realmente me *veja* agora. Quero que ele veja que eu o amo e o respeito, mas que preciso disso. Preciso viver. Preciso decidir o que diz respeito a mim, tomar minhas próprias decisões e cometer meus próprios erros.

Não sei quantos longos e tensos minutos se passam, enquanto nós três permanecemos na frente da casa, deste jeito. Muitos, eu acho. Mas finalmente meu pai dá um suspiro, e eu o vejo desistir da luta, novamente. E pela primeira vez na vida, eu o vejo render-se a mim.

— Só porque eu te amo muito. Sabe disso, certo?

Sorrio diante do rosto generoso e preocupado do meu pai.

— Claro que sei. Por que acha que suportei tudo isso todos esses anos?

— Apenas me prometa que terá cuidado. Sempre, Sloane. Tenha respeito à vida e à oportunidade que lhe foi dada. — Em seguida ele olha rapidamente para Hemi, sobre o meu ombro. — Faça boas escolhas.

— Pai, isso é tudo que quero fazer: aproveitar a vida. E não posso fazer isso trancada em uma torre de marfim.

— Eu sei, eu sei. Acontece que é difícil. Difícil soltar as amarras. Espero que um dia você tenha filhos para vivenciar isso.

— Também espero — admito, com uma pontinha de tristeza.

Meu pai aperta a minha mão e olha para Hemi novamente.

— Estou confiando a você um dos tesouros mais preciosos que tenho. Não me obrigue a ir atrás de você.

Hemi acena afirmativamente.

— Entendido, senhor.

Fico na ponta dos pés para dar um beijo impulsivo em meu pai, antes de correr para dentro de casa com o intuito de preparar uma malinha e pegar os livros para amanhã. Estou me sentindo um pouco atordoada, como se a adrenalina que percorre o meu corpo estivesse me preparando para ação, em vez de pensamento ponderado. Mas uma coisa que não tenho *problema nenhum* em pensar é em Hemi. E em onde passarei a noite.

VINTE E OITO

Hemi

— Que diabos deu em você, cara? — pergunto a mim mesmo, no silêncio que me cerca no carro. Pela centésima vez, olho no espelho retrovisor para assegurar-me de que Sloane ainda está lá atrás.

Na realidade, não sei *o que* estou pensando. Se é que estou pensando. Sei que não deveria me envolver com Sloane. Especialmente agora. E especialmente em qualquer aspecto que não tenha a ver com sexo. Mas vê-la na frente de casa, no meio da noite, com os buracos de bala na parede e um rastro de cartuchos vazios ao redor — puta merda! Aquele momento foi... tenso. Fiquei chocado. E, por alguma razão, senti um pouco de medo — por Sloane e de perdê--la. E senti culpa. Claro que senti culpa. Era quase esmagadora. E se algo que fiz, mesmo inadvertidamente, causou tudo isso? Colocar Sloane em perigo? Como eu poderia viver com isso?

O desejo de tirá-la de lá foi forte. Muito forte. Ainda bem que em geral tenho um temperamento um tanto calmo. Isso me permitiu agir de modo confiante e indiferente na frente de seu pai sem revelar o que eu realmente estava sentindo. Então isto é bom. Mas agora... agora estou a caminho de casa, com uma garota com a qual eu não deveria me envolver, que é de uma família com a qual tenho uma rixa. E ela não sabe de nada disso. Ainda assim, estou levando essa garota para minha casa. Isto é realmente algo *muuuuuito* estúpido.

Por outro lado, agora não há como voltar atrás. Eu avisto a curva para a minha casa logo adiante. Então sigo pela rua por onde tenho passado nos últimos dois anos e entro na garagem na frente da casa alugada, que há dois anos eu chamo de lar; com Sloane atrás de mim.

Desligo o motor, respiro fundo e saio do carro. Em seguida, vou até ela e abro a porta de trás, para pegar a mala que eu a vi colocar lá dentro.

— Cacete, essa coisa pesa uma tonelada. O que tem aqui, um corpo?

Sloane salta do carro e sorri.

— Você não gostaria de saber.

Um silêncio tenso recai entre nós, conforme subimos a garagem de paralelepípedo, indo em direção à porta da frente.

— É linda! — diz Sloane, ao avistar a fachada da casa de dois andares, de estilo mediterrâneo.

— Obrigado.

— É sua?

— Claro que é minha. Ninguém simplesmente sai por aí, escolhe uma casa e se instala nela.

Sloane revira os olhos em sinal de impaciência.

— Eu sei, seu debochado. Perguntei se você a comprou.

— Não, é alugada, sua curiosa.

— Ei, você não pode criticar uma garota por ter feito uma pergunta. Você é muito reservado. Sei muito pouco sobre você. Não sei nem o seu sobrenome, pelo amor de Deus.

Paro diante da fonte borbulhante que fica à esquerda da porta da frente.

— E isso te incomoda?

Ela dá de ombros, mas não olha para mim.

— Não.

— Mentirosa.

Então seus olhos voam em direção aos meus.

— Não mesmo. Todo mundo tem direito a ter segredos.

— Mas?

— Não, é só isso — diz ela, olhando para baixo novamente, quando me aproximo dela.

— Quais são os seus segredos, Sloane? — pergunto, pousando o dedo sob seu queixo para levantá-lo, até ela ser obrigada a olhar para mim.

— Se eu contasse, deixariam de ser segredos, não é?

Tento olhar seu rosto. Ela é linda e inocente, e misteriosa, de alguma forma. E esconde muita coisa. Dá para perceber. E acho que passou por muita coisa. Dá para perceber isso, também. Talvez muito sofrimento. Sofrimento demais para alguém como ela. Por alguma razão, isso me faz querer acabar com essa dor. E faz com que eu me sinta péssimo por achar que posso estar trazendo mais dor ainda.

— Acho que não — respondo baixinho. — Mas, de qualquer maneira, isso não é o mais importante, certo? Você *me* conhece, sabendo ou não o meu sobrenome e a história da minha vida. E eu conheço *você*. Sei que você é forte e teimosa, e que tem gosto de mel quando se derrete nas minhas mãos.

Vejo a mudança nos seus olhos. Percebo que eles se tornam fumegantes de paixão, paixão pelas coisas que estou dizendo, pelas coisas nas quais estou pensando. Coisas que deveria guardar comigo mesmo. Sobretudo quando vou passar a noite com ela.

— Hemi, eu...

Eu a interrompo antes que ela consiga terminar a frase. Eu não devia ter tomado este rumo. E agora estou desesperado para mudar a trajetória.

— Tem certeza de que quer ficar aqui? Quer dizer, o seu pai *realmente* quase levou um tiro essa noite. Não era minha intenção afastar você da sua família. Se você preferir ficar com eles...

Percebo seu olhar mudando novamente, desta vez para uma expressão de preocupação. E conscientização. E arrependimento. E culpa. Eu sou um babaca. Um babaca egoísta, que quer ficar com a consciência tranquila. Para salvá-la de uma desgraça, eu joguei em cima dela uma culpa gratuita e injustificada. Essa é uma atitude canalha. Mas, óbvio, eu sou um canalha.

— Eu... nunca pensei nisso dessa forma. Quer dizer, eu sei que todos querem ter certeza de que estou segura, mas... Meu Deus, e se algo acontecer durante a noite? — Vejo o medo transformar-se em pânico. — E se aconteceu alguma coisa com Scout? Ah, meu Deus, e se aquelas pessoas voltarem para terminar o que começaram?

Seus olhos grandes, cristalinos e arregalados de inquietação se erguem e encontram os meus. Ela está pedindo consolo. E apoio. Para aliviar a preocupação que eu mesmo acabei de lhe causar. E agora, por mais estranho que pareça, me sinto forçado a dar isso a ela. Para afastar aquela expressão insegura de medo estampada em seu lindo rosto.

— Armar um circo como o que aconteceu hoje à noite é coisa de covarde. E covarde não volta imediatamente. Não quando o alvo está em alerta. Preparado. E você tem razão. Seu pai e seus irmãos iriam querer te ver em segurança, acima de qualquer coisa. Então, se estiverem despreocupados com relação a você, eles podem se concentrar no que têm que enfrentar no momento.

Sloane assente lentamente, concordando comigo. Então fecha os olhos, com certeza para esquecer as imagens horríveis que eu criei. Imagens de seus familiares em casa, sentados no sofá ou deitados na cama, sangrando até a morte.

Sim, definitivamente sou um canalha.

— Vamos. Você pode telefonar para eles e ver o que está acontecendo. E hoje você estará segura. Estará segura aqui. Comigo. Enquanto for preciso.

Quando começo a entrar em casa com Sloane atrás de mim, quase não ouço sua pergunta.

— Hemi, e quanto a Sasha?

Então eu paro e me viro para olhar para ela, franzindo a testa.

— Quanto a Sasha?

Ela dá de ombros.

— Bem, eu sei que você disse que não estava rolando nada *agora*, mas *já rolou*. Será que *ela* tem consciência disso? Quer dizer, por que ela voltou?

Eu me aproximo de Sloane e afasto seu cabelo do rosto.

— Ela está passando por uns problemas financeiros em casa e só está trabalhando no estúdio até conseguir se estabilizar. Só isso.

Nada mais. E, *sim*, ela tem consciência disso também. Sasha não tem nada a ver com... nada.

Posso ver o alívio em seu rosto. Imagino o tempo que ela ficou ruminando isso, martelando essa ideia absurda na cabeça. Se eu tivesse de adivinhar, diria que foi muito tempo. Para ela comentar *agora, esta noite,* com tudo o que aconteceu...

Ela acena, sorrindo, e eu sei que se sente melhor, então me viro para continuar a subir as escadas.

Conduzo Sloane ao maior dos quatro quartos de hóspedes. Não é uma casa enorme, nada comparado com o que estou acostumado, mas é muito maior do que a dela. Então não me surpreendo que ela se impressione.

— Nossa! Esse quarto é, tipo, três vezes maior que o meu.

Coloco sua bolsa na chaise, na beirada da cama king size.

— Então espero que se sinta confortável aqui. Quero que você fique à vontade com tudo na casa. Piscina, banheira de hidromassagem, sauna, academia, cozinha... O que precisar, é seu.

— Obrigada por me trazer para cá, Hemi. Estou realmente agradecida. E você não... não...

— Não o quê? Não vou levar as suas coisas para o meu quarto? — Ao ver seu rosto corar, percebo que acertei na mosca o que ela estava pensando. — Sloane, esse é um momento difícil para você. Eu nunca teria a presunção de achar que você fosse querer passar a noite comigo. — Então percebo que ela fica constrangida, o que me faz querer deixá-la mais à vontade. — Isso não quer dizer que eu não posso deixar a sua noite maravilhosa, fazê-la *querer* ficar comigo. — Então dou um sorriso, e ela retribui, sorrindo também. — Mas seria totalmente inapropriado. Portanto, essa noite, distância — finalizo, fazendo um movimento com as mãos para acentuar o que estou dizendo.

Sloane vai até a cama e alisa o luxuoso edredom branco.

— Isso significa que você não rejeita totalmente a hipótese de ficar aqui comigo, durante algum tempo? — pergunta, baixinho. — Eu só... só não queria ficar sozinha, por enquanto.

— Claro — respondo, me aproximando dela. Então abraço suas costas até ela se virar para mim e levantar o rosto para me olhar. — Vou ficar até você dormir. Que tal?

Posso ver pelo seu sorriso amarelo que ela gostaria que eu oferecesse mais, mas está feliz com o que conseguiu. Eu avisei...

— Perfeito. Desde que não se sinta incomodado.

— Com uma mulher sedutora nos meus braços? Huuum, não. Isso não vai me incomodar. — Então me curvo para dar um beijo nela. — Está tarde. Por que não se acomoda para dormir? Eu volto logo.

Ela acena com a cabeça novamente e abre a bolsa. Não me surpreendo de modo nenhum quando, alguns segundos depois que saio, eu a ouço ao telefone, com certeza falando com o pai. Por mais que Sloane possa querer ter alguma liberdade e abrir as asas, ela é obviamente muito ligada à família. E ficaria arrasada se algo acontecesse a qualquer um deles. Mesmo esse alguém sendo um policial corrupto, um verdadeiro canalha.

Então, como eu fico nessa história?

Percorro toda a casa, verificando todas as portas, enquanto tomo rapidamente uma cerveja e espero Sloane se preparar, dando a ela um pouco de espaço para respirar. Quando volto para o andar de cima, estou bem consciente da ereção quase dolorosa que força o zíper da minha calça. Inapropriado ou não, se ela me der muita brecha esta noite, tomarei o que quero, sem arrependimento.

Mas é com grande decepção que, ao entrar no quarto de Sloane, eu a encontro profundamente adormecida, deitada de lado, encolhida, debaixo das cobertas.

Enquanto apago as luzes e começo a sair do quarto, Sloane faz um barulho. Não é nada inteligível, como uma palavra ou um nome; é apenas um barulho. Então volto e paro, ao lado da cama, e olho para ela. É quando vejo o espaço entre o seu corpo e a beira da cama. Talvez eu nunca vá descobrir que diabos deu em mim para tirar os sapatos, deslizar para baixo das cobertas e deitar ao lado dela, mas é exatamente isso que eu faço.

VINTE E NOVE

Sloane

Ainda bem que é a minha vez de dirigir para a faculdade esta semana. Sarah iria ficar muito surpresa se chegasse na minha casa e visse toda aquela confusão na entrada.

— Meudeusdocéu, você está falando sério? — pergunta ela quando conto o que aconteceu. — Quem faria uma merda dessas?

— Não sei. A máfia. O diabo. O Obama. — Então olho seu largo sorriso e balanço a cabeça. — Não, não estou inventando nada. Foi... uma loucura.

— Afinal, como estão os irmãos Locke essa manhã? Se preparando para uma batalha?

— Claro. Scout perdeu de vista o carro que seguia. Ele suspeitava que aquele poderia ser o veículo que nos atacou, mas chegamos tarde demais para ter certeza. Steven estava trabalhando em um caso, portanto teve que ficar no trabalho a noite toda. Fico só imaginando como estava o humor dele. E Sig... Bem, você sabe como ele é. Provavelmente vai passar a noite sentado na varanda, tomando cerveja, com uma espingarda no colo.

— E sorrindo.

— Pois é, sorrindo. Aposto que ele está achando tudo muito engraçado.

— Esse seu irmão tem um senso de humor meio estranho.

— Ele é maluco. Mas se alguém tivesse se ferido, ele ficaria duas vezes mais descontrolado do que Steven. Ele fica uma fera quando é provocado.

— Bem pelo menos você não teve que ficar lá para aguentar todo o drama que deve ter acontecido.

— E com certeza rolou muito drama. Queria ser uma mosquinha para ver meu pai contando a eles que eu não iria passar a noite em casa. Devem ter xingado muito. E aposto que nenhum deles disse "droga", nem uma vez.

— Por falar na noite passada, por quanto tempo você vai ignorar o fato de ter passado a noite com Hemi, o Gostoso?

— Não estou ignorando. Infelizmente, *é verdade* que não foi *nada* de mais. Pelo menos não da forma que está pensando.

— Como é que é? — questiona Sarah, indignada. — O que há de errado com ele? Como um cara daqueles pode desperdiçar a oportunidade perfeita para transar com você?

Eu me perguntei — e me preocupei — exatamente com a mesma coisa, desde a noite passada.

— Ele não queria se aproveitar da situação. Além do mais, eu acabei dormindo.

— Você dormiu? Ah, meu Deus, Sloane! O que há de errado com você?

— Eu meio que tive um dia cheio, Sarah.

— Eu sei, mas caramba! Olha aquele cara.

Dou um suspiro. A imagem do rosto e do corpo perfeitos de Hemi surge na minha cabeça, pela milésima vez.

— Eu sei. E sabe qual foi a pior parte?

— E isso é possível? Dá para existir algo pior?

Faço um gesto afirmativo com a cabeça.

—– Quando acordei de manhã, ele estava na cama comigo. Estava deitado de lado, de frente para mim, como se tivesse caído no sono tomando conta de mim.

Vejo Sarah boquiaberta.

— Sloane, essa não é a pior parte. É a melhor parte! E se esse cara realmente sente alguma coisa por você? E se não for só um lance sexual?

— Bem que eu gostaria que fosse verdade, mas e se não for? E se ele perdeu o interesse?

Eu ficaria arrasada. Simplesmente arrasada. E não só por ele perder o interesse, mas também por descobrir que ele realmente não sente nada por mim. Como eu sinto por ele.

Eu ficaria devastada.

— Sloane, homem não faz esse tipo de coisa quando perde o interesse. Ele sorri educadamente, talvez abra a porta para você, e depois some. Não vai deixar você fazer uma malinha, não vai te levar para casa para passar a noite e dormir ao seu lado. Para mim, isto parece coisa séria.

Resisto ao impulso de fechar os olhos e me deleitar com as palavras de Sarah. E rezar para que ela tenha razão.

— Espero que seja. Acho que só estou receosa de interpretar as coisas de uma forma errada.

— Por quê? É você que sempre fala em abrir as asas e se aventurar e experimentar coisas novas. Não dá para se fazer nada disso *sem* arriscar passar por qualquer tipo de sofrimento.

— Mas e se não for só algum sofrimento? E se for, tipo, ficar totalmente arrasada?

— Então você tem que usufruir de cada segundo que puder da situação para que, ao olhar para trás, não se arrependa.

— Isso que você acabou de dizer não faz nenhum sentido. Você sabe disso, não é?

— Sim, mas a frase ficou bonita.

Não falamos nada por algum tempo. Só quando estou entrando no estacionamento que Sarah fala novamente.

— Afinal, o que você vai fazer agora? Vai voltar lá?

— Não sei.

— Ele não falou nada sobre isso hoje de manhã?

— Não sei. Eu não o vi.

— Pensei que tivesse passado a noite nos braços dele.

— Sim. Mas ele... ele tinha dito antes que não é o tipo de cara que fica para tomar café da manhã com a garota, no dia seguinte. Eu realmente não sabia se ele queria me ver de manhã, então levantei, tomei um banho rápido e fui embora.

— Você foi embora? Simplesmente saiu?

— Bem, eu deixei um bilhete.

— O que escreveu?

— "Obrigada por me manter em segurança."

— Cacete, quanta frieza.

— Como assim frieza? Eu não queria deixar o cara constrangido. E não queria parecer uma idiota.

— Bem pensado. E talvez seja melhor deixar o cara na expectativa. Sabe como é, dar uma de misteriosa.

Eu olho para ela, impaciente.

— Ah é, até porque eu sou *muuuuito* misteriosa.

Penso imediatamente em Sasha. Agora *ela* é misteriosa. E é o tipo de mulher que Hemi gosta. O tipo com o qual ele está acostumado. E pelo qual se sente atraído. O tipo com o qual ele já tomou café da manhã, juntinho.

— Sloane, com certeza tem alguma coisa em você que o atrai. Não importa o quê. Apenas aproveite o embalo. Use o que você tem e curta ao máximo. Vai se arrepender se não fizer isso. Juro que vai.

— Melhor você não fazer promessas — murmuro num gesto reflexivo.

Sarah dá um suspiro.

— Eu sabia que você ia dizer isso.

— Porque eu tenho razão. E nós duas sabemos disso.

Então retiro a chave da ignição e caminho com Sarah em direção ao pátio. Nós nos separamos quando a calçada se divide.

— Vejo você depois — despede-se, com seu jeito animado.

Eu concordo e sorrio, perdendo imediatamente todo o entusiasmo pelo dia à minha frente.

TRINTA

Hemi

Não consigo decidir o que é mais idiota — falar com o pai de Sloane ou ficar pensando em como convencê-lo a deixá-la ficar comigo. Não que ela não possa decidir por si mesma, mas não quero pedir a ela que fique. Não sei por que, mas não quero. Isto seria dar muito na pinta. Tanto a Sloane quanto a mim mesmo. Simplesmente *não posso* me envolver com ela. Não seria correto. Mas se eu estivesse fazendo isso para ajudá-la... uma espécie de gentileza para ela e para a família dela...

Então me ocorre que nada que eu possa fazer vai me livrar desta irritante sensação de culpa. Mas mesmo assim vou tentar, com certeza. Só espero que isto seja tudo — culpa — e que esta sensação incômoda seja *só* culpa e não algo mais profundo, mais delicado. Porque seria uma puta encrenca. Para nós dois.

Eu não tinha certeza se ele estaria em casa hoje. Mas foi bom ter arriscado, porque o encontro na varanda, falando ao telefone, quando estaciono. Olho para os dois lados, ao redor da casa, alguns restos da fita usada para isolar a área do crime. Acho que algumas pessoas ficaram por aqui a noite toda, reunindo, registrando e compilando provas. É uma família de policiais, afinal. E certamente cuidam de si mesmos, o que me preocupa.

Ele encerra o telefonema quando me aproximo.

— Certo, me mantenha informado — pede, antes de desligar o celular. — O que você está fazendo aqui? — pergunta ele, sem rodeios.

Eu gosto disso, de pessoas que vão direto ao ponto, que falam na cara. A maioria dos meus familiares é assim. Franqueza total. Eu gosto. Ainda que nem sempre aja assim.

— Pensei em dar uma passada para ver se já tinham descoberto alguma coisa. E para dizer que Sloane foi à faculdade, como deveria.

Eu só sei disso porque mandei uma mensagem de texto quando levantei, e ela respondeu dizendo que estava tudo bem, e que estava no final da segunda aula de quinta-feira.

— Bom. Obrigado por tomar conta dela.

— Sem problema. É um prazer. Eu gosto de Sloane.

O Sr. Locke franze o cenho.

— Dá para perceber.

Não faço nenhum comentário. Ele pode pensar o que quiser sobre o meu interesse por ela. Tenho certeza de que, qualquer que seja sua conclusão, não estará errado. Ele é um cara esperto.

— Conseguiu descobrir quem está por trás disso?

— Ainda não. Mas vamos descobrir. Você está a par das ameaças que Steven recebeu. Estou certo que tem ligação com o que aconteceu.

— Mas Steven estava trabalhando ontem à noite, não?

— Sim.

— Então, se ele é o alvo, por que atacar a casa quando ele não está?

— Ah, isso foi um recado. E um meio para conseguirem o que querem. O que *acham* que ele tem.

— Que seria...?

Mais uma vez, ele franze o cenho.

— Não me sinto confortável em discutir isso com você.

Faço um gesto afirmativo com a cabeça.

— Respeito a sua posição. O negócio é o seguinte: enquanto você e o seu pessoal resolvem isso, acho que talvez seja melhor Sloane ficar comigo. Eu moro em um condomínio fechado. Não acho que ninguém iria atrás dela. Mas, se isso acontecer, não creio que a procurariam lá.

— Você está muito interessado na minha família.

— Estou interessado em Sloane. Em garantir que não acabe sobrando para ela.

— E o que você ganha com isso? — Posso ver acusação e reprovação em seus olhos.

— Só a certeza de que ela está segura. — Uma onda de culpa toma conta de mim. Mas esse é o meu lado racional. Há mais por trás disso. — Pelo menos até conseguir algum progresso em relação a tudo... isto — digo, apontando para os vários buracos de bala, em volta da sua porta. — Estou tentando ser respeitoso, senhor.

Pela forma como ele inspira, percebo que está muito irritado. Ele não gosta do que estou propondo, mas realmente não pode argumentar.

— Como Sloane sempre insiste em repetir, ela tem idade suficiente para decidir sozinha.

— Tem razão. Só achei que seria melhor falar com o senhor. E pedir para preparar uma mala para ela, juntar algumas coisas de que ela precisa. Algumas roupas, já que ela não tem aula amanhã.

Ele bufa de raiva ao se virar em direção à casa, abrindo a porta e acenando com a cabeça para que eu o siga. Eu o acompanho, entro no hall e fecho a porta de madeira cheia de buracos de bala atrás de mim. Eu já tinha vindo até aqui antes, quando busquei Sloane para irmos à praia. Nada na casa parece extravagante ou fora do normal para um bando de homens, um bando de policiais. E vi o carro de Steven. Também, nada de mais. Ele *deve* ter recebido muito dinheiro. Mas onde tudo isso estaria? Ou ele está economizando ou estou enganado.

Pela primeira vez em dois anos, espero estar enganado. Espero que a minha busca ainda esteja bem longe, bem adiante. E que o culpado seja alguém não relacionado à Sloane.

****

Mandei uma mensagem para Sloane depois do almoço, dizendo que ela podia ficar comigo até sua família resolver as coisas. Estou um pouco aborrecido por ela ainda não ter chegado. Embora sua única resposta tenha sido para me agradecer, imaginei que ela viria depois da faculdade. Quer dizer, onde mais ela teria ido? Porém, são praticamente sete horas, quase o horário normal que ela costuma chegar, e ainda não tive notícias dela.

Quando o alarme da porta toca, rolo a cadeira para a direita da mesa, no pequeno escritório, o que me dá o ângulo perfeito para ver a saleta. Vejo Sloane passar, indo direto para os fundos. Então me levanto e a acompanho.

Sinto uma expressão de mau humor se formar no meu rosto ao atravessar o estúdio atrás dela, e uma crescente irritação.

— Onde você estava? — pergunto sem rodeios.

Ela se vira com um olhar surpreso.

— Como assim? Eu tinha que chegar cedo?

— Eu mandei mensagem perguntando se queria ficar comigo.

— Eu sei — responde ela, com um pequeno sorriso. — Eu vi. Não recebeu a minha resposta?

— Sim, mas imaginei que você viria depois da aula.

— Não quis te incomodar enquanto trabalhava. Além disso, eu tinha que ir em casa para pegar umas roupas.

— Seu pai não te falou que eu passei lá?

— Não, ele não estava lá. Não tinha ninguém em casa.

— Sloane, o que deu em você? Não tinha ninguém em casa e mesmo assim você entrou?

— Claro — diz ela, com as sobrancelhas unidas em uma carranca. — Por que não entraria?

— Porque é uma burrice. Por isso.

— O que deu em você? Está agindo exatamente como os meus irmãos.

— Eu fico puto quando você age de forma tão imprudente e irresponsável — explico, recusando-me a reconhecer o modo como meu coração acelera só de pensar que alguém poderia atacá-la enquanto Sloane estava lá. Sozinha.

Então ela levanta o rosto e percebo que não deveria ter dito aquilo.

— Ainda bem que as minhas decisões não são baseadas no que você considera prudente ou responsável.

— Sloane, não foi isso o que eu quis dizer. Eu quis dizer...

— Sei exatamente o que você quis dizer, Hemi, e não preciso de outro irmão. Nem de outro pai. Já tem gente demais à minha volta antevendo cada movimento meu e tentando me afastar de todos os perigos possíveis. Mas vou dizer a você o que eu disse a eles: eu me recuso a viver a vida com medo, Hemi. Simplesmente me recuso! A vida é curta demais para se analisar cada coisinha porque a pessoa pode se machucar ou porque as coisas podem acabar mal. Eu nunca terei um único momento de felicidade se viver assim. Pensei que tivesse entendido. Pensei que se sentisse da mesma forma. O que aconteceu com o seu lema "viva sem arrependimentos"?

— Ser livre e se divertir não significa que você tem que fazer coisas estúpidas que possam machucá-la, Sloane.

— Ah, não? Não é essa a essência do risco? Fazer algo apesar da possibilidade de se machucar?

— Em uma escala menor, sim. Mas isso é a sua *vida*. Não é como tomar uma bebida para confrontar seus irmãos ou fazer uma tatuagem para tentar provar alguma coisa.

— É isso que você acha que estou fazendo? Me rebelando? Tentando provar alguma coisa?

O nível de irritação de Sloane é exagerado, mas não sei como fazer isso de outra forma.

Então dou um suspiro e acaricio seus braços, adorando a maciez de sua pele.

— Olhe, não foi assim que imaginei essa conversa. Você disse que queria franqueza. Bem, aí está. Não estou tentando controlar você. Nem mandar em você. Só estava preocupado. Só isso. O problema é que eu tenho um jeito péssimo de mostrar o que sinto.

Vejo sua expressão se abrandar.

— Acho legal que você esteja preocupado comigo — diz ela, dando um passo na minha direção. — Acho muito legal. — Seu rosto fica corado e um sorriso força o canto da sua boca. Quando ela continua, porém, seu olhar é sério. — Mas você precisa acreditar que eu sei o que estou fazendo. E que sou madura e inteligente o bastante para isso. Sarah estava comigo. Sig havia acabado de sair de casa alguns minutos antes. Os policiais ficaram entrando e saindo, o dia todo. Eu não achei, levando tudo em consideração, que seria muito perigoso correr lá em cima, em plena luz do dia, e pegar algumas coisas, antes de ir para a casa de Sarah, por algum tempo. Mas também não senti que precisava explicar isso a ninguém.

Agora me sinto um idiota.

— Desculpe ter perdido o controle. Eu deveria ter confiado em você. Eu só estava... Eu só estava preocupado.

Ela acena com a cabeça e dá outro passo na minha direção.

— Quer dizer que você *quer* que eu fique com você?

— Claro que quero. Eu não teria oferecido se não quisesse.

— Tem certeza? Quer dizer, é muita gentileza sua.

Olho para ela surpreso.

— Sloane, eu te disse que sou egoísta. E estou sendo egoísta. Não vou mais tentar ficar longe de você.

Isto é novidade tanto para mim quanto para ela. Acabar com a briga, com o fingimento, e simplesmente se expor. Não sei quando decidi mandar a culpa à merda. Provavelmente quando me dei conta de que posso ter Sloane na minha casa, na minha cama, toda para mim, se eu agir da forma correta. No entanto, não posso deixar passar outra oportunidade. Eu me recuso a olhar isso de forma mais profunda.

— Jura?

— Juro.

— Então, por favor, seja egoísta — pede ela, sorrindo.

— Você não deveria parecer tão satisfeita. Sua virtude pode estar em perigo.

— Melhor ainda.

Eu ignoro o início de uma ereção só de pensar onde esta conversa vai parar. E também o que posso fazer a respeito, agora.

— Por falar em egoísta, por que não me acordou quando saiu hoje de manhã?

Sloane olha para baixo, e sinto que ela se arma contra mim.

— Por que eu faria isso? Você foi muito gentil em me deixar ficar, em zelar por mim a noite toda. Eu não queria... Quer dizer... — Ela hesita e umedece os lábios com a língua. Um gesto nervoso. Finalmente, ela ergue os olhos para mim novamente. — Olhe, Hemi, eu lembro muito bem da conversa sobre o lance do café da manhã. Eu sei como você se sente em relação a isso... em relação às mulheres ficarem até o dia seguinte. Eu só... só não queria dar a impressão que eu esperava alguma coisa. Só isso.

Eu *realmente* admiro uma mulher que sabe a hora de ir embora. *Sempre* admirei. Nada de envolvimento emocional. Nada de obrigação. Apenas dois adultos de comum acordo. E, quando termina, cada um segue seu caminho. Até a próxima vez. Se *houver* uma próxima vez. Mas então por que fiquei aborrecido quando encontrei um bilhete na cozinha, esta manhã? Por que fiquei tão enfurecido quando vi que Sloane tinha ido embora sem ao menos uma palavra?

— Isso é diferente. Você não precisa se preocupar. É... é apenas diferente — repito, incapaz de explicar mais.

Sloane assente e murmura baixinho:

— Tudo bem.

Um silêncio tenso se instala entre nós, e sinto a necessidade de quebrá-lo:

— Afinal, você comeu alguma coisa?

— Sim, Sarah e eu levamos comida.

Eu aceno com a cabeça, eliminando essa opção da lista. Não sei por que de repente sinto a necessidade de mimar Sloane, de mostrar que ela não é somente outra garota com quem quero transar e depois tomar um banho, enquanto ela vai embora. Quero estar com ela. Quero observá-la quando ela experimentar coisas novas, quando sentir coisas novas. Quero observar seus olhos se abrirem de manhã. E, admito, quero vê-los se fecharem quando eu penetrá-la. Agora, tenho a oportunidade perfeita de fazer todas essas coisas. De tirá-la do pensamento, antes que ela descubra demais e aprenda a me odiar.

— Tive uma ideia. Que tal largar tudo aqui hoje e irmos a uma boate ou algo assim? Para acabar com essa tensão? Acho que, por hoje, você está... liberada.

Ela abre um largo sorriso, e seus olhos ganham um brilho instantâneo.

— Acho legal. Mas você pode fazer isso? Quer dizer, o proprietário não vai...

— É só uma noite. E tem um monte de gente aqui hoje. Eu tinha planejado trabalhar com você um pouco mais nas nossas tatuagens, mas podemos fazer isso outro dia.

Sloane abaixa a cabeça e olha para a roupa que está usando.

— Na verdade, eu não trouxe nada para sair.

— Não tem problema — digo, percebendo seu short curtinho preto e o top branco, de um ombro só. — Confie em mim, você pode usar um saco de papel e ainda assim vai ser a garota mais sensual na maioria destes lugares.

Adoro como seu rosto fica rosado quando digo coisas assim. É a verdade, claro, mas provavelmente eu não diria a ela o que estou pensando com tanta frequência se ela não reagisse dessa forma.

Ou diria.

— Se você acha que está bom...

— Você vai gostar. Eu conheço o dono do lugar aonde vamos. Vai se sentir bem lá

****

Menos de uma hora depois, logo após a meia-noite, estou conduzindo Sloane pelas portas de uma boate, na parte central da cidade. O lugar chama-se "Afrodisíaco" e praticamente tudo ali dentro tem a ver com erotismo. Eu seria capaz de apostar uma grana que Sloane nunca colocou os pés num lugar como este antes. Cacete, não sei nem se ela *queria*. Mas está aqui. E o objetivo desta noite é que ela sinta prazer, que esqueça o estresse; que esqueça tudo.

No instante em que atravessamos as portas, a batida pesada da música estabelece o padrão de sensualidade. Tudo leva a isso. Do esquema de cores — vermelho intenso e preto — à iluminação — fraca e pulsante —, tudo contribui para a liberdade carnal. Até o ar é espesso e úmido, dando uma sensação abafada ao lugar. É como se alguém tivesse colocado uma discoteca no meio do mato. O calor faz surgir o animal que existe em todo mundo. E a temperatura está subindo.

Após passar entre duas jaulas suspensas, onde mulheres seminuas dançam, levo Sloane ao bar e peço um drinque para nós dois.

— Já tomou algum shot?

— Uma vez.

— Bem, não quero que você fique bêbada, mas *realmente* quero que se sinta adulta e livre, portanto vamos beber e depois dançar. Tudo bem?

Sloane sorri; suas asas quase visivelmente se soltando e se abrindo, bem diante dos meus olhos.

— Com certeza!

Eu sorrio também. Tenho vontade de lamber os lábios. Sinto que há algo delicioso no cardápio esta noite.

A bartender desliza dois copos sobre o balcão, cada um com uma fatia de limão na borda e com um saleiro. Eu agradeço e pago as bebidas.

— Vamos começar com tequila, basicamente porque é divertido — explico. — E porque, essa noite, vou aproveitar qualquer desculpa para tocar em você.

O sorriso de Sloane se abre lentamente

— Já estou curtindo. O que devo fazer?

— Vou mostrar primeiro como fazer o seu drinque. Depois farei o meu. — Então, seguro a mão de Sloane e dou uma lambida nela, antes de jogar sal na superfície úmida. Em seguida, ponho o copo na sua outra mão. — Primeiro você lambe o sal, em seguida bebe a dose e depois chupa o limão, ok?

Sloane concorda.

— Agora?

— Agora!

Seus olhos escuros brilham de excitação. É fácil dizer que ela está pronta para mergulhar nesta noite com tudo que tem direito. E eu vou garantir que ela esqueça todas as preocupações. Pelo menos por uma noite.

Com o olhar fixo nos meus, Sloane leva a mão à boca e lambe o sal. Não sei se ela o faz tão lentamente de propósito ou se é apenas porque curte o sabor. De um jeito ou de outro, ver sua língua rosada roçar na própria pele faz meu pau começar a ficar ereto. Quando o sal acaba, ela ergue o copo e vira a bebida, em um gole só. É uma pinguça nata. Sem tirar os olhos dos meus, ela coloca o copo no balcão e espera. Eu levo a fatia de limão até seus lábios, e o passo sobre eles.

— Chupe.

Seus lábios carnudos se abrem, e eu vejo seus dentes pequenos e brancos afundarem na fatia suculenta do limão. Percebo Sloane sugar a fruta, quando ela se inclina junto a mim.

— Humm — murmura quando termina. — Delicioso. Sua vez.

Ela pega o saleiro e tenta segurar minha mão, mas eu a detenho.

— Não, vou fazer o meu um pouco diferente.

O cabelo de Sloane está novamente preso, revelando o pescoço longo e gracioso, e a curva feminina do seu ombro. A blusa que está usando tem um grande decote, a partir da alça em um dos ombros. O lugar exato que quero beijar está à mostra, como se ela tivesse se vestido esta noite pensando em mim.

Eu curvo o corpo para a frente e coloco os lábios e a língua no ponto sensível, onde seu pescoço e ombro se encontram, curtindo o gosto da sua pele e o modo como ela inclina a cabeça para o lado, facilitando meu acesso. Em seguida, jogo sal na parte úmida e viro a minha fatia de limão ao contrário, mantendo-a próxima dos seus lábios.

— Abra a boca.

Quando os lábios de Sloane se abrem, eu enfio a fatia de limão entre eles, até ver que ela a morde, para mantê-la no lugar. Em seguida, abraço sua cintura e a puxo para perto de mim, enquanto pego meu copo. Quando abaixo a cabeça para lamber todo o sal da sua pele, ela se derrete, acariciando meu cabelo. Então viro o rosto para o lado, bebo o líquido ardente e mordo a fatia do limão que Sloane mantém entre os dentes. Após chupar todo o suco, eu retiro o limão da sua boca e coloco a língua entre os seus lábios, em um beijo que incendeia o meu sangue.

A boca de Sloane é fresca e ainda tem os sabores do limão e do sal. Só consigo pensar em pôr a língua em outros buracos e provar a mistura de tequila picante, limão e o sabor doce e suave do seu corpo.

Estou pensando na mistura dos nossos fluidos quando me inclino para olhar seu rosto.

— Aposto que você não usa nenhum método anticoncepcional, não é? — É uma pergunta casual, que provavelmente deveria ter sido feita de forma mais delicada. Mas minha mente não está preocupada em agir de forma delicada. E sim, de forma voraz.

— Para falar a verdade, eu uso. Para regular a menstruação. — Ela sorri.

Fico surpreso, mas de modo positivo. O mínimo que espero das mulheres experientes que procuro é o uso de método anticoncepcional e exames regulares. Mas com Sloane, embora o exame não seja problema para uma virgem, o outro poderia ser. Mas não é. E de repente isso me deixa ainda mais excitado.

— Adoro quando a Mãe Natureza me dá uma mãozinha.

Sloane ri, e eu sinto o som rouco vibrar em todo o meu corpo, até chegar nas minhas bolas. Todo o meu corpo está ansioso para penetrar esta garota.

— Isso nunca me deixou tão satisfeita. Até agora.

Com relutância, eu a solto, pego sua mão e aceno em direção à pista de dança, lotada.

— Vamos dançar. Antes que eu coloque você no ombro e te arraste para fora daqui.

— Eu acharia ótimo. — Eu a ouço murmurar, atrás de mim.

Não creio que ela saiba o que está pedindo. Mas vai saber.

TRINTA E UM

Sloane

Nunca me senti tão viva, como se estivesse vivendo a vida, em vez de deixá-la passar. Mesmo esmagada entre corpos quentes se contorcendo na pista de dança, tudo o que sinto é o calor de Hemi ao meu redor, seu corpo firme roçando no meu, no ritmo da música sensual.

Suas mãos deslizam pelo meu corpo, e as luzes pulsam à minha volta. Então ele me vira de costas e me puxa para junto de si, esfregando o quadril em mim. O fogo flui pelo meu corpo, deixando minha cabeça leve e meus membros, pesados.

— Como se sente? — incita ele, seus lábios encostando na minha orelha.

— Maravilhosa. Que tal outra dose?

— Só mais uma — concorda ele. — Não quero que você fique bêbada. Quero que você se sinta relaxada, mas que consiga raciocinar E sentir... outras coisas.

Fico toda arrepiada.

— Então só mais uma. Não quero perder... as outras coisas.

Adoro essa sensação. *Todas* essas sensações. Acima de tudo, adoro estar com Hemi. Tocá-lo e ser tocada *por* ele. Adoro a expectativa que surge entre nós. Adoro o fato de ele estar zelando por mim, que esteja me proporcionando diversão em um momento "não tão divertido". Adoro o fato de ele ter tentado ficar longe de mim e não ter conseguido. E de ter desistido de tentar. E de ter admitido isso. Adoro tudo sobre ele e esta noite.

187

— Fique aqui. Eu volto logo.

Olho por cima do ombro e vejo os olhos de Hemi. Nas luzes cintilantes da boate, eles são escuros e misteriosos. E também reveladores. Ele me quer. E não tenta esconder isso. E eu não quero que ele esconda.

— Vou ficar esperando — digo, mantendo meu olhar fixo no dele, até ele sumir na multidão.

Então inclino a cabeça para trás e me deixo levar pela batida da música. O barulho é alto e envolvente. E expulsa tudo. Tudo, exceto o que quero dentro de mim. Hemi. Ele é tudo o que quero dentro de mim esta noite. Ele e todas as experiências e sensações que puder me mostrar.

Levanto os braços, curtindo o modo como os corpos à minha volta balançam, no ritmo do meu corpo; no ritmo da música. O ritmo comanda a noite. E eu me deixo levar por ele, me deixo levar pela dança. A dança da boate. Minha dança e de Hemi. Simplesmente me deixo levar.

E nunca me senti tão livre.

TRINTA E DOIS

Hemi

Volto para junto de Sloane, carregando as bebidas. Trago na cintura uma garrafa de água. Ela vai precisar.

Vou abrindo caminho por entre a multidão de corpos, até que se separem o bastante para que eu possa vê-la. Seus olhos estão fechados e seu corpo dança na batida da música. Então paro para observá-la. Fico fascinado pelo doce balanço dos seus ombros, hipnotizado pelo movimento sugestivo do seu quadril. A forma como se move... Cacete, é tão sexy! Acho que Sloane não faz ideia da sensualidade natural que ela possui, do encanto que exibe, sem nem ao menos se esforçar para isso. Eu conheci muitas mulheres. Muitas mulheres bem experientes em conseguir o que querem, em atrair um homem, mas nenhuma delas nunca me deixou tão cheio de desejo como Sloane.

Eu a quero. Quero tomar o que ela não deu a mais ninguém. Quero ser o primeiro a mostrar tudo a ela. E ser aquele que ela nunca irá esquecer. Ela é como a tela em branco que eu tanto desejo na minha arte. Quero deixar nela a minha marca. Para sempre. Este pensamento invoca o homem primitivo que existe em mim, o animal e o conquistador.

Então caminho em sua direção. E como se sentisse a tocaia do seu predador, ela abre os olhos e me fita. Seus lábios se curvam levemente, num meio sorriso provocante que me faz pensar em jogá-la em uma cama, virá-la de bruços e penetrá-la por trás.

Eu trinco os dentes. Minha paciência está no limite.

Quando paro diante de Sloane, ela pega o copo da minha mão e o saleiro, que está na dobra do meu braço.

— Vou ser a primeira de novo — avisa, com um brilho provocante nos olhos. Antes que eu possa argumentar, ela lambe o meu pescoço e se afasta para jogar um pouco de sal na pele úmida. Sinto o sal nos braços e no peito, e fico na dúvida se ela jogou na área que havia pretendido, mas não dou a mínima para isso.

Com os lábios e a língua, ela lambe o sal do meu pescoço, vira sua dose e chupa o limão. Enquanto ela me olha, mantendo a fatia de limão amarelada entre os lábios, percebo o desafio em seus olhos. E então minha paciência se dissolve como o sal na sua língua.

— Sabe de uma coisa? — Puxo Sloane para junto de mim, para que ela possa me ouvir. E para que eu possa *senti-la*.

— O quê?

— Tem tequila, limão, sal e música na minha casa.

Então me afasto e a observo. Seus olhos de ônix procuram os meus. Ela sabe o que estou querendo dizer, o que estou pedindo.

— Então vamos.

Entrego meu copo para o cara que está atrás de mim e seguro a mão de Sloane, levando-a para a porta. Vamos correndo para casa.

TRINTA E TRÊS

Sloane

Quando abri os olhos e vi Hemi olhando para mim, percebi que esta seria a noite que daríamos o próximo passo, independentemente do que acontecesse. É isso que eu quero. Mais do que qualquer coisa.

Eu quero *Hemi*. Hoje. Agora. Quero o impulsivo, o espontâneo. Quero a paixão. E estou bem perto de alcançar isso.

A música está alta a ponto de não conseguirmos conversar por todo o caminho de volta, para a casa de Hemi, no elegante bairro de Atlanta. Após desligar o motor, ele salta do carro, dá a volta e me ajuda a sair, me levando em silêncio até a porta. Quando entramos, Hemi pega a minha bolsa e a joga no sofá. Em seguida, se vira para mim e segura o meu queixo.

— Como está sua cabeça?

— Está ótima. Tudo bem — digo, com um sorriso.

— Não está confusa?

— Não, só um pouco... leve.

— Então que tal uma sauna? O calor vai intensificar o zumbido que você está sentindo agora, mas vou levar um pouco de água para não ficar insuportável.

— Parece uma boa ideia — respondo. E parece mesmo.

— Esperava que dissesse isso — confessa Hemi, sorrindo. — Já volto.

Alguns minutos depois, ele volta com um balde cheio de gelo e várias outras coisas. Então pega a minha mão e me conduz pelo hall e por uma porta. A madeira de lei dá lugar a belos azulejos de travertino, que levam a um pequeno corredor, enfileirado por grandes vasos repletos de plantas exóticas. Dá para sentir o cheiro do cloro, portanto sei que estamos perto da piscina.

Hemi para em frente a uma porta de madeira maciça, com uma janelinha na parte de cima. Gira um botão na parede e pousa o balde.

— Já esteve em uma sauna antes?

Faço um gesto negativo com a cabeça.

— Não, mas sei como é.

— Então sabe que é bem quente e úmida. E que nós vamos suar.

— Sei.

— Portanto é melhor entrar sem roupa.

Tenho vontade de sorrir e reclamar ao mesmo tempo. Algo na expressão de Hemi e em sua voz, e no fato de esta noite ser tão agradável para mim, de tantas maneiras, me deixa um tanto confusa diante da avalanche de sensações e expectativa.

— Bem, não vai ser a primeira vez que você me vê nua.

Os olhos dele escurecem, do azul tranquilo ao erótico negro.

— Como eu poderia esquecer? Me deixe ajudar você — diz ele, pegando a bainha da minha blusa e levantando-a.

Hemi puxa a blusa por cima da minha cabeça e a joga no chão. Por baixo, por causa do decote, estou usando um sutiã sem alça. Os olhos dele percorrem meu corpo, como se eu não estivesse usando nada. Então ele me segura pelos ombros, me vira de frente para a porta e me pressiona contra ela. Em seguida, levanta os meus braços acima da minha cabeça e pousa as palmas das minhas mãos na madeira.

Sinto seus dedos tocarem meu corpo, indo ao centro das minhas costas para abrir meu sutiã. Eu perco o fôlego quando ele acaricia a minha barriga e desliza as mãos até os meus seios, que estão espremidos contra a porta. Então dou um gemido e arqueio as costas. Quando ele tira as mãos, levando junto o sutiã, inclina-se sobre mim, pressionando minha pele nua contra a madeira fria da porta. Dou um suspiro.

— Seus mamilos estão ficando duros? Com a porta fria na sua pele quente?

Ele não espera por uma resposta. E eu não respondo. Estou concentrada demais nas suas mãos deslizando pelo meu corpo, até meu short.

Quando sua língua toca as minhas costas, eu me inclino mais em direção à porta, para ter um apoio. Ele lambe toda a minha coluna e fica de joelhos, atrás de mim. Então segura o cós do meu short e desliza-o pelo meu quadril, me deixando só de calcinha e sapato alto.

— Sua bunda é muito gostosa — elogia ele, murmurando e acariciando-a com a língua, antes de me dar uma leve mordida. Eu respiro fundo, me sentindo mais tonta do que quando cheguei. Ele tira minha calcinha e acaricia a parte interna da minha coxa. — E as pernas mais lindas que já vi. — Suas mãos param um pouco antes do ponto onde estou mais excitada. — Sempre que vejo você de costas, me dá vontade de gozar na sua bunda e ver você tremendo de prazer, enquanto meu gozo escorre entre as suas pernas. Assim — continua ele, abrindo as minhas pernas para traçar um caminho da base da minha coluna até seus dedos. Mas ele para quando está bem perto. Tão perto...

Sinto um gemido preso em minha garganta.

— Mas não agora — interrompe Hemi, afastando as mãos lentamente e me deixando decepcionada e com a sensação de vazio.

Em seguida, ele me afasta da porta antes de abri-la. O vapor emana do interior suavemente perfumado.

— Sente-se. Eu volto logo.

Então tiro os sapatos e entro na sauna, indo para a parte superior para me sentar empertigada na borda. Quando olho para a porta, vejo Hemi se despir e pegar o balde de gelo. Seus movimentos são rápidos. Ele entra na sauna e se vira para fechar a porta. É quando ele olha para mim, carregando o balde de gelo e algumas toalhas, que vejo a verdadeira perfeição masculina que Hemi possui.

Eu já o tinha visto praticamente nu antes, na praia, e depois no hotel. Mas vê-lo assim de pé diante de mim, sem roupa nenhuma, com um olhar intenso e a pintura que ajudei a aplicar em sua pele, é excitante.

Meus olhos viajam do seu maxilar quadrado aos seus ombros largos, e pelos seus braços musculosos. Observo sua barriga tanquinho e seus quadris estreitos, antes de pausar os olhos no membro excitado, bem no meio.

Eu já tinha visto um homem nu de perto, mas nunca um como este. Nunca um tão perfeito. Ou tão... grande. Fico empolgada por Hemi estar excitado de forma tão óbvia. Seu pênis é grande, grosso, e se ergue firme logo abaixo do seu abdome, estendendo-se até o umbigo. Minha boca resseca só de imaginá-lo tentando ajustá-lo em mim, mas meu corpo anseia que ele faça isso. E logo.

Meu olhar percorre as coxas fortes de Hemi, antes de voltar ao seu rosto.

— Não se preocupe, garota — diz Hemi com sua voz rouca. — Até o fim da noite eu te mostro como deve usá-lo.

O calor explode com a palpitação entre as minhas pernas, e eu faço um gesto com a cabeça, concordando com o que ele diz.

Fico observando Hemi colocar o balde na primeira prateleira da sauna e ajoelhar-se aos meus pés. Em seguida, ele estende três toalhas grossas no assento de madeira, ao meu lado.

— Deite na toalha. É mais macio — sugere ele, colocando uma sob seus joelhos, também. Quando faço o que ele diz, Hemi pega o balde de gelo, de onde tira uma garrafa de água, abrindo-a em seguida. Ele toma um gole e joga um pouco no carvão quente, fazendo o vapor encher a sauna. Então volta-se para mim e leva a garrafa aos meus lábios, e eu me inclino sobre os cotovelos.

— Beba. Não quero que você fique desidratada.

Faço o que ele diz, fechando os lábios em volta da garrafa. Hemi a inclina o suficiente para que o líquido fresco toque a minha língua e depois a abaixa. O sabor é incrível; geladinho e refrescante, o contraste perfeito com o ambiente quente.

— Quer mais? — pergunta ele. Faço um gesto afirmativo com a cabeça, e ele inclina a garrafa novamente, desta vez um pouco mais, para que eu possa beber uma quantidade maior.

O líquido escorre pelos cantos da minha boca e goteja no meu peito, deixando um rastro gelado. Eu me engasgo com a surpresa.

— Está gelado? — pergunta. Eu faço que sim com a cabeça novamente.

Ele se aproxima e põe a língua onde a água parou de escorrer, bem no meio da minha barriga e lambe o rastro molhado até o meu pescoço.

— Quer mais? — oferece de novo.

Mais uma vez, faço que sim.

Hemi mantém a garrafa de água acima da minha boca, sem deixá-la tocar meus lábios. Despeja um pouco na minha língua, depois joga algumas gotas no meu pescoço. Eu respiro fundo quando ele afasta a garrafa para incliná-la, deixando a água fria escorrer sobre o meu mamilo enrijecido. A água desce pela barriga até a minha coxa.

Hemi pousa os lábios no meu peito, lambe o rastro do líquido até o mamilo e o beija.

— Humm, não acho frio — murmura, deixando meu braço todo arrepiado. Então dá um forte chupão no meu mamilo e, ao tirar a boca, faz um caminho de beijos até a minha barriga. — Deixe eu verificar outro lugar.

Hemi mergulha profundamente e desliza a língua pelo meu corpo até a virilha. Depois segue em direção à extremidade das minhas pernas. Sinto o calor da sua boca na minha pele e abro as pernas, desejando mais contato. Desejando Hemi.

— Não está nem um pouco frio — sussurra ele. — Mas se você está com calor... e quer sentir frio...

Hemi pega o balde, tira um cubo de gelo e o coloca na boca. Ele o mantém lá durante alguns segundos, antes de engolir. Então abre mais as minhas pernas e usa os dedos de uma das mãos para abrir caminho na minha vagina, e abaixa a cabeça.

O prazer toma conta do meu corpo com a língua gelada dele, primeiro no meu clitóris e depois dentro de mim. É como se ele me tocasse com o gelo molhado.

— Nossa, eu adoro o sabor do seu corpo. Doce como mel.

Hemi pega a garrafa de água. Então derrama o líquido fresco entre as minhas pernas, deixando-o escorrer antes de me lamber. O quente e o frio, o filete de água e a pressão de sua língua; estou prestes a perder o controle quando sinto os dedos de Hemi, frios do gelo, me penetrarem. Só uma vez. Um empurrão forte e logo ele os retira.

— Você é tão apertada. E eu vou alargá-la bem — sussurra ele, se curvando para me devorar com seus lábios e sua língua enquanto me penetra, novamente, com os dedos. — Na primeira vez, não vou muito profundamente. Não quero te machucar. Mas na próxima vez... Na próxima vez não vou ter piedade. E você vai me amar por isso.

As palavras de Hemi são mais afrodisíacas do que qualquer coisa naquela boate. Elas penetram meu corpo e me aquecem por dentro, fazendo meu corpo se contorcer com sua boca experiente.

Várias sensações me inundam: sua língua fria entrando e saindo de mim; seus lábios sugando a minha pele; seus dentes conforme ele os raspa suavemente no meu corpo. E seus dedos, quando me penetram profundamente.

Então ele levanta meu quadril até a altura da sua boca, refestelando-se entre minhas pernas abertas.

O som diminui, como se desaparecesse em um túnel. O fôlego some, como se tivesse sido consumido por um vácuo. Os olhos se fecham, como se o prazer estivesse fechando as cortinas para a minha visão. E logo, sob o toque sutilmente torturante de Hemi, me sinto atravessar o teto e voar no escuro da noite, me desintegrando e voltando à Terra em um milhão de pequenos pedaços.

Nem me dou conta de que estou com os dedos cravados no seu cabelo. Segurando sua cabeça. Mexendo o quadril em sua boca. Gritando seu nome diversas vezes. Só consigo sentir. Sentir Hemi.

Quando ele desce meu quadril, eu olho para baixo. Ele então ergue uma das minhas pernas e me vira ligeiramente de lado. Em seguida põe minha outra perna sob seu braço, e se instala entre elas. Eu observo, fascinada, como ele guia a ponta grossa do seu pênis à minha abertura. Eu posso senti-lo, e meu corpo o suga, conforme Hemi o move em pequenos círculos, ligeiramente, para dentro e para fora. Não consigo fazê-lo penetrar mais profundamente. Sou forçada a esperar, a ansiedade torcendo cada músculo do meu corpo.

Sinto a diferença no modo como ele entra e sai de mim, naquelas carícias superficiais, mal me penetrando. Posso sentir o quanto está escorregadio agora, coberto com o meu desejo. Então ele começa a deslizá-lo na minha vulva, esfregando a ponta lisa no meu clitóris, me deixando sem fôlego mais uma vez. Sinto uma tensão no peito. Talvez um gemido. Ou um lamento. Ou um pedido.

— Huum, você gosta assim, não é? Está vendo como você está molhadinha? E como o meu pau desliza fácil? — Eu deixo escapar um som sufocado. É tudo que consigo fazer no momento. — Isso é você, gata. Desta vez, quando você gozar, quero sentir minhas bolas pingando. Quero sentir tudo fluindo de você para mim.

— Por favor, Hemi. — Eu nem sei o que estou pedindo. Só sei que preciso dele. E agora.

O ar, o som e meu coração se comprimem no meu peito, quando Hemi volta à entrada da minha vagina.

— Não quero te machucar, mas provavelmente vou. Mas só por um segundo.

— Faça isso. Agora. Por favor.

Com um forte movimento do quadril, Hemi me penetra e fica completamente imóvel. Sinto uma dor lancinante que reflete até as coxas. Dura alguns longos segundos. Hemi não se move. Nem eu. Finalmente, a dor dá lugar a uma incrível sensação agradável de plenitude.

Não sabia que tinha fechado os olhos, até abri-los e fitar Hemi. Ele está completamente imóvel, as veias no seu pescoço dilatadas pelo esforço de não se mover. Olho para o ponto onde nossos corpos se unem. Vejo que a maior parte dele ainda não está dentro de mim, mas a simples visão de um contato tão íntimo me excita, mais uma vez.

Sinto meu corpo se contrair ao redor do dele. Em seguida, uma pulsação, reagindo ao que está dentro de mim.

— Ahhh — geme Hemi entre os dentes, jogando a cabeça para trás e dando um breve resmungo. — Não faça isso.

— O quê? — pergunto.

— Não se mexa por enquanto. Não quero te machucar.

— Você não está me machucando. Eu quero que você se mexa — confesso, sentindo o impulso de mexer o quadril. Não luto contra isso. Somente me deixo levar.

— Grrr — rosna Hemi, enfiando os dedos de uma das mãos na minha perna levantada. — Sloane.

Eu o sinto dentro de mim, quente e grosso. E quero mais.

— Por favor, Hemi. Quero mais. Quero você todo. Dentro de mim. Completamente.

Hemi lança um olhar fulminante na minha direção. Por um momento, chego a pensar que ele deve me odiar. No entanto, ele empurra o quadril para a frente um pouco mais, e sua expressão se transforma em um semblante de prazer aflitivo.

— Está gostando? — pergunta Hemi.

— É muito bom — respondo, ajeitando o quadril para senti-lo ainda mais.

— Ahhh! — geme ele, retirando e enfiando um pouco mais. — Você é tão apertadinha. Ahhh.

Ele parece um animal, grunhindo e rosnando, mas não me assusta. Eu quero suas garras. E seus dentes. Quero sua selvageria.

— Pode meter tudo — digo, instintivamente.

— Meu Deus... puta merda... que boca!

Após uma breve pausa, eu o ouço sibilar entre os dentes, pouco antes de se entregar. A mim. E então ele me dá o que eu quero.

Hemi se afasta alguns centímetros, em seguida joga o corpo no meu, me deixando sem fôlego. Eu o sinto todo dentro de mim. Ele me leva a um lugar de dolorido prazer, de onde não quero mais sair.

— Mais... Hemi! — Ele gira o quadril e eu sinto a tensão dentro de mim aumentar rapidamente. — Assim. É assim que eu quero.

— Quer sentir o meu pau? — incita ele com os dentes cerrados. — Vou meter o meu pau em você. Vou comer você com tanta força que toda vez que fechar os olhos vai me sentir dentro de você. A semana inteira.

Enquanto fala, Hemi continua enfiando tudo em mim, com mais força e mais profundamente, me deixando louca. É quando sua mão toca o meu clitóris novamente que vou à loucura, meu corpo se contorcendo.

No momento em que Hemi me vira de costas e puxa meu quadril, estou ofegante e quase cega de prazer. Então ele coloca as mãos na parte interna das minhas coxas, abrindo-as e me penetrando.

Cada impulso me lança a uma nova onda de prazer, prolongando meu orgasmo até eu ficar desesperada.

— Será que você aguenta, gata?

Eu faço que sim com a cabeça, incapaz de falar com os lábios secos.

Hemi desliza as mãos na parte de trás das minhas pernas, dobra minhas coxas sobre o meu peito e se debruça em mim.

— Que bom, porque eu vou meter tudo. Bem. Fundo.

Quando ele tira tudo e volta a me penetrar, chego a pensar, por um momento, que eu poderia morrer de prazer. E quando acho que não há nada melhor, mais nada a experimentar do seu corpo, ele me conduz a um novo patamar.

— E depois você vai me ver gozar. Em você. Tudo em você.

Hemi me penetra mais duas vezes, então eu o ouço gemer no quarto pequeno e silencioso. Em seguida, sai rapidamente de dentro de mim e abre as minhas pernas, conforme guia a cabeça lisa e inchada ao meu clitóris. Eu observo fascinada como ele põe a mão em volta da base larga de seu pau e arqueia as costas, expelindo o líquido quente em mim.

Eu me dou conta de que estou sem fôlego enquanto o observo. É uma coisa tão safada, tão íntima. Hemi mexe o quadril, jorrando, até que não sobre mais nada. Eu fito o seu rosto. Seus olhos estão ardentes e intensos. E logo sinto a sua mão. Quando olho para baixo, vejo que ele está esfregando os dedos em mim.

— Isso — diz ele, molhando as pontas de três dedos em mim — é meu. — Na última palavra, ele desliza os mesmos três dedos para dentro de mim. — Todo meu. Na próxima vez, vou gozar dentro de você. Vou saciar todo o seu corpo com o meu corpo.

Mesmo me sentindo saciada, desde já eu mal posso esperar. Mal posso esperar até a próxima vez que ele irá me tocar, me beijar, colocar os dedos, a língua ou... o que quiser, em mim.

TRINTA E QUATRO

Hemi

Suavemente, eu abaixo as pernas de Sloane. Então acaricio sua pele lisa e sinto o sangue correr de volta para o meu pau. Eu poderia meter de novo, mas não farei isto. Ela ficaria dolorida.

— Está tudo bem? — pergunto, quando a ouço dar um pequeno gemido.

— Acho que nunca me senti melhor — responde ela, com a voz suave e sonolenta.

Eu sorrio.

— Por enquanto. — Ela vira a cabeça e sorri para mim. — Mas não vou mostrar todo o meu potencial hoje. Essa noite, vamos tomar um banho e assistir a um filme, na cama. E pedir uma pizza. Que tal?

— Seria o paraíso.

Dou um beijinho nos lábios dela ao me endireitar e pegar a garrafa de água. Eu viro o que restou do líquido sobre a toalha e a uso para esfregar suavemente entre as pernas de Sloane. No início, ela estremece.

— Você não precisa fazer isso — avisa Sloane, fechando as pernas na minha mão.

— Eu não me incomodo.

— Falando sério, você não tem que fazer isso.

Eu olho para o rosto dela. Posso ver o rubor nas suas bochechas. Então me inclino para a frente, beijo seu nariz e sua testa, e roço os lábios sobre os seus.

— Não há razão para se envergonhar. Eu beijei, lambi, chupei e toquei cada centímetro do seu corpo. Por que limpar você seria um incômodo?

Ela dá de ombros, relaxando um pouco as pernas.

— Não sei. Acho que estou apenas... constrangida.

— Mas por quê?

Ela não me encara.

— Tenho certeza de que isso não é um problema que você tem que resolver com as outras mulheres com quem já saiu.

Eu paro o que estou fazendo para dar toda a minha atenção a ela.

— Sloane, não só acabamos de transar loucamente, como você me deu algo que nunca deu a *ninguém*. Eu sei o quanto isso é especial. E você precisa entender que foi especial para mim também. Nunca tirei a virgindade de ninguém. Nunca sequer quis fazer isso. Mas com você, sim. Eu queria fazer isso. Queria ser o primeiro. Queria que você fosse toda minha. Só minha. Eu disse que era egoísta, e pelo visto sou ainda mais quando se trata de você.

Sloane relaxa as pernas e vira a cabeça de lado, me observando, conforme volto a limpar o sangue da parte interna das suas coxas.

Quando acabo, dobro a toalha e me limpo também.

— Obrigada. — Eu a ouço dizer baixinho.

— Por quê?

— Por me proporcionar uma noite maravilhosa.

— O prazer foi cem por cento meu — digo honestamente. Seu sorriso se abre e logo se fecha lentamente, até se transformar em uma suave curva dos seus lábios. Parece quase... triste. É uma expressão que já vi em seu rosto várias vezes, e sempre me pergunto o que a deixa assim. Mas sempre evito me envolver o suficiente para perguntar. Desta vez, quase faço isso.

Quase.

Mas me impeço de ir adiante sabendo o que fiz e imaginando como Sloane se sentiria se algum dia descobrisse.

— Vamos — digo, pegando suas mãos para ajudá-la a se sentar.

— Vamos lá em cima tomar uma chuveirada antes de voltarmos para a cama.

Ela concorda, mas não diz nada. Então subimos os degraus, em silêncio, parando apenas para que eu possa jogar as toalhas na máquina, para Cicely lavar quando vier na segunda-feira.

Sloane vai para o hall, em direção ao quarto que dormiu na noite passada, o quarto onde estão as suas coisas. Eu a sigo, só para pegar as duas malas, e então seguro sua mão novamente.

— Esse não é mais o seu quarto — digo sem rodeios, levando-a de volta ao hall, antes de passar por duas portas até o quarto principal. — Você vai ficar aqui. Comigo.

Sem dar a ela a chance de argumentar, coloco suas coisas na cômoda e a puxo para o banheiro da suíte, onde abro o chuveiro e a arrasto para debaixo da água quente.

Só durante alguns dias, só enquanto ela está aqui, podemos fingir que esta é a nossa realidade. E que nada mais importa.

TRINTA E CINCO

Sloane

A primeira coisa que passa pela minha cabeça quando abro os olhos é que estou na cama de Hemi. Onde passei a noite. A noite toda. Nos braços dele. Diversas vezes, eu me virei de lado e, em poucos segundos, ele se virava e se ajeitava, curvando o corpo em volta do meu. Foi a melhor noite; a mais reconfortante que já tive na vida. Nunca me senti tão segura. Nem tão feliz.

E agora, tão preocupada.

Estou apaixonada por Hemi. Não faz mais sentido fingir que não estou. Isso muda alguma coisa? Não. Eu gostaria que mudasse, mas não creio que isso irá acontecer. Se eu me arrepender? Mais uma vez, não. Eu não trocaria a noite de ontem nem por mil transas boas, porém menos intensas. Seja qual for o sofrimento que vier, terá valido a pena. Completamente. Não importa quanto tempo eu viva, vou lembrar desse momento para sempre. E, como Sarah disse, eu pretendo usufruir de cada segundo da vida.

Viro a cabeça lentamente no travesseiro para olhar o lindo rosto de Hemi, relaxado e um pouco mais infantil, dormindo. Isso me dá a oportunidade de observá-lo sem que ele saiba. Logo percebo que, quando acordado, Hemi é extremamente intenso. Tudo nele, da sagacidade do olhar, da forma quadrada do seu maxilar, até o jeito firme da sua boca, é intenso. Mas agora, deitado aqui, descansando ao meu lado, ele parece apenas bonito. E um pouco mais frágil. Quando está acordado, ele aparenta ser invencível, maior do que a vida. Mas agora parece um mero mortal, vulnerável e capaz de se magoar.

Olho seu peito nu e as costelas expostas. Mais uma vez eu me pergunto quem o magoou, que fatos moldaram o lado triste e amargo de sua personalidade. Ele esconde bem, mas dá para perceber. Sei disso porque também escondo uma coisa. Todo mundo tem seus segredos. Inclusive Hemi.

Ouço meu telefone tocar na bolsa, em algum lugar na beira da cama. Da forma mais delicada possível, eu me afasto dos braços de Hemi e vou na ponta dos pés pegar o aparelho, antes que o barulho o acorde.

É o meu pai.

Então eu caminho em direção ao quarto em que dormi na primeira noite e fecho a porta, antes de atender.

— Oi, pai.

— Por que o seu carro ainda está naquela espelunca de tatuagem?

— Pai, não é espelunca. Na verdade, é uma loja muito bonita.

— Pare de me desafiar, mocinha.

— Só estou explicando. E, se quiser saber a verdade, eu fui para a casa de Hemi com ele, ontem à noite. Quer dizer, *ficamos* na mesma casa.

Ele dá um grunhido. Não há nada que ele possa dizer. Meu pai simplesmente não gosta do fato de não estar no controle de cada detalhe.

Eu sorrio.

Bem-vindo à minha vida adulta, papai!

— Como estão as coisas? Algum progresso?

Mentalmente, cruzo todos os dedos, esperando que leve dez anos para eles descobrirem algo útil. Naturalmente, é um gesto egoísta da minha parte. Quero ficar com Hemi enquanto puder. Enquanto ele me quiser aqui com ele.

Falar em ser egoísta me faz lembrar a noite passada, o que me faz corar e me deixa constrangida, querendo desligar o telefone.

— Estamos avançando. Não precisa se preocupar.

—Tenham cuidado.

— Sempre temos. *Eu* é que deveria estar dizendo a você para ter cuidado.

— Não estou em perigo, pai.

— Não tenho tanta certeza disso — murmura ele.

Eu ignoro seu breve comentário.

— Bem, me mantenha informada.

— O que vai fazer hoje?

Fico aflita ao pensar no café da manhã. Nunca senti tanta pressão por causa de uma refeição, nunca pensei que isso pudesse ser importante.

— Ainda não sei. Devo passar na casa da Sarah mais tarde. Mas depois vou para o estúdio, à noite.

— Espero que essa carreira valha a pena. Você está investindo grande parte do seu tempo nisso.

— Vai valer, pai. Vai valer.

Se eu ganhar um salário mínimo pelo resto da minha vida, ainda assim valeria a pena, só para viver este momento com Hemi.

— Se cuide. Ligue para mim depois.

— Pode deixar. Te amo.

— Também te amo.

Quando enfio a cabeça pela porta para olhar o quarto de Hemi, vejo que a cama está vazia. Então entro e pego um short e uma camiseta na minha bolsa. Hemi não está no banheiro, o que me leva a pensar que já está no andar de baixo.

Fico na dúvida se tomo um banho, me visto e, antes de sair, apenas aviso a ele, como quem não quer nada, que vou me encontrar com Sarah. Não quero deixar a situação desconfortável para nenhum de nós dois. Eu sei que ele disse que gostaria que eu ficasse, mas ainda assim... Eu me lembro daquela conversa. Sei como ele se sente com o lance do café da manhã.

Ainda nua, estou ao pé da cama, perdida nos meus pensamentos, quando Hemi me abraça por trás. Dou um grito assustada e pulo, como se tivesse levado um tiro.

— Só para você saber: nudez nesta casa é considerado um convite. Então, agora, você tem duas opções: vestir algo, de preferência ridiculamente insuficiente ou quase transparente, e descer para comer; ou voltar para a cama e se preparar para ser devorada. — Eu sorrio e começo a responder, mas ele me interrompe. — Porém, devo avisá-la que, seja qual for a escolha, antes do almoço você *vai estar* nua e na cama, sendo devorada. Pelo menos uma vez. Então fique à vontade para adiar isso, caso precise de comida.

Eu me sinto extremamente satisfeita em vê-lo neste estado de humor, falando não só do café da manhã mas sobre passar o dia comigo. Pelo menos até a hora do almoço.

— Como você pode pensar em comida depois de comer toda aquela pizza ontem à noite?

— Estou planejando queimar todas aquelas calorias. Com você. Considero isso um investimento. Na minha capacidade de resistência. — O sorriso dele é malicioso e mais atordoante do que qualquer coisa.

— Bem, nesse caso, acho que preciso comer alguma coisa para poder aguentar. Quer dizer, eu não pretendo ficar para trás de um velho como você.

Ele me olha intrigado e se aproxima de mim, passando o braço em volta da minha cintura e me puxando de forma aconchegante.

— Eu ficaria feliz em mostrar a você o quanto sou... ágil — diz ele, acariciando minhas costas e me abraçando mais forte.

— Ah, provavelmente eu nunca vou esquecer o quanto você é... ágil — admito, já me sentindo ansiosa, molhada e ofegante.

Embora ainda haja desejo em seus olhos, algo mais surge em seu rosto. Algo que me deixa nervosa e faz meu coração disparar.

De esperança.

— Então a minha missão está cumprida. Eu não *quero* que você esqueça. Nunca.

Não sei o que dizer. Quero evitar falar demais, ou dizer algo que poderia fazer com que ele recuasse. Então me limito a sorrir, guardando todos os pensamentos esperançosos e caóticos só para mim.

Com um tapa na minha bunda nua, Hemi se afasta, espantando todo e qualquer estado de espírito que o dominou durante aqueles poucos segundos, e se dirige à porta.

— Você tem cinco minutos para descer. Depois disso eu volto aqui.

Bato continência quando ele se vira, antes de sair, e ele dá uma piscadela ao virar o corredor. Meu coração pula no peito como um peixe e, com as mãos trêmulas, eu visto a roupa.

Quando entro na cozinha, me deparo com a cena mais divertida que já vi. Hemi está na enorme ilha, de costas para mim, enchendo dois pratos com todas as espécies imagináveis de itens para o café da manhã.

— É para quantas pessoas? — pergunto, ao me aproximar dele.

— Eu não sei do que você gosta, então peguei tudo o que tinha.

— Você não falou que sabia cozinhar — digo, ao me deslocar para o outro lado do balcão.

— E não sei, mas consigo usar o micro-ondas como ninguém — explica, com um sorriso.

Agora que estou diante dele, posso ver que ele está usando um avental vermelho-vivo, amarrado em volta do corpo, com os seguintes dizeres na frente: TENHO UMA SALSICHA PARA VOCÊ. Não consigo parar de sorrir.

— Afinal, o que você fez no micro-ondas?

— Bacon, sanduíches de presunto defumado, bolinhos de batata e miniquiches. Ah, e eu assei, também. Esse é mais um utensílio à prova de erros.

— Nossa! Caprichou, hein — digo, em tom de brincadeira.

— É mesmo, principalmente porque os bagels estão frios e os waffles, encharcados.

— Waffles encharcados. Que nojo!

— Exatamente. Por isso foram assados. — Hemi limpa as mãos e joga outro pacote no lixo, antes de levar os pratos para o meu lado da ilha, colocar um deles diante de mim e sentar no banco ao lado.

— Além do mais, você merece. Eu esvaziaria meu freezer por você, gata — diz ele com um sorriso.

— Você diz as coisas mais carinhosas — replico, emocionada.

— Tem mais coisas no freezer. Espere até eu chegar na parte das carnes. Tenho um excelente suprimento carnívoro.

Ele ergue as sobrancelhas e eu dou uma risada alta, ao morder o bacon crocante.

Hemi fica me observando mastigar durante vários segundos, e seu tom de brincadeira assume algo um pouco mais sério.

— Está bom?

— Muito. Obrigada por me servir o café da manhã — digo, nervosa, ajeitando o cabelo atrás da orelha. — Eu sei... Quer dizer, eu não esperava...

Hemi suspira.

— Sloane, podemos fingir que essa conversa nunca aconteceu? Isso é diferente. Eu não me referia a você. Era... Quer dizer... isso é diferente. *Você é* diferente.

Tento controlar o sorriso para não parecer uma boba, entusiasmada *demais* com suas palavras.

— É mesmo?

— Com certeza. Você não é uma mulher qualquer com quem eu trep... dormi, e de quem estou tentando me livrar.

— Não sou?

— Não. Não é. E acho que você sabe disso.

Seus olhos estão fixos nos meus. Tenho medo de alimentar esperanças, mas não a ponto de não ficar para descobrir.

Viva sem arrependimentos.

Nós somos tão parecidos, de tantas maneiras. Talvez tudo do que precisamos seja um ao outro...

— É melhor você se apressar e comer — digo, tirando um pedaço quentinho de um bagel de canela.

Ele ergue a sobrancelha, fazendo seu piercing de prata brilhar no raio de sol que entra pela janela.

— E por quê?

Eu me aproximo e puxo o avental que ele ainda está usando.

— Você me deve uma salsicha.

Hemi olha para o avental e depois para mim, curvando os lábios em um sorriso convencido.

— Ah, você quer a minha salsicha.

Num gesto tão rápido quanto o ataque de uma cobra, ele me senta em seu colo, pressionando os lábios nos meus. Quando ambos estamos ofegantes e a excitação cresce entre nós, ele levanta a cabeça.

— Você é boa demais nisso para ser virgem.

— Aprendo rápido. E tenho um professor muito bom — comento, beijando-o novamente. Sinto o leve gosto de calda em sua língua, entre os meus lábios. Nem percebo que ele se levanta e me senta no balcão. Só quando sinto meus seios nus roçarem a pele lisa do seu peito é que me dou conta de que já estou praticamente pelada na cozinha. E adorando cada minuto.

TRINTA E SEIS

Hemi

— Apenas dê uma investigada — digo a Reese, olhando sobre o ombro novamente, para me assegurar de que Sloane não está por perto. Após uma maratona de sexo matinal, eu a deixei no chuveiro, antes de irmos para o estúdio, à tarde. Meu plano é chegar cedo para podermos sair logo. Tenho planos para esta noite. Tenho planos *para ela.*

Reese dá um suspiro.

— Não sei por que, de repente, você está tão atormentado com a dúvida. Desde o início, você era o mais entusiasmado com tudo isso.

— Cacete, Reese! Como diabos eu deveria estar? Ele era meu irmão. E era *seu* irmão também. Você deveria estar tão determinado quanto eu para ver o desgraçado ser encontrado e julgado.

— E estou. O que você acha que eu tenho feito todo este tempo? Nada? Só porque você era mais chegado a Ollie não significa que eu não me importe.

É a minha vez de suspirar.

— Eu sei. Só estou… Só estou frustrado, eu acho. Não quero estar enganado com relação a isso. E estou começando a achar que estou. Quer dizer, Tumblin era a rua em que o cara morava. Mas isso não prova nada. E se Locke não for o cara certo?

— Então a polícia vai descobrir. Tudo o que fizemos foi apontar a direção certa. Nós não condenamos o cara, Hemi.

— Metralharam a casa dele, caramba! Se nós temos algo a ver com isso, é possível também que nós o tenhamos condenado e sentenciado.

— Esse nunca foi o objetivo, e você sabe disso.

— Mas você sabia que era uma possibilidade.

— Você também — lembra ele, sem meias palavras.

E eu sabia. Na hora, não dei importância. Eu só queria vingança. Mas agora que estou com Sloane...

Um movimento atrás das portas de vidro que conduzem à área da piscina, onde estou, nos fundos da casa, chamando minha atenção. Quando consigo ver melhor, não há nada lá. Só meu próprio reflexo. E minha paranoia. E minha culpa.

— Olhe, só quero me assegurar de que tudo aconteça da forma certa. Mais nada. Cuide disso, está bem, Reese?

— Você é um canalha que adora dar ordens, mas sei que é bem-intencionado — retruca ele em tom ríspido. — Pare de se preocupar. Tudo vai acabar bem. Confie no sistema.

— O sistema que não pegou o assassino do nosso irmão? O sistema que reproduz um bando de policiais corruptos como se fossem coelhos?

A risada de Reese é amarga. Tão amarga quanto a forma como me sinto.

— Sim, esse mesmo.

— Vou me esforçar — respondo de forma áspera.

— Pois então se esforce. Enquanto isso, deixe as coisas acontecerem naturalmente.

— Vou tentar. Mas se Sloane estiver em perigo, terei que fazer alguma coisa.

— Bem, então boa sorte.

— Ouça, eu tenho agido com cuidado esse tempo todo. Esses babacas vão ver quando eu resolver agir pra valer.

— Isso provavelmente é verdade. Eles não conhecem o seu temperamento.

— Nem meus recursos. Não podemos esquecer quem somos, Reese.

— Você é o único que já tentou fazer isso.

— Não estou tentando esquecer quem eu sou. Só estava tentando ficar na minha, para não chamar atenção.

— Não vá se perder nessa farsa.

— Não é uma farsa. É quem eu *sou*.

— Não completamente. Você *é* um meio-termo. E, algum dia, esse sujeito vai dar as caras. Lembre-se disso ao começar esses... relacionamentos que parecem ser tão importantes para você agora.

— Não esqueci nada disso, Reese. E quem eu sou tem pouca influência nos meus relacionamentos.

— Tudo bem. — A dúvida na sua voz é clara.

Aquilo me irrita. Aliás, esta conversa inteira me irrita. Não tenho que dar explicações a meu irmão. Não tenho que dar explicações a *ninguém*.

— Continue me mantendo informado — digo rispidamente. — Eu preciso desligar.

— A novinha gostosa está chamando?

— Não fode, Reese. Ela é maior de idade, e não está me chamando.

— Então não está transando com ela? Não está dormindo com o inimigo?

— Ela não é o inimigo.

— É a irmã do inimigo. Quase a mesma coisa.

— Nós ainda não temos certeza sobre o irmão dela.

— Não, *você* não tem certeza sobre o irmão. Mas tinha quando me disse que o havia encontrado, não é?

— Todo mundo comete erros.

— Principalmente você, certo?

— Vá se f...

O clique do telefone sendo desligado interrompe o que eu mais queria dizer a Reese.

TRINTA E SETE

Sloane

Enquanto passo rímel, um milhão de perguntas rondam a minha mente. E, logo em seguida, um milhão de justificativas. E um milhão de desculpas que crio para Hemi. Qualquer coisa que me impeça de chegar à conclusão mais óbvia.

Nos últimos 15 minutos, tenho dito a mim mesma que só ouvi parte da conversa. Hemi poderia estar falando de qualquer pessoa ou qualquer coisa. *Pode não ser* algo tão assustador quanto pareceu.

Mas pareceu muito assustador.

Meu estômago se embrulha em um nó apertado de apreensão. Embora ainda ache que todo mundo tem direito a ter os próprios segredos, isto não é algo que eu posso deixar passar. Preciso fazer algumas perguntas. Preciso saber — ter absoluta certeza — se minhas suspeitas estão corretas em relação à conversa que ouvi. Preciso saber se Hemi teve algo a ver com o ataque ao meu irmão, à minha casa, e à minha *família*.

Um sentimento de inquietação e medo abala minha já enfraquecida decisão. Uma parte de mim se recusa a acreditar que possa ser verdade. Mas outra parte, mais desconfiada, analisa todas as coisas estranhas, todas as incoerências, e se questiona...

E eu não posso viver com *esse* tipo de questionamento. E dúvida. Isso iria me corroer até não sobrar mais nada. Hemi vai ter de responder a algumas perguntas, ou serei forçada a tomar algumas atitudes.

Fecho os olhos diante do meu pensamento, sem querer sequer imaginar que "atitudes" poderiam ser.

****

Estou tentando agir da forma mais natural possível. Não sei dizer se sou uma atriz convincente ou não, e a expressão de Hemi também não deixa transparecer absolutamente nada.

— Mais uma vez, muito obrigada por me deixar ficar com você — digo, num tom de indiferença.

Hemi olha para mim e sorri.

— Ah, o prazer foi meu, pode acreditar.

Sinto meu rosto corar com o que ele diz. Parece que meu corpo não se preocupa com o que Hemi possa estar envolvido.

Então rio, nervosa.

— Sua casa é linda. Você deve ganhar muito dinheiro como gerente.

Hemi dá de ombros, de forma evasiva.

Meu comentário não me levou a nada, então decido mudar de tática.

— Você tem família por aqui?

— Ninguém que more perto. Todos estão meio que espalhados.

— Sério? Tipo onde?

Hemi olha para mim. Não consigo identificar se é um olhar de desconfiança ou se é apenas a minha imaginação.

— Por tudo quanto é lugar.

— Você nasceu aqui?

— Não.

— Onde você cresceu?

— Chicago.

— Ah, que interessante. Me conte. Fale da sua família.

Agora sua expressão é claramente desconfiada.

— Qual é o problema, Sloane?

— São só perguntas, Hemi. Perguntas inocentes sobre a sua família. Sobre a sua vida. Não posso te conhecer melhor?

Ele se esquiva, recorrendo ao seu encanto onipresente e carisma sexual.

— Acho que você me conhece muito bem.

Eu me ajeito na cadeira, me sentindo frustrada de repente.

— Por que você é tão reservado? São apenas perguntas simples, nada de mais.

— São mesmo? — pergunta.

— Claro — afirmo, desviando o olhar; incapaz de contar a menor das mentiras com ele me fitando daquele jeito. — Por que não seriam?

— Quem você pensa que engana, Sloane?

— Não sei o que você está querendo dizer.

— Sabe, sim. E você é uma péssima mentirosa.

Ele tem razão, claro, o que me deixa com apenas uma escolha: ir direto ao assunto.

— Eu ouvi você falando no telefone, Hemi.

Um silêncio mortal toma conta do interior do carro. Finalmente, depois do que pareceu uma eternidade, ouço Hemi falar alguma coisa, em voz baixa e aborrecida. Sinto um aperto no coração. Parece que ele não queria que eu ouvisse aquela conversa. E se não queria, isso significa que ele tem algo a esconder. De mim, especificamente.

Meu pulso acelera enquanto considero a possibilidade muito grande de que Hemi seja o inimigo. Garras afiadas e letais penetram o meu peito, dilacerando-o.

— Por favor, diga que eu me enganei, Hemi. Por favor — sussurro, sentindo um bolo na garganta.

— Sloane, você precisa entender que eu nunca fiz nada disso para magoá-la.

Ah, merda, merda, merda.

Eu me inclino para a frente no banco, coloco o peito nas coxas e a testa nos joelhos. No fundo da minha mente, na parte que consegue pensar além da dor que sinto agora, eu digo a mim mesma que está tudo acabado. Da pior maneira possível.

— O que você fez, Hemi? — pergunto, apertando os olhos e balançando o corpo para a frente. — O que você fez?

Eu nem percebo o barulho de cascalho, quando ele sai da estrada principal. Nem percebo o carro reduzindo a velocidade. Nem percebo o sabor das lágrimas que deslizam pelo meu rosto e sobre os meus lábios.

— Eu tenho três irmãos. Harrison tem 30 anos. Nós o chamamos de Reese. Sou o mais velho depois dele. Haliefax tem 25 anos. Nós o chamamos de Leif. E Holander, Ollie. Ele faria 24 se ainda estivesse vivo. — Hemi faz uma pausa, quando sua voz falha, indicando uma dor insuportável. — Mas não está. Ollie morreu. Há pouco mais de dois anos.

Eu quero entender os sentimentos dele. E, até certo ponto, eu consigo. Mas agora estou tão arrasada sobre o que eu acho que vai acontecer que fico quase insensível. Insensível à dor de Hemi. Então, eu o deixo falar, sem interrompê-lo.

— Meu sobrenome é Spencer. Hemsworth Spencer. Meu pai se chama Henslow Spencer.

Imediatamente, tenho um estalo.

— Henslow Spencer? O magnata do petróleo?

O riso de Hemi não é de satisfação nem de orgulho. É amargo.

— Exatamente. O próprio.

No início, fico atordoada. Hemi é *o filho* de Henslow Spencer? Como ele consegue esconder isso tão bem?

Mas essa pergunta é substituída pelo pensamento seguinte. É com uma dor lancinante que meu coração se entristece por meu irmão. E por minha família. Independentemente do que acontecer aqui, independentemente do que está acontecendo, minha família comum de meros trabalhadores não tem chance de vencer. A justiça só funciona de um jeito para pessoas como Henslow Spencer. A favor delas.

Entretanto, não digo nada. A esta altura, nem sei o que dizer.

Hemi prossegue:

— Passei os primeiros 25 anos e alguns meses da minha vida como um garoto rico, mimado e egoísta, que não tinha nada mais importante para fazer além de viajar ao redor do mundo e gastar o dinheiro da minha família. Mulheres, drogas, álcool, jogos, corrida; qualquer coisa e tudo o que possa imaginar que tivesse a mais remota possibilidade de me fazer sentir bem, ou sentir *qualquer coisa*, eu fiz. Tanto quanto eu queria, a qualquer *momento* que quisesse, sem ninguém para me impedir. Ninguém para me mandar parar. Ninguém que me dissesse para mudar de vida ou que me chamasse de babaca patético. Eu tinha o mundo aos meus pés. Como o meu irmão. Ollie aprendeu tudo isso me observando.

"Reese é mais centrado. Sempre foi. Ollie teria aprendido a controlar o mundo se tivesse ficado perto dele. E Leif é um maldito viciado em esportes radicais. Se tivesse andado mais com Leif, Ollie pelo menos teria morrido de um jeito menos... trágico. Mas ele não andava. Ollie era muito mais chegado a mim. Talvez porque éramos mais parecidos. Não sei. Mas ele aprendeu com o melhor. Ou com o pior, na verdade. E isso o matou."

Perdida em minha decepção devastadora, não consigo deixar de me envolver com a história de Hemi, com seu passado, com sua dor. Então limpo o rosto, me recosto no banco e o observo pelo canto do olho. Ele está imóvel atrás do volante, segurando-o com tanta força que os nós dos seus dedos estão brancos. Como se tentasse estrangulá-lo, puni-lo pelas coisas que passou.

— Eu estava fora do país e Ollie estava tentando comprar cocaína, em Atlanta. Um dos amigos dele conhecia um cara, que conhecia outro cara, que conhecia outro cara. Ele disse que poderia conseguir drogas que a polícia tinha confiscado da Bolívia. Ollie não fez perguntas, porque sabia de duas coisas: ele era um Spencer e o dinheiro fala mais alto. Aprendeu isso comigo também. Mas nenhuma das duas coisas conseguiu salvá-lo da mistura que colocaram naquela cocaína. Ele morreu em poucos segundos.

O mosaico em minha mente, repleto de tantas peças desconexas e cores berrantes, começa a mudar, tomando lentamente a forma de um quadro que pode ser ainda mais devastador do que as confusas peças não encaixadas.

As palavras saem em um sussurro incrédulo.

— E você acha que meu irmão teve algo a ver com isso?

Pela primeira vez desde que levantei a cabeça, Hemi se vira para mim. Imagino que a expressão no seu rosto seja um reflexo sombrio do que sinto na alma: angústia. E é angústia pura, nada mais.

— Ah, meu Deus, Sloane, eu não sabia mais o que pensar! Todas as peças se encaixavam. Depois de mais de um ano procurando, investigando e subornando pessoas, a única informação que conseguimos encontrar sobre o fornecedor foi que ele tinha alguma ligação com policiais nesta área e que era conhecido por dois nomes: Locke e Tumblin. No início, sim, pensei que tivesse encontrado o cara. Mas agora... conhecendo você... Eu simplesmente... simplesmente não sei como poderia ser ele. Quer dizer, vendo o modo como ele a protege, o quanto se preocupa. Como *esse cara* poderia fazer algo que pudesse colocar você em perigo? E por quê? Por que ele arriscaria?

— Ele não faria isso! — declaro com veemência. — Steven nunca faria algo assim!

Eu me desespero tentando fazê-lo ver e entender o quanto está enganado. Preciso fazer com que ele acredite que Steven não é o homem que procura. Tenho de convencê-lo a interromper qualquer resolução que tenha sido iniciada, antes que meu irmão acabe morto.

— Eu percebi que havia uma possibilidade de estar enganado. Por isso tenho falado com meu irmão para descobrir mais detalhes. O máximo que pudermos, antes que a coisa saia do controle.

— Hemi, você tem que pôr um fim nisso. Ah, meu Deus! Não posso perder meu irmão. Você tem que resolver essa situação, Hemi. Por favor. Eu conheço Steven. Ele nunca faria algo assim. Nunca.

Sinto a histeria tomando conta de mim, confundindo meu raciocínio lógico. Minha respiração está acelerada demais, e minha cabeça, cada vez mais leve. Estou tremendo, quando Hemi me abraça.

— Sloane, eu estou tentando. Estou fazendo tudo que posso para...

— Está fazendo o quê? — grito, empurrando-o. — Falando baixinho com o seu irmão no telefone, o que não ajuda o *meu* em nada? É isso o que você acha que está fazendo? — Hemi tenta me abraçar novamente, e eu me encolho no banco, longe dele, contra a porta do carro. — Não me toque! Não posso acreditar que *um dia* eu deixei você encostar em mim! Você sabia de tudo isso, *sabia* o que estava fazendo contra a minha família. E eu permiti... permiti... — Não consigo nem terminar a frase. — Você disse que me contaria a verdade, mas tudo que consegui foram *as suas* belas mentiras, seu cretino!

Então me viro rapidamente para pegar a bolsa no banco de trás e sair do carro, desesperada para ficar o mais longe possível de Hemi. Cega pelas lágrimas, lágrimas de angústia, vergonha e traição, começo a andar em direção ao centro da cidade. Ouço a voz de Hemi, como se ele estivesse me chamando dentro de um túnel. Está cada vez mais perto, portanto ando cada vez mais rápido, até começar a correr em meio ao cascalho e à poeira. Correr em meio ao desamparo e ao desespero.

— Sloane, pare! Por favor, me deixe terminar! — Sinto as mãos de Hemi novamente, desta vez me forçando a parar. — Eu nunca quis te magoar. Juro por Deus.

Eu me debato para me livrar dele, sentindo meus olhos cuspirem fogo como gotas de sangue.

— Você vai me dizer que não fazia ideia de que estava colocando a vida dele em perigo? Com uma acusação dessas? Se apenas um policial corrupto mencionasse isso à pessoa certa, não passou pela sua cabeça que meu irmão poderia acabar se ferindo?

— Sloane, eu não sabia... Quer dizer, sabia que havia uma *possibilidade,* mas nunca realmente achei que alguém iria atrás dele. E isso foi há muito tempo. Bem no comecinho. Eu tinha acabado de conhecer você.

É quando a última sílaba se desvanece que percebo por que Hemi está aqui comigo, agora. Todo este tempo, ele tem me usado para vigiar meu irmão, adquirir informações, se aproximar dele ao máximo, sem levantar suspeitas. Ele me usou para pôr minha família em perigo. E eu concordei com isso.

Como se estivesse vendo um flashback da minha vida, vejo as mãos de Hemi sobre o meu corpo, seus lábios na minha pele. Eu o vejo rindo comigo, cuidando de mim, fingindo para mim. Eu o vejo compartilhando pequenas porções do seu sofrimento comigo. Todos aqueles segundos preciosos, eu pensei que ele estivesse prestes a se abrir comigo.

Eu respeitei cada um.

Eu *o* respeitei.

Eu respeitei mentiras.

A tatuagem arde no meu quadril — uma traição marcada para sempre no meu corpo, sob minha pele. As borboletas da minha liberdade são agora os corpos destruídos da confiança pisoteada e da esperança esmagada. Elas voaram e chegaram muito perto do sol e agora estão sendo queimadas, incineradas. Estão morrendo da mesma forma que uma borboleta morre: cedo demais.

— Como pôde fazer isso? — pergunto aos berros. As minhas palavras saem num grito, num longo lamento de profunda dor da alma, arrancado de mim da mesma forma que meu coração está sendo arrancado do meu peito.

Foi tudo uma mentira.

— Ah, meu Deus, Sloane, por favor. Me perdoe. Eu juro... juro que... Eu nunca...

— Pare com isso! Pare de falar! Não quero mais ouvir suas palavras. Suas promessas, sua verdade... é tudo mentira. Não acredito em nada. Só quero que você deixe a mim e a minha família em paz. — Então me livro dos braços dele, pela segunda vez. — Vá embora, Hemi. Por favor, vá embora.

Odeio o fato de minha voz falhar na última parte, expondo toda a minha angústia. Mas é com a coluna reta e a cabeça erguida que me afasto de Hemi, deixando-o para trás.

Vou andando até perceber que ele não está mais atrás de mim. Só então olho para trás. Espero que tenha ido embora, que tenha saído da minha vida como pedi que fizesse.

Covarde! Cretino!

Mas quando volto a olhar para trás, vejo Hemi exatamente onde o deixei: no piso de cascalho, sob o sol, ao lado da estrada. Mesmo à distância, nossos olhos se encontram. Seu olhar é carregado de culpa, arrependimento e tristeza. Eu afasto todas as outras emoções para que o meu mostre apenas raiva. E ódio. E traição.

Continuo a encará-lo, enquanto pego o telefone no bolso. Então, lentamente e num gesto decisivo, eu me viro e digito o número do meu irmão. O irmão que conheço e em quem confio, e em quem acredito. O irmão que nunca faria nada para me prejudicar. Eu me dou conta de que ele ainda poderia estar dormindo, mas preciso que ele atenda. Preciso que ele confirme minhas suspeitas. Diante de Hemi. Embora ele não saiba para quem estou telefonando.

Quando ele atende, eu suspiro aliviada e começo a andar novamente.

— Steven, preciso de uma carona. Pode vir me buscar?

— Onde está o seu carro?

— No estúdio de tatuagem.

Ele dá um suspiro, mas não discute. Porque me ama. E isto é o que as pessoas que se amam fazem: ajudam, nunca magoam.

— Tudo bem, onde você está?

Eu digo a ele mais ou menos o local onde estou e o nome do posto de gasolina, que sei que fica alguns quilômetros adiante.

— Chego aí em vinte minutos — avisa ele.

— Estarei esperando — respondo, tentando manter a voz sem emoção.

Com um suspiro mais profundo, como se se sentisse explorado, ele desliga o telefone. E eu continuo andando, até olhar para trás e não ver mais Hemi.

TRINTA E OITO

Hemi

Eu continuo no mesmo lugar, olhando Sloane se afastar até não conseguir mais vê-la. Agora, dez minutos depois, ainda estou aqui. Esperando.

Não quero ir até ela, continuar pressionando-a quando ela precisa de espaço. Cacete, eu não a culpo por sua reação. Se eu descobrisse que alguém com quem eu estava saindo tinha posto a minha família em perigo, mesmo que involuntariamente, ficaria extremamente enfurecido.

É como ela está. Com toda a razão

E eu me sinto um canalha. Tanto por tornar seu irmão um alvo quanto por fazer sua casa ser atacada. Mas o que mais me incomoda, e o que eu menos esperava, é o quanto me magoa ver ódio nos olhos dela. Enxergar o quanto ela pareceu traída quando descobriu o que eu tinha feito. Eu daria qualquer coisa para voltar atrás e apagar aquela expressão.

Há dois anos, a coisa mais importante na minha vida tem sido encontrar o policial corrupto que vendeu ao meu irmão as drogas que o mataram. Mas ultimamente, pela primeira vez desde que Ollie morreu, outra coisa tem ocupado um lugar mais importante na minha vida. Na verdade, outra *pessoa*.

Sloane.

Quando as coisas mudaram tanto? Quando ela começou a ser tão importante? Em que momento perdi a vantagem, o foco?

Nenhuma dessas perguntas importa agora. Está feito. Ela me odeia e tem toda razão para isso.

A pergunta é: será que consigo viver com isto? Consigo viver com o seu ódio? Consigo viver *sem* ela?

Quando finalmente me afasto do lugar em que vi Sloane pela última vez, antes de ela desaparecer no horizonte, pego o telefone e ligo para Reese. Cai na caixa postal.

— Reese, me ligue quando receber essa mensagem. Preciso que você peça ao seu amigo para investigar algo para mim.

Se o irmão de Sloane for inocente, eu farei disso minha missão de vida até conseguir provar sua inocência. Até lá, a única coisa que posso fazer é voltar à vida que prometi que nunca mais voltaria. Por razão nenhuma.

Mas isso foi antes de Sloane.

Decidido, ligo para um número que provavelmente nunca esquecerei. Quando uma voz familiar atende, sinto a repugnância encher minha garganta, como o gosto do fel.

— Sebastian, é o Hemi. Preciso de um favor.

TRINTA E NOVE

Sloane

Foi um momento difícil encarar Steven quando me sentei no banco do carona.

— O que aconteceu? Como veio parar aqui?

Meus olhos estão ardendo. De angústia, de vergonha, de humilhação.

— Steven — começo a falar, virando a cabeça para fitar pela janela e deixar as lágrimas caírem, enquanto ele dirige até o Ink Station para que eu pegue o meu carro. — Você sabe alguma coisa a respeito de uma carga de cocaína que foi confiscada há alguns anos?

— Que pergunta é essa? Não conheço ninguém que trabalha na divisão de narcóticos, a não ser o pai de Duncan. Por que eu acompanharia as investigações dessa porcaria?

Fico aliviada com a resposta imediata, e com sua atitude grosseira que a corrobora. Em nenhum momento, ele parece defensivo ou age de forma suspeita. Mentalmente xingo Hemi por me fazer duvidar dele, ainda que por um milésimo de segundo.

— Existe alguma possibilidade de você ter algo a ver com uma batida policial que aconteceu, ou algo assim? Alguma possibilidade de o seu nome estar ligado a algo desse tipo? Ou ao pai de Duncan?

— Não que eu saiba. O que está acontecendo, Sloane? Você vai me contar porque eu tive que vir buscá-la em um posto de gasolina, sozinha, e agora está me fazendo essas perguntas esquisitas?

— Tem gente que pensa que você teve algo a ver com uma cocaína que foi vendida para um cara rico. Ele acabou morrendo e ninguém foi preso. Agora, a família dele acha que você está envolvido. Acho que é por isso que você tem recebido ameaças.

— Não sei onde você consegue essas informações, Sloane, mas as ameaças que tenho recebido são, obviamente, de alguém que está me confundindo com outra pessoa. São de alguém que... que...

Ele para de falar, como uma lâmpada que se apaga.

— De alguém o quê, Steven? O quê?

— Um dos telefonemas que recebi era de um telefone pré-pago. E só disseram a seguinte frase: "Queremos o nosso dinheiro." Não tenho a menor ideia de quem era, ou que dinheiro eu poderia estar devendo. Por isso não levei muito a sério, no início. Só quando começaram a fazer ameaças de morte e coisas do tipo que fiquei preocupado.

— Steven, com quem eles poderiam estar te confundindo? Como algo assim poderia acontecer? Você tem algum amigo suspeito? Algum informante? Alguém que possa ter envolvido você sem o seu conhecimento?

— Não que eu saiba. Mas, cacete, Sloane, eu sou policial. E, por incrível que pareça, um detetive. Até certo ponto, *tenho que* lidar com gente da pior espécie só para obter informações.

Estou repassando os detalhes na minha cabeça, tentando lembrar algo que possa ter alguma importância. É quando me lembro da pergunta esquisita de Hemi, há algumas semanas.

— E quando você e Duncan moravam na rua Tumblin? Você se envolveu em alguma confusão com gente que poderia ter algo a ver com isso? Fez algum inimigo que poderia forjar algum detalhe estranho para fazer você parecer um policial corrupto?

Steven balança a cabeça, num gesto negativo.

— Não. Durante a maior parte daquele tempo, nós fizemos tudo para não chamar atenção. Cacete, depois das primeiras semanas nós nem dávamos festas.

— E Duncan? Ele tinha algum amigo suspeito?

Steven balança a cabeça, novamente.

— Não. Ele também era bem discreto. No começo, pensei que tivesse uma namorada. Às vezes, à noite, eu ouvia o barulho do carro dele saindo. E ele estava bem feliz nessa época. Imaginei que estivesse transando. E muito.

Sinto minha testa se franzir, num gesto de desconfiança. Meu primeiro pensamento é que de alguma forma Duncan está envolvido. Não sei por que, mas algo no meu íntimo simplesmente se agitou quando Steven disse aquilo. O problema é que Duncan é o parceiro dele, e isto é algo sagrado entre os policiais. Você não interroga o parceiro de um policial. Não suspeita dele. Não desconfia dele. Simplesmente dá a ele sua lealdade. Sua lealdade inabalável. O parceiro é a pessoa a quem você confia a própria vida, todo dia, no campo de batalha. Essa fé cega é um vínculo muito forte entre os policiais, e eu sei que Steven não vai reagir bem se eu começar a lançar suspeitas sobre Duncan.

— Bem, talvez surja alguma coisa. Só temos de ficar de olhos e ouvidos bem abertos — digo, com a intenção de falar com meu pai sobre isso, depois.

Steven ri.

— Ah, é mesmo? E que contatos você teria que poderiam dar aos seus olhos ou aos seus ouvidos alguma pista em relação ao que poderia estar rolando no submundo do crime? Por favor, me esclareça.

Penso imediatamente em Hemi. Não planejo voltar a falar com ele, mas nem Steven nem eu sabíamos que eu estava me relacionando com alguém com muitas ligações secretas com diferentes pessoas, nem todas inofensivas.

Penso na reação de Steven em relação a Hemi e corrijo meu primeiro pensamento. Talvez Steven *realmente* soubesse. Talvez eu devesse ter confiado mais no meu irmão, desde o início.

Talvez eu não tenha bom senso suficiente para abrir minhas asas. Talvez eu estivesse melhor vivendo presa, sem liberdade.

****

Meu telefone toca. Eu nem tiro mais o volume do toque. É deprimente quando o aparelho não toca; e deprimente quando toca.

Olho para a tela brilhante e vejo o nome e o número de Hemi. Mais uma vez. Desde que brigamos no carro, ele liga pelo menos umas seis vezes por dia para mim. E todos os dias eu o ignoro. Nas primeiras poucas vezes ele deixou mensagens curtas que diziam coisas do tipo: "perdão, Sloane" e "por favor, me perdoe, Sloane". Nada que realmente fizesse diferença. São apenas palavras. Palavras vazias.

Agora ele não diz nada. Só espera o correio de voz atender e fica em silêncio.

Escondo o telefone num lugar onde eu não possa vê-lo nem ouvi-lo. Tento ignorar o relógio na mesinha de cabeceira, que diz que já são onze horas. E ainda estou na cama.

Eu não fui à faculdade hoje. Não poderia. Já se passou quase uma semana, e ainda não consigo dormir. Não consigo pensar. Acho que não consigo mais enfrentar o mundo. Portanto, estou aqui. Esperando. Pelo quê, eu não sei.

Fico naquele limbo entre dormir e ficar acordada por mais uma hora, até a campainha tocar. Sonolenta, abro os olhos e confiro o relógio novamente. Então me viro e me aconchego nas cobertas.

E a campainha toca, mais uma vez.

Irritada, eu afasto a manta e desço a escada, soltando os bichos, antes de escancarar a porta. Por um segundo, penso que meu pai me mataria se visse que não verifiquei o olho mágico. Diferente dele e dos meus irmãos, no entanto, não estou acostumada a ter a vida em perigo e suspeitar de cada pessoa que passa por mim.

Mas, neste caso, não preciso ter medo. É uma mulher, usando uma camisa polo azul, com os seguintes dizeres bordados no peito esquerdo: FLORES DA WANDA.

— Tenho uma entrega para Sloane Locke — anuncia ela com uma voz rouca, típica de fumante.

— Pode me dar — respondo, olhando o enorme vaso de lírios. Já posso sentir o cheiro deles.

A mulher me entrega o vaso e logo estende uma prancheta.

— São lindos — comenta, quando eu os acomodo em meu braço e assino o papel.

— Obrigada — digo, antes de fechar a porta.

— Tenha um bom dia — despede-se ela por cima do ombro, ao se virar para se dirigir à calçada.

— Vai ser um dia de merda — murmuro, enquanto tranco a porta. — Exatamente como ontem.

Ponho o vaso de flores na mesa da sala de jantar, nunca usada, e tiro o cartão para ler. "Espero que encontre um jeito de me perdoar. H."

E então jogo o cartão ao lado do vaso e volto para o quarto, desejando que o dia já tivesse acabado.

Os três dias seguintes se passam praticamente da mesma forma: fico na cama até tarde e, em algum momento, a campainha toca no final da manhã. É sempre a mesma mulher que entrega um belo vaso, carregado de uma explosão de cores e fragrâncias.

Todo dia, ela diz que as flores são lindas, e eu assino o recibo e agradeço. E todo dia, depois disso, eu deixo o vaso na mesa da sala de jantar, com o restante das coisas. Cartão e tudo mais.

Hoje é sexta-feira. Por alguma razão, meu pai já chegou do trabalho. E sei disso porque às sete e meia ele está batendo à porta do meu quarto.

— Estou na cama — murmuro do meu travesseiro. Por um segundo, não ouço nada, até perceber que ele se vira e vai embora.

Acordo horas depois, e a primeira coisa que me vem à cabeça é que já é quase uma da tarde e a campainha não tocou. No fundo do peito, meu coração fica um pouco mais apertado do que imaginei ser possível. Hoje foi o dia em que Hemi desistiu. Antes, ele mostrava o quanto se preocupava comigo, o quanto estava *realmente* arrependido. Mas hoje, não. Hoje chegou ao fim. O dia em que ele desistiu.

Ainda estou chorando, com o rosto no travesseiro, quando ouço a campainha. Meu coração acelera ao escutar as vozes abafadas do meu pai e de uma mulher. Então aguardo alguns minutos, antes de me atrever a descer. Meu pai está diante da mesa da sala de jantar, fitando os vasos cheios de flores lindas, de todas as cores e variedades. Eu percebo o vaso novo bem na frente dele. Há pelo menos duas dúzias de rosas brancas nele. E, no centro, uma vermelha. Não sei o que significa. Pode significar qualquer coisa. Mas, por alguma razão, este único botão fala mais alto. É como se Hemi soubesse que seus telefonemas e suas flores fossem apenas um ruído longínquo na barulheira do meu sofrimento e da minha desilusão. Mas este botão é seu grito para mim em meio à neblina, dizendo algo que não sei se acredito.

— Que diabos é isso, Sloane? Está tentando abrir uma floricultura? — pergunta meu pai quando me aproximo dele para pegar o cartão preso ao buquê.

— Só agora você percebeu esses vasos aqui? — pergunto surpresa, olhando para ele, enquanto rasgo o pequeno envelope.

— Eu nunca entro aqui — argumenta ele.

— Nossa! Que belo *detetive*, hein — digo, em tom de provocação.

Há vários dias não tenho vontade de falar com ninguém, muito menos fazer alguma brincadeira.

— Cuidado com o que fala, espertinha — rebate ele, tomando o cartão das minhas mãos. Eu tento pegá-lo de volta, mas ele o ergue acima da cabeça. Alto demais para mim.

— Tudo bem, desculpe. Eu estava brincando, pai. Agora, devolva o cartão.

— Não. Quero saber o que está acontecendo. Você está parecendo uma vampira, dormindo o dia todo. Não come, não fala com ninguém e não para de receber flores.

— Não é nada, pai. Nada que eu não possa resolver. — Ainda luto para deixar de ser a garotinha protegida, embora, às vezes, admito que daria tudo para que meu pai me aconchegasse em seus braços e me tranquilizasse, dizendo que tudo vai ficar bem.

— Eu não sou burro, Sloane. Sei muito bem que houve mais entre vocês dois do que uma simples amizade. E sei que uma traição assim é difícil, quase impossível de superar. Mas você deveria tentar se colocar no lugar dele. Pense no que você estaria disposta a fazer para proteger um dos seus irmãos. E que Deus nunca permita que algo aconteça a um deles. Em alguns momentos, você age como se não pertencesse a essa família; como se não entendesse por que te tratamos assim. Mas se alguém atacasse um de nós, você se transformaria em uma leoa.

Fico em silêncio enquanto escuto meu pai. Ele conhece a situação o suficiente para saber o papel de Hemi na busca por um policial corrupto. E olha que eu dei pouquíssimos detalhes que apontassem para Steven, além de algumas coisas que ele já tinha descoberto. Como não digo nada, ele continua:

— Bem, eu sei que sempre fui duro com você, mas espero que saiba que pode falar comigo. Ainda sou seu pai e amo você mais do que tudo.

— Eu sei, pai. E eu amo você também — digo, tranquilizando-o. — Eu estou bem. De verdade.

— Slo-ane — diz ele em tom de aviso.

— Pa-pai.

— Ainda está preocupada com Steven? — A pergunta me faz suspirar.

— Talvez um pouco.

— Você fez o que tinha que fazer, o que pensou que era o melhor, ao me procurar. Um dia ele vai entender. Sobretudo quando eu disser a ele o que descobri hoje.

Imediatamente, recupero meu ânimo.

— O quê? O que descobriu?

Conforme espero meu pai me contar, percebo as profundas linhas de preocupação em sua testa e o contorno triste nos cantos da sua boca. Não importa o que seja, não são boas notícias.

— Na carga de cocaína que foi confiscada pela divisão de homicídios durante uma das investigações, *havia* alguns quilos adulterados. A apreensão foi feita numa espécie de operação conjunta entre o pessoal das duas divisões, narcóticos e homicídios. Isso foi naquela época, então comecei a investigar as drogas apreendidas. Acontece que alguns quilos desapareceram. Do fundo da prateleira, onde ninguém notaria, a menos que estivesse procurando especificamente por isso. E eu verifiquei no registro para ver todos que entraram e saíram, durante os seis meses após o registro dessa evidência. — Ele faz uma pausa, passando a mão na testa. — E Steven usou o cartão de acesso dele, para entrar ali naquele local. Meia dúzia de vezes.

A notícia me deixa engasgada.

— O quê? — Meu coração está tão descontrolado que parece prestes a explodir.

— Não fique tão espantada. Estamos falando do seu irmão. Eu também verifiquei os documentos para saber o que estava registrado na entrada e na saída. Alguém assinou o nome de Steven na verificação de provas, em um arquivo morto que ele tinha examinado, no ano anterior. O problema é que aquela não é a assinatura de Steven. Até agora, eu mantive isso em segredo e vou tentar mantê-lo dessa forma. Fiz uma cópia da folha de registros e vou levá-la a um dos grafotécnicos a quem o município recorre em processos judiciais. Quando eu fizer isso chegar ao conhecimento da seção de assuntos internos, quero que o registro já tenha mostrado que a assinatura é falsa. Aí então vou poder ficar em cima disso, como um carrapato, até encontrar o safado que incriminou meu filho.

Posso ver a fúria emanando dele, como vapor.

— Quem faria isso, pai? E por quê?

— Bem, eu tenho as minhas suspeitas — responde ele, com um olhar significativo. Após alguns segundos, descubro por que ele teme contar a Steven o que, no início, pareciam apenas boas notícias.

Época: período em que Steven morou com Duncan, na rua Tumblin. Coincidência: Duncan saindo tarde da noite, e Steven achando que eram encontros amorosos. Fatos concretos: alguém conseguiu o cartão de acesso de Steven por tempo suficiente apenas para usá-lo e verificar as drogas apreendidas. E esse alguém teria que ser um policial.

Todas as evidências apontam para uma pessoa. O melhor amigo do meu irmão. Seu aliado de maior confiança. Seu parceiro.

— Caramba — digo, com um suspiro. — Duncan. — Ergo o olhar e vejo tristeza nos olhos do meu pai. Eu sei que ele também se sente traído. Ele amava Duncan como um filho. Trabalhou com o pai dele durante anos. O pai de Duncan trabalha na divisão de narcóticos.

Finalmente, ele faz um breve gesto afirmativo com a cabeça.

— Mas preciso de *provas*. E vou precisar da ajuda do seu irmão. Você sabe que ele não vai gostar disso.

— Não, ele não vai gostar, mas vai fazer. Porque é a coisa certa a ser feita. É como agimos na família Locke — consolo meu pai, repetindo, com um sorriso, palavras que ouvi durante toda a minha vida.

— Sim, é como agimos na família Locke. Nós nos protegemos. A todo custo.

Por alguma razão, pela milionésima vez, penso em Hemi.

QUARENTA

Hemi

Sloane continua sem atender meus telefonemas. Não sei de que outra forma eu poderia falar com ela, convencê-la a conversar comigo. A ouvir o meu lado da história. Só mais uma vez.

Há coisas que eu preciso dizer a ela, coisas que acabei de perceber. Coisas que não posso dizer em uma mensagem de voz, em um cartão ou com flores.

Coisas importantes.

Coisas verdadeiras.

Como eu havia prometido a ela.

Mais uma vez, tento ligar para Sloane. O telefone toca, toca e toca. Finalmente, ouço sua voz familiar atender com sua mensagem familiar. Estremeço só de ouvir, temendo realmente que eu nunca consiga acertar as coisas, que ela nunca me perdoe e que eu nunca tenha a chance de dizer o que preciso.

— Sloane, sou eu. Preciso te contar uma coisa. É importante. Por favor, me dê só mais cinco minutos. Por favor.

Com um suspiro, eu desligo o telefone.

Mais uma vez.

Agora, só me resta esperar.

Mais uma vez.

QUARENTA E UM

Sloane

Pensei que talvez uma noite com Sarah me fizesse sentir melhor. Mas não apenas não me sinto melhor como, na verdade, estou ficando um pouco enjoada enquanto dirijo de volta para casa. E isso não me surpreende, de fato. Não tenho comido bem, nem dormido direito desde tudo o que aconteceu com Hemi. Então convenço a mim mesma que provavelmente estou apenas exausta.

Quando chego em casa, meu pai está sentado à mesa da sala de jantar, examinando os cartões que ainda estão lá. A maioria das flores está morta e já foi jogada no lixo. Mas, por alguma razão, não consegui jogar fora os cartões. Por enquanto.

— O que está fazendo, pai? — pergunto, parando ao lado da cadeira onde ele está sentado.

Antes de responder, ele empilha cuidadosamente todos os cartões e os entrega a mim.

— Leu todos eles?

— Sim.

Ele assente lentamente, fechando a minha mão em volta da pilha de pequenos retângulos.

— Alguma mudança?

Realmente não sei como responder a isto. Estou menos perturbada que antes, sim, mas ainda não sei por quê. Não sei se estou abrindo espaço para perdoar Hemi ou se o tempo está curando a ferida.

Finalmente, como para responder sua pergunta, dou de ombros.

— Ele veio aqui essa noite, à sua procura.

Meu pai me observa, avaliando cuidadosamente minha reação. Não diz mais nada, o que me incita a falar.

— O que ele queria?

— Falar com você.

Dããã.

— Ele disse por quê?

— Não exatamente. Mas acho que você precisa pelo menos ouvir o que ele tem a dizer, Sloane.

— Falar é fácil, pai. Você não conhece a história toda.

— Falar *não* é fácil. Eu não gosto da ideia de que *alguém* esteja magoando você. Por qualquer que seja o motivo. Em qualquer briga, eu sempre ficarei do seu lado. Uma parte de mim quer torcer o pescoço desse cara por fazer você sofrer como tem sofrido nas últimas semanas.

"É difícil para mim aceitar que minha garotinha cresceu e que provavelmente se apaixonou, Sloane. É difícil para mim aceitar o fato de entregá-la a qualquer idiota pretensioso e esperar que ele cuide dela. Mas sei que tenho que fazer isso. Um dia. E algo me diz que esse rapaz significa muito para você. Mais do que eu imaginei que ele pudesse significar. Eu sabia que havia algo acontecendo entre vocês, mas acho que não sabia o quanto era importante para você, o quanto *ele* era importante para você.

Meu pai empurra a cadeira para trás e se levanta, para ficar diante de mim, curvando-se um pouco para examinar meu rosto.

— A vida é curta, Sloane. Quando eu quis esquecer o *quão* curta ela é, você me lembrou. Há alguns anos, todos os dias, você tem me lembrado. Mas sabe de uma coisa? Você tinha razão. A vida *é* curta e a gente tem que vivê-la, tanto quanto puder, pelo tempo que puder. Se eu pudesse voltar no tempo e acrescentar alguns anos, ou dias, ou até mesmo horas com a sua mãe, eu faria isso. Sem pestanejar. E eu jamais iria querer fazer algo que pudesse iludir você em tempos assim. Em momentos assim. Portanto, pense bem nisso, Sloane — aconselha ele, tocando a minha mão que segura os cartões. — E se há um modo de perdoá-lo, se você acha que ele merece, então vá falar com ele. Dê a ele essa chance. Não viva com um arrependimento como esse, pelo resto da sua vida. Quando se acumula muitos arrependimentos, uma vida curta pode parecer uma eternidade no inferno.

Com um tapinha carinhoso no meu braço, meu pai se afasta. Ele olha para mim antes de sair da sala.

— Você está bem? Seu rosto está vermelho.

Ao levar a mão ao rosto, percebo o quanto estou quente. Ainda não estou me sentindo bem, mas dou a meu pai um sorriso consolador.

— Estou bem, pai.

Com um sorriso em resposta, ele sai da sala. Eu o ouço começar a assobiar quando chega à cozinha e meu sorriso aumenta. Ele costumava assobiar, o tempo todo, quando minha mãe era viva. Agora, isso é raro. E considerando todos os problemas que nossa família tem enfrentado nos últimos dias, isso é ainda mais especial. Eu sei que são lembranças da mamãe — lembranças boas e felizes — que põem a canção no seu coração. Só de recordar um amor como esse, tudo pode mudar. A vida pode virar um inferno durante algum tempo, mas, no fim, tudo vale a pena. Eu só preciso decidir se com Hemi a vida vale a pena.

****

No dia seguinte, uma batida forte me acorda da minha soneca. É difícil lutar contra o sono, separar a realidade do mundo de sonho no qual eu estava tão feliz. Mas a realidade é muito mais persistente, sobretudo quando vem na forma do meu irmão.

— Sloane, abra a porta. É sério — grita Steven do lado de fora do meu quarto trancado.

— Seja o que for, pode esperar, Steven. Estou dormindo.

— Não são nem oito horas. Por que já está na cama?

Esta é uma excelente pergunta, e para a qual não tenho resposta. Por volta das três e meia, em plena tarde de domingo, pensei que uma soneca cairia muito bem. Acho que quase cinco horas de sono é um pouco mais que uma soneca. Mas estou exausta!

— Estou levantando. Espere um minuto.

Eu me mexo na cama da melhor forma que posso e vou até a porta. Então viro a chave e dou um passo para trás, para que meu irmão possa esbravejar.

— Você sabia disso?

Ele não perde tempo voando para cima de mim, furioso, quando entra.

— Sabia do quê?

— Que aquele babaca do Hemi está me investigando? E de como está mirando em nossa família?

— Não no início. Por que você acha que eu não me encontro mais com ele?

Eu me deixo cair na beira da cama e observo Steven andar de um lado para o outro. Ele está furioso, com certeza, mas por trás da raiva posso ver que está magoado. E se sente traído. Não por Hemi, mas ele serve como um excelente bode expiatório.

— Eu sabia que não tinha ido com a cara daquele babaca. Eu *sabia!*

— Steven, quer você goste dele ou não, Hemi só estava fazendo o que tinha que fazer, pela família dele. E ele pode até ter salvado a sua vida.

— Como diabos ele pode ter feito *algo* de bom para mim?

— Isso tem a ver com Duncan, não é?

Steven não responde, mas posso ver o seu rosto se contraindo de raiva.

— Não era Duncan que estava...

— Sim, era ele, Steven. Duncan agiu errado de várias maneiras. Eu sei que ele era o seu melhor amigo e seu parceiro, e sei que você se sente traído, mas não pode ficar tentando protegê-lo. Ele roubou o seu cartão de acesso quando você estava dormindo, Steven! Isso é algo deplorável demais para um amigo fazer. Tem ideia do problema que isso poderia ter te causado?

— Pelo menos ele não mandou atirar na nossa casa — dispara ele.

— Mandou, sim. Foram os contatos *dele*, as atividades ilegais *dele* que levaram as pessoas a duvidar de você, para começo de conversa. Por que você acha que ele usou o *seu* cartão? A culpa é *completamente* do Duncan. A única culpa de Hemi nessa história foi ter descoberto isso, por acaso.

Steven para de andar e me lança um olhar furioso.

— Ele usou você para investigar a nossa família.

As palavras dele me machucam. Porque são verdadeiras. E eu ainda estou sofrendo com isso.

— Eu sei, Steven, mas coloque-se no lugar dele. Imagine que eu fosse morta do mesmo jeito, por incrível que pareça, por um policial corrupto. O que você *não faria* para prender o cara que me assassinou? O que você *não faria* para obrigar as pessoas a pagarem pelos próprios atos? — Então me levanto da cama e vou até o meu irmão, que está parado na porta, como um enorme e inflexível Hulk. — Steven, você teria feito a mesma coisa. Talvez até algo pior. Não há limites para o que somos capazes de fazer pelas pessoas que amamos.

— Eu nunca vou perdoá-lo. Você entende, não é?

— Hemi não é a pessoa que precisa do seu perdão, Steven. A única culpa dele foi atender ao meu pedido de me ensinar a tatuar. Ele pode ter tido um motivo por trás disso, mas não fez nada de errado. Ele repassou o pouco de informação que tinha a um confiável funcionário da Justiça. Ainda assim, ele pediu desculpas por isso. Mas ele não merece a sua raiva. Direcione sua indignação para o foco certo. Duncan te traiu da pior maneira possível, e um inocente morreu por causa disso. Não vamos nos esquecer de quem é o verdadeiro vilão nessa história.

— Você vai defendê-lo? Depois de tudo o que ele fez?

— Ele não fez nada que nós mesmos não teríamos feito, Steven — repito, de forma suave. Enquanto o observo, posso ver a raiva do meu irmão ao tentar combater a verdade das minhas palavras. Ele *quer* ter raiva de Hemi, mas sabe que esse sentimento não se justifica. Tudo isso pode e deve ser atribuído a Duncan. Ponto final. Hemi nunca teria colocado nossa família em perigo se soubesse, se realmente soubesse, que as coisas tomariam o rumo que tomaram. Ele não é esse tipo de pessoa.

Com um gesto de cabeça, Steven se vira para ir embora, fazendo uma pausa antes de fechar a porta.

— Se ele não fez nada de errado, e se não merece a minha raiva, então por que você parou de sair com ele?

Vejo os lábios de Steven se curvarem em um sorriso afetado, no instante em que ele fecha a porta. Ele acha que conseguiu me convencer, mas tudo o que fez foi me lembrar do quanto eu estava errada. Defender Hemi diante de Steven me fez ver o que estava bem diante de mim, o tempo todo.

Sim, Hemi omitiu o que estava acontecendo. Sim, ele me contratou sob falsos pretextos. Mas eu sei, no fundo do coração, que o que aconteceu entre nós foi verdadeiro. Independente da forma como começou, acabou sendo verdadeiro. E eu pude ver no seu rosto o quanto ele odiava o que fez a mim; o que fez à minha família.

Mas o que eu disse a Steven era verdade. Hemi não fez nada que a minha família não teria feito. Ele não merece a minha raiva ou o meu desprezo. Ele precisa da minha compreensão. E do meu perdão. As duas coisas que ainda não lhe dei.

Ainda, penso comigo mesma. Mas a noite é uma criança.

QUARENTA E DOIS

Hemi

Tomo um gole de tequila e apoio a cabeça na borda da banheira quente, concentrando-me nos jatos que batem em meus músculos doloridos. Tenho andado muito tenso ultimamente. Entre lidar com meu antigo fornecedor de cocaína, Sebastian, para descobrir quem fez a queixa contra o irmão de Sloane, e colocar dinheiro para interromper o processo, sinto como se eu tivesse revivido todas as terríveis épocas da minha vida, já que isso culminou na morte de Ollie. Então não fui trabalhar esta noite para ficar em casa, bêbado, na banheira quente.

Quando o telefone toca, penso em não atender, mas logo mudo de ideia. Estou esperando muitas informações importantes, muitos telefonemas importantes para deixar de atender só porque estou de péssimo humor.

— Sim.

— Sr. Spencer, aqui é o Winston, da portaria. Tem uma visita para o senhor. Uma tal de Srta. Locke. O senhor vai recebê-la?

Minha barriga se contrai.

— Sim, pode pedir para ela entrar.

Eu acomodo o corpo na água morna por alguns segundos e me pergunto por que Sloane viria aqui se nem sequer atende as minhas ligações. Não demoro muito para perceber que não me interessa. Fico satisfeito com o simples fato de que ela tenha tomado esta decisão, que vou vê-la e falar com ela novamente. Mesmo que seja só mais uma vez.

Isto significa que eu tenho uma oportunidade. Só. Mais. Uma.

Então saio da banheira, enrolo uma toalha na cintura e levo o copo comigo, para voltar a enchê-lo. Então o esvazio novamente, antes de enchê-lo uma terceira vez, e tomo um pequeno gole.

Ouço o brusco barulho do motor do carro de Sloane pouco antes de ser desligado, do lado de fora. Então me levanto para abrir a porta e esperar por ela.

Ao virar a calçada ela me vê e para, imediatamente. Seus olhos percorrem o meu peito e minha barriga, até a toalha. Espero que meu pênis não reaja. Mas não tem jeito; subiu!

Trinco os dentes e recuo, dando espaço para que Sloane entre; o que ela finalmente faz. Quando passa por mim, sinto o cheiro do xampu em seu cabelo, o mesmo que sempre usa, e o aroma que é só dela. Num ato reflexo, fico com a boca cheia d'água e, mais uma vez, tento controlar a libido.

— O que você veio fazer aqui? — pergunto, ao fechar a porta.

Sloane espera até que eu esteja de frente para ela, cara a cara, antes de responder.

— Você disse que queria cinco minutos. Bem, vou dar a você os cinco minutos. Para colocar um fim nisso. De um jeito ou de outro.

Esta frase deixa meu peito apertado, mas não posso dizer que fico totalmente surpreso. Posso entender por que ela me descartaria para sempre. O que eu fiz a ela foi muito grave. Imperdoável, até. Acho que esperava que ela pudesse me perdoar. Que *iria* me perdoar. Que de alguma forma ela visse que o que aconteceu entre nós merecia outra chance. Eu acho que merece. Eu daria mil oportunidades a ela, se isso a fizesse ficar comigo e jamais me deixar.

— Neste caso — digo, antes de esvaziar o copo mais uma vez e ir para a sala de jantar, até o bar, onde me sirvo de outro copo. Quando me viro, Sloane está perto de mim, com os olhos fixos nos meus, e uma expressão de cautela. — Eu queria dizer a você que encontrei as pessoas que ameaçaram seu irmão. Elas não causarão mais problemas a você nem à sua família.

Ela não parece surpresa. Apenas assente.

— Obrigada.

Fico esperando que ela diga alguma coisa, mas, como ela permanece em silêncio, sigo em frente.

— Também falei com o amigo do meu irmão, que é advogado, e pedi para ele investigar toda e qualquer pista que possa ter algo a ver com as drogas. Vou descobrir tudo e resolver isso com seu irmão. Prometo.

— Não faça promessas que não pode cumprir — diz ela, de forma suave, me lembrando de uma conversa que tivemos, há algum tempo.

— Não se preocupe. Eu só faço promessas que vou cumprir, ou que vou morrer *tentando*.

Ela não diz nada, apenas me observa. Finalmente, após uma longa pausa, Sloane pergunta:

— Era isso o que queria me contar?

Eu respiro fundo. É agora ou nunca.

— Em parte.

Sloane lança os olhos ao relógio.

— Bem, é melhor continuar então.

Desperdiço alguns segundos que me restam examinando-a. Ela está usando uma blusa preta, com um profundo decote em V; uma saia curta, prateada, e sandálias da mesma cor. As unhas dos pés estão pintadas de vermelho-vivo, assim como as unhas das mãos, que eu percebo enquanto ela ajeita, nervosa, a saia sobre as coxas. Ao notar seu gesto, me dou conta de que isto é tão difícil para ela quanto para mim, talvez até mais. É hora de ir com tudo que tenho direito.

Então me aproximo dela. Não sei se ela irá aceitar meu contato, mas não vou ficar esperando para descobrir. Vou mergulhar. De cabeça.

— Desde a primeira vez que te vi, percebi algo nos seus olhos que me deixou atraído. Eu atribuí essa sensação a todos os tipos de coisas, como atração física, estar sozinho há algum tempo, enfim. Então, quando vi o quanto era inocente... Embora fosse incrivelmente sedutora... Ah, meu Deus! Eu não sabia como conseguiria resistir. Tinha certeza de que não precisava de alguém que me tirasse do foco, como você. Por isso, não quis ensiná-la a tatuar. Mas então eu te vi com seu irmão e percebi que, provavelmente, nunca teria outra chance como aquela para descobrir mais sobre alguém que eu considerava suspeito. Então fui em frente. Disse a mim mesmo que, além de ensiná-la a tatuar, ficaria longe de você, de todas as maneiras. Nesse meio-tempo, eu conseguiria as informações sobre a sua família. E consegui o que achava que queria, o que pensei que precisava. Assim que a ouvi confirmar que seu irmão tinha uma ligação com a rua Tumblin, fui em frente. Quer dizer, por dois anos, meu único objetivo foi encontrar o assassino do meu irmão. Mas isso foi antes de conhecer você.

"Mesmo quando acreditei que tinha encontrado o cara certo, me senti um canalha por passar essa informação adiante. Eu sabia que isso magoaria você, mas mesmo assim eu fui adiante. E a cada dia que passava, eu me sentia pior. Magoar você não valeu a pena. Não trouxe o meu irmão de volta. Só me deixou arrasado. E agora eu sei por quê. Eu sei *por que* fiquei tão arrasado quando magoei você. Naquela época, eu já estava apaixonado. Resisti o quanto pude, dizendo a mim mesmo que era só um lance sexual e que, assim que a tivesse nos braços, eu a expulsaria do meu pensamento. Mas não foi o que aconteceu. Na realidade, isso só piorou as coisas."

Sloane não disse uma palavra, mas pelo menos está ouvindo. E quanto mais eu falo sobre como as coisas se desenrolaram, sobre como ela me faz sentir, mais atraído por ela me sinto. Então me aproximo ainda mais, o bastante para tocá-la.

— É viciante ter algo que ninguém mais tocou. Isso me fez querer mais. Eu não queria apenas *tê-la*. Queria possuí-la. Queria torná-la minha, marcá-la de forma tão profunda que você nunca poderia ser de mais ninguém. Eu quero você, Sloane — confesso, estendendo a mão para acariciar sua pele acetinada com as costas do dedo indicador. — Sempre quis. Mas isso não é o bastante. Não é o bastante tê--la algumas vezes, ou por pouco tempo. Quero que você seja minha. Para sempre. Porque eu te amo ainda mais do que te quero. E não quero deixar você partir nunca. Nunca.

Então observo seus olhos e vejo a oportunidade. Vejo o momento que ela abaixa a guarda, o bastante para que eu possa ver que ela ainda sente *algo* por mim, diferente do ódio.

— Por favor, diga que pode me perdoar, Sloane. Por favor. Diga que não é tarde demais. — É quando vejo seus lábios se abrirem para dar um suspiro trêmulo que perco o poder de me controlar. — Por favor, me peça para te beijar. Por favor. Por favor, me peça para te beijar. Eu preciso de você, Sloane. Preciso sentir você.

Eu estou pressionando-a. Tenho consciência disso, mas não consigo evitar. Quero tanto tocá-la, beijá-la e tomá-la nos braços que posso quase sentir seu gosto. Além da tequila, posso lembrar seu sabor na ponta da sua língua. E além da tequila, eu desejo isso. Como nunca desejei nada mais. Nem mesmo vingança. Ou justiça.

Então levanto as mãos para acariciar seu rosto, pedindo:

— Por favor, Sloane. Por favor.

Ela examina meus olhos por tanto tempo que me faz desejá-la. No meu peito, no meu íntimo, no meu pau. Na minha cabeça. Eu a quero com tudo que sou. E quero tudo. Ela toda. Corpo, coração e alma.

Então ela murmura as palavras que viram meu mundo de cabeça para baixo.

— Me beije.

Eu a beijo. Toco seus lábios suaves em um beijo tão doce quanto o amor que sinto por ela. Depois passo a língua entre eles, envolvendo seu lábio inferior na boca e chupando-o suavemente. Sinto seu gemido, seu hálito de hortelã esquentando meu rosto.

Quando enfio a língua em sua boca, ela a lambe, me provocando com a lembrança do seu beijo. Então, ponho as mãos em suas costas e puxo seu corpo para o meu. Sinto seus dedos deslizarem pelo meu cabelo e o agarrarem com força, me levando ao próximo estágio do meu desejo reprimido.

Seguro com firmeza as rédeas da minha paixão. Agora não é o momento de soltá-las. Ela precisa *sentir* o que estou tentando dizer, precisa *sentir* o quanto significa para mim. Precisa saber que não é só sexo; é *amor*.

Sloane pula para trás, me assustando, e observa meu rosto. Há lágrimas em seus olhos e um tremor em sua voz.

— Faça amor comigo, Hemi — exige ela calmamente. — Faça amor comigo e prometa que tudo vai ficar bem.

— Pensei que não quisesse promessas.

— Eu nunca quis tanto acreditar em uma promessa quanto quero neste minuto. Então diga. Diga todas as belas mentiras. Diga que tudo vai ficar bem.

Uma lágrima cai dos seus olhos e eu a beijo, com um leve toque dos meus lábios.

— Tudo *vai* ficar bem, Sloane. Prometo. Prometo que farei tudo que estiver ao meu alcance para que isso aconteça. Farei qualquer coisa por você. Qualquer coisa para te fazer feliz. Apenas diga que vai ficar. Diga que ficará comigo e que nunca terei que me sentir arrasado sem você novamente.

Mais lágrimas enchem seus olhos.

— Vou ficar enquanto a vida me deixar.

E isto é o bastante para mim.

Quando ela pressiona seus lábios nos meus, eu libero tudo que estava controlando. Todas as restrições, toda a raiva, todo o medo. E mergulho em Sloane.

QUARENTA E TRÊS

Sloane

Minhas mãos em Hemi são insistentes. Ansiosas pelo toque. Meus lábios em Hemi são desesperados. Ansiosos pelo seu sabor. Meu coração em relação a ele é determinado. Prestes a explodir. Eu o amo. E ele me ama. Não há dia mais perfeito do que hoje. Depois de toda a dor, há alegria. Alegria inexplicável. E não tenho arrependimentos. Valeu a pena. Tudo valeu a pena para ouvi-lo dizer que me ama.

A pele de Hemi nunca pareceu tão lisa ao toque das minhas mãos. Sua boca nunca foi tão doce. É como redescobri-lo, como me apaixonar por ele mais uma vez. Só que desta vez há uma rede para me pegar. *Ele* é a minha rede porque ele *me* ama, também. E isso compensa todo o risco. Compensa qualquer coisa.

Minhas mãos encontram a toalha enrolada em volta da sua cintura. Então eu a desato e a deixo cair, deslizando a mão sobre o seu quadril, até conseguir colocar os dedos em volta do seu membro duro. Ele geme na minha boca e eu acolho seu gemido. *Eu o acolho completamente.*

— Sloane — sussurra ele; suas mãos fortes e exigentes, embora suaves e generosas, no meu corpo. Com a maior delicadeza, ele tira minha blusa, depois minha saia e minha calcinha, chegando a se curvar para tirar minhas sandálias também. Quando se levanta, recua e deixa os olhos vagarem pelo meu corpo nu.

— Você é tão linda. E é toda minha. Sempre. Toda minha.

Então me cobre de beijos. Por todo o corpo, do pescoço ao umbigo, eu sinto seus beijos como asas de borboleta roçando a minha pele. Tão leve, tão doce, tão longe.

— Sua pele está tão quente — continua ele, sussurrando. — Está queimando.

Ouço sua voz como se ele estivesse a mil quilômetros, falando da borda do paraíso, enquanto eu atravesso águas mornas para alcançá-lo. Até ouço a urgência em sua voz. Sem exatamente entender, mas ouço.

— Sloane, olhe para mim.

Eu tento olhar, mas minhas pálpebras não obedecem. Então sinto o mundo desaparecer, estou caindo. Mas, exatamente como esperava, os braços de Hemi estão lá para me segurar. Ele vai me manter em segurança. Pelo tempo que eu estiver assim, ele vai me manter em segurança.

QUARENTA E QUATRO

Hemi

— Sloane! — grito, com a voz ficando mais alta à medida que ela não reage. Ela simplesmente caiu nos meus braços, toda mole, sem forças. Suas bochechas estão avermelhadas e há um leve brilho de suor em sua testa. Sua pele está quente. Ela está ardendo em febre.
— Sloane, responda!

Então eu a coloco suavemente no chão e ela geme. Não é um gemido bom, e sim de desconforto. Sua testa se contrai, como se ela dissesse que está sentindo dor. Ou que há algo errado. Muito errado.

Procuro desesperadamente meu telefone e ligo para a emergência. É tudo que sei fazer. Não sei o que aconteceu. Num minuto ela estava comigo e, no minuto seguinte, não estava mais.

Explico à emergência a causa da ligação e digo meu endereço. Em seguida, ligo para o vigia, para avisá-lo que o socorro está a caminho. Então ergo Sloane nos braços e a levo para o sofá. Depois, volto para pegar sua roupa e a visto, do jeito mais rápido e delicado que consigo. Mesmo depois de mexer seus braços e suas pernas, depois de levantar a parte superior e inferior do corpo para vesti-la, ela não reage. Apenas vira a cabeça de um lado para o outro, com a testa ainda franzida, conforme respira com dificuldade.

Subo correndo as escadas para pegar uma calça e uma camisa. E então desço, para me vestir junto de Sloane e poder vigiá-la. No instante em que estou calçando os sapatos, perto da porta, ouço a ambulância se aproximando da entrada para carros. Sem tirar os olhos de Sloane, abro a porta e espero até eles entrarem.

Os paramédicos entram apressadamente, transportando a maca e uma maleta de primeiros socorros. Ambos têm por volta de 40 anos, eu diria. Ambos parecem sérios e competentes, o que me faz sentir melhor.

— Senhor, pode nos contar o que aconteceu?

— Ela simplesmente desmaiou nos meus braços e agora não reage. A pele dela está quente, como se estivesse febril. Além disso, não sei *o que* aconteceu.

Sinto um medo incontrolável me consumindo por dentro. Não posso perdê-la. Não agora. Não desta forma. Não quando ainda há tanto o que quero dizer, tanto o que quero mostrar e provar a ela.

Meu coração dispara dentro do peito quando os paramédicos começam a executar os procedimentos e também não conseguem nenhuma reação.

— Qual é o nome dela, senhor?

— Sloane.

— Sloane! — chama ele em voz alta. — Sloane, consegue abrir os olhos e olhar para mim?

Nada. Nenhum movimento das pálpebras, nenhum movimento de cabeça, nenhum movimento dos lábios. Simplesmente nada.

Um paramédico coloca o estetoscópio no peito de Sloane, enquanto o outro pega sua mão e pressiona a unha na cutícula dela. Ela nem se contrai. Os dois murmuram um com o outro sobre suas conclusões. Um deles me faz perguntas, enquanto a carregam para a maca.

— Ela andou bebendo?

— Não, senhor. Não que eu saiba.

— Ela toma algum medicamento?

— Só pílula anticoncepcional, pelo que sei.

— É alérgica a alguma coisa?

Eu dou de ombros e balanço a cabeça, sentindo-me totalmente inútil.

— Não que eu saiba, mas...

Ele faz que sim com a cabeça enquanto toma nota no papel preso à sua prancheta.

— Senhor, nós vamos levá-la para o pronto-socorro. Ela está desmaiada, mas seus órgãos vitais encontram-se estáveis no momento. Pode nos acompanhar, se quiser.

— Sim, na verdade eu gostaria.

— É membro da família? Ou existe algum contato de emergência que deva ser notificado para ir ao hospital?

— Não sou... Não, não sou da família, mas posso usar o telefone dela para avisar ao pai, no caminho.

— É uma boa ideia. Já que vai fazer isso, nós a colocaremos na ambulância.

Com isso, os dois paramédicos erguem Sloane, descendo as pernas da maca para as rodinhas facilitarem o transporte até o veículo. Como Sloane não estava carregando sua bolsa quando chegou, eu corro até o seu carro para pegá-la no banco traseiro. Em seguida, volto à ambulância e pulo na parte de trás, ao lado dela.

Assim que abro sua bolsa, encontro seu telefone. Ele está em um bolsinho na parte lateral, obviamente projetado para guardar um celular. Eu pego o aparelho e confiro os contatos, até encontrar o número do seu pai. Então faço a ligação e escuto o toque, enquanto o paramédico limpa a mão de Sloane para aplicar uma injeção intravenosa.

Conforme a enorme agulha fura sua pele, eu observo seu rosto, em busca de sinais de que ela sentiu a picada. Mas ela não move um músculo. Meu estômago se contorce, como se eu tivesse engolido um punhado de pedras.

— Locke falando. — Ouço do outro lado da linha, tirando meu foco do corpo imóvel de Sloane.

— Sr. Locke, aqui é Hemi Spencer. Sloane veio me procurar em casa hoje à noite. Ela desmaiou. Estou na ambulância com ela agora, e estamos a caminho do pronto-socorro. O senhor pode ir até lá?

Há uma pausa, durante a qual tenho certeza de que o pai de Sloane processa todas as informações. Como de costume, não fiquei fazendo rodeios. Não sou disso; nem ele.

— O que houve com ela? — questiona ele. Sua voz é tão baixa que tenho que me esforçar para ouvi-lo. O medo é evidente, o que me deixa ainda mais apreensivo.

— Não sei. Ela está muito corada e suada, e a pele dela está quente, como se estivesse com febre. Mas, apesar disso, ela parecia bem. Só que agora não reage. Não sei... Eu só...

As palavras me escapam quando eu relato o pouco que sei. É a pior sensação do mundo — sentir-se tão inútil. E tão assustado. O que estaria acontecendo para ela simplesmente desmaiar daquele jeito? E não reagir? É mais do que só perder os sentidos. Isso é óbvio.

— Ah, meu Deus, por favor, não! — Ouço o pai de Sloane sussurrar no telefone.

Meu coração se aperta numa sensação de puro terror.

— O que foi? Por que está dizendo isso?

Posso sentir a tensão na voz do Sr. Locke através da ligação, em alto e bom som.

— Explico quando chegar aí. — Em seguida, ele desliga.

Durante todo o caminho até o hospital, minha mente percorre diversos cenários, que pouco fazem para esclarecer as coisas. Quando chegamos lá, as enfermeiras aparecem para avaliá-la e me perguntam apenas uma coisa:

— O senhor é membro da família?

Eu deveria mentir, mas falo a verdade.

— Não.

— Notificou alguém da família dela?

— Sim.

— Desculpe, mas terá que esperar aqui, até que alguém da família chegue. Só então, depois que algum familiar se registrar, o senhor poderá fazer isso também. E então basta pedir à recepcionista para nos avisar que nós mandaremos buscá-lo.

Eu não gosto nem um pouco disso, mas sei como os hospitais são severos em relação à confidencialidade do paciente. A não ser que eu contasse uma mentira descarada que eu não conseguiria manter, não havia nada que pudesse fazer. Agora, preciso esperar o Sr. Locke chegar. Talvez, até lá, eles tenham conseguido acordar Sloane. Eu rezo para isso.

Através das janelas que dão para o estacionamento, eu olho os faróis de cada carro que estaciona, ansioso para que o pai de Sloane venha logo. Quando ele finalmente chega, vou até à porta esperá-lo.

Assim que ele entra, falo imediatamente:

— Eles precisam que o senhor responda algumas perguntas no registro, antes de deixá-lo entrar.

— Não quero saber! — responde ele furioso, pisando duro em direção à recepção. — Minha filha foi trazida para cá, na ambulância, há alguns minutos. Eu preciso vê-la. Agora mesmo.

Ele não dá outra opção à equipe do hospital.

— Senhor — começa a jovem loira —, se vai...

— Os formulários podem esperar. Quero ver minha filha primeiro.

A garota o fita durante alguns segundos, com certeza avaliando se há alguma forma de convencê-lo e quanto esforço será preciso para isso. Ela rapidamente decide que não vale a pena discutir e cede.

— Sente-se, por favor. Vou chamar a enfermeira.

O Sr. Locke concorda e se vira para encontrar o lugar mais próximo à porta que leva aos quartos dos pacientes, onde Sloane está. Então inclina-se para a frente e põe os cotovelos sobre os joelhos, apoiando a cabeça nas mãos.

Eu fico de pé diante dele, sentindo-me cada vez mais aflito, a cada segundo que passa. Não só ele *não* está surpreso por isto, mas me parece que temia por este dia.

— Sr. Locke, preciso que o senhor seja franco comigo. O que está acontecendo com Sloane?

Durante alguns segundos, ele não se move. Não responde. Entretanto, finalmente, num gesto frustrado, ele passa os dedos pelo cabelo castanho-escuro e acomoda-se na cadeira, com a expressão dez anos mais velha do que quando o vi ontem.

— Sloane alguma vez falou a respeito da mãe?

— Eu sei que ela morreu de leucemia, certo?

— Exatamente. A doença surgiu quando ela era criança. Depois entrou em remissão e ela ficou bem por vários anos. Então, um dia... BUM! Adoeceu. No início achamos que fosse gripe. Ela sentia dores e ficou indisposta por alguns dias. Mas uma noite, depois do jantar, ela simplesmente desmaiou nos meus braços. Estava queimando em febre. Eu a levei ao hospital e fizeram todos os tipos de exames. Por fim, descobriram uma reincidência da leucemia. Só que, quando isso acontece, o prognóstico não é nada bom. Ela lutou como uma guerreira, mas simplesmente não foi possível combater a doença pela segunda vez. Ela morreu dois anos depois — conclui ele, num tom de voz arrasador.

— Sloane me falou sobre a mãe, senhor, e eu sinto muito que isso tenha acontecido à sua família. Mas, com todo o respeito, o que isso tem a ver com Sloane?

O Sr. Locke levanta os olhos e encontra os meus. Seu olhar parece aflito e derrotado.

— Sloane teve a mesma coisa quando era pequena.

Ele não diz mais nada, apenas me observa conforme suas palavras saem aos poucos, e meu cérebro luta para dar a elas algum sentido.

— Está dizendo que Sloane teve leucemia?

— Sim, é isso mesmo. Ela teve o diagnóstico quando tinha 5 anos. Ela estava realmente começando a agir como uma menina normal e se sentir melhor quando a mãe morreu. Desde então tem estado bem. Teimosa à beça, e decidida a viver a vida ao máximo, enquanto puder. Por via das dúvidas... Ela vive diariamente com essa ameaça do "por via das dúvidas" na cabeça. E por isso nós a protegemos tanto. Porque temos que fazer isso, também.

Meus olhos, meu peito, minha alma *queimam* com esta informação, com o que o pai de Sloane me diz. Minha mente rejeita a ideia, procura outra conclusão. Mas não há nenhuma.

Eu mal consigo forçar as palavras nos meus lábios entorpecidos.

— Então o senhor está dizendo que isso pode ser uma reincidência da leucemia e que ela pode ter apenas alguns anos de vida?

Os olhos do Sr. Locke se enchem de lágrimas, e meu coração fica destroçado.

— É isso que estou dizendo — confirma, e sua voz falha conforme ele se inclina para a frente e põe a cabeça entre as mãos novamente.

Vejo seus ombros tremerem quando toda a promessa, esperança e felicidade que o futuro anunciava são de repente destruídas por um vento devastador. Estou dividido entre gritar e dar um murro em uma destas paredes de concreto, várias vezes. Ou talvez somente ir para o lado de fora, para ceder ao impulso de apenas sentar no escuro e chorar.

Como isto pode estar acontecendo? Ela é tão jovem, e ainda tem tanto pela frente. Como ela pode estar doente? Ela estava bem. Todo este tempo, ela esteve bem. Tão animada, tão cheia de vida..

Quando o Sr. Locke se levanta e vai à recepção novamente, eu permaneço no mesmo lugar, mergulhado no desgosto. Todo este tempo, eu poderia estar curtindo Sloane, aproveitando a vida com ela, rindo com ela. abraçando-a, tocando seu corpo, abrindo meu coração. Mas, em vez disso, eu estava destruindo o que tínhamos, com mentiras e estratagemas. No fundo da minha mente, pensei que, se ela pudesse me perdoar, eu teria outra chance. Eu teria mais tempo; tempo para compensar o que tinha feito, tempo para fazê-la feliz e ver seu sorriso. E nunca fazê-la chorar.

Mas isso foi uma ironia cruel. *Não há* tempo. *Não há* futuro. Não para Sloane. E, agora, não para mim. Ela é tudo o que eu poderia querer na vida. Perfeita. Completa. Insubstituível.

O desespero toma conta de mim. Dos meus pensamentos, das minhas sensações, dos meus músculos. Quando vejo a porta que dá para os fundos se abrir, eu me viro e corro para lá. Não peço permissão. Não escuto as vozes me mandando parar. Apenas corro.

Passo por várias portas. Faço uma pausa para olhar em cada uma, procurando Sloane. Por um túnel de angústia, ouço vozes atrás de mim, mas eu as ignoro e continuo olhando, continuo procurando. Não posso parar até encontrá-la. Não posso descansar enquanto não vê-la.

Então eu a vejo. Vejo seu rosto pálido, virado para o lado, de frente para a janela de vidro do quarto onde foi colocada. Seus olhos estão fechados, sua expressão é tranquila e, aqui, neste momento, percebo que não posso viver sem ela. Não posso sequer pensar no que farei se ela morrer. Esta noite. Amanhã à noite. Daqui a um ano. Daqui a dez anos. Não posso suportar a ideia de um mundo sem ela. Da minha *vida* sem ela.

Ignorando qualquer pessoa no quarto, me aproximo da cama, tomo sua mão e fico de joelhos ao lado dela.

Então levo seus dedos frios aos meus olhos. Em seguida aos meus lábios. Eles estão salgados. E molhados. Até aquele momento, eu nem tinha notado que havia chorado.

Então olho para cima, para o rosto que frequentou meus sonhos e meus pensamentos por vários meses, e sinto o peso esmagador da tristeza. Já consigo sentir, como se pudesse vê-la ir embora, bem diante dos meus olhos.

— Ah, meu Deus, por favor! — imploro baixinho. — Por favor, faça com que ela fique boa. Por favor, deixe que ela viva. Não a tire de mim. Por favor, não a tire de mim!

A única coisa que ouço ao meu redor é o som triste da minha própria voz, que cai sobre mim como a escuridão, me consumindo como o vazio.

****

Como sempre, pelo menos algumas vezes a cada hora, eu olho para o monitor que me assegura que Sloane ainda está viva, de alguma forma. Observo os pontos luminosos dançarem na tela. Escuto o ar que enche seus pulmões. Sinto na alma que ela ainda não me deixou. Pelo menos não completamente.

Então ouço uma voz atrás de mim. É uma voz rude e triste.

— Ela já abriu os olhos?

É Steven. Ele está irritado *simplesmente* porque estou aqui. De vez em quando, o pai e os irmãos de Sloane entram, ficam meio sem saber o que fazer diante da situação e, após alguns minutos, saem para expor todo o sofrimento em outro lugar. Em algum lugar onde os olhos de um estranho não possam vê-los.

Após entrar no quarto pisando duro, Steven se dirige à cadeira que fica do outro lado da cama. Sloane está na UTI agora, onde sua condição é mantida em constante observação até que os médicos possam determinar o que está acontecendo. Ou até que ela recupere a consciência.

Após vários minutos fitando Sloane, em silêncio, Steven finalmente fala alguma coisa.

— Você já passou em casa?

— Não.

Ele não olha para mim.

— Está planejando ficar aqui direto?

— Sim.

Vejo seus lábios se contraírem. Tenho certeza de que esta não é a resposta que ele esperava.

— Estou puto com isso, mas tenho certeza que você sabe disso — reclama.

— Sim. Ainda bem que não dou a mínima. Só estou aqui por Sloane.

Meu comentário chama sua atenção, e ele olha furioso, do outro lado da cama. Sei que ele ficaria mais do que satisfeito em meter o pé na minha cara enquanto conversamos, e eu gostaria que ele tentasse. Acho que ambos poderíamos dar início a uma briguinha para aliviar a tensão. Mas isso não ajudaria Sloane em nada. E é com ela que eu me preocupo. Na realidade, *só* me preocupo com ela.

— Ela ficaria feliz vendo isso — murmura ele, obviamente com os dentes cerrados.

— Espero que sim. Só quero que ela acorde. E quero estar aqui quando isso acontecer. Quero que ela saiba que eu nunca a deixaria. A menos que ela pedisse para eu ir embora.

— E se eu pedisse para você ir? — pergunta Steven. Sua expressão não se modificou, mas algo me diz que ele poderia, de fato, estar me provocando.

— Eu diria para onde *você* poderia ir.

Um canto da sua boca se ergue, em uma combinação de sorriso afetado e escárnio.

— Quando tudo isso acabar, vou acertar as contas com você.

Eu dou de ombros.

— Pode tentar o quanto quiser. *Depois* que Sloane acordar.

Ele assente.

— Tudo bem. — Em seguida, mergulhamos em um silêncio esquisito, um tanto amigável, novamente. — O médico já veio aqui?

— Sim. Disse que ainda estão esperando o resultado de alguns exames. E continuam dando soro. Ela devia estar bastante desidratada. Além da febre...

— Meu pai disse que ela não estava comendo nem bebendo nada, nos últimos dias.

Ele me lança um olhar carregado de ódio.

— Cara, eu sei que você acha que a culpa é minha. E sabe de uma coisa? Tudo bem, porque *eu mesmo* estou me culpando. Eu magoei a Sloane. Magoei muito. E daria qualquer coisa... quer dizer, qualquer coisa no mundo... para voltar no tempo e fazer tudo de forma diferente. E quando ela acordar — digo, enfatizando o *quando*, tanto no meu discurso quanto no meu coração —, vou fazer tudo o que estiver ao meu alcance para recompensá-la.

— Espero mesmo que faça. E espero que ela não te dê moleza.

Eu não respondo. É possível que Sloane possa não lembrar de ter me perdoado, possa não lembrar do que aconteceu pouco antes de desmaiar. E, se isso acontecer, terei de lidar com esse problema. Mas agora só quero que ela acorde. Mesmo se ela acordar enfurecida, mais uma vez. Ela pode gritar e berrar, e até me bater. Pode armar o maior barraco. Eu aceito tudo. Feliz da vida. Se ela apenas acordar.

****

A enfermeira desta noite é a mesma da noite passada, e concordou em me deixar ficar aqui mais uma vez. Quando fala comigo, ela toca gentilmente no meu braço e acena com a cabeça, como se tentasse me consolar. Há uma eterna expressão em seu olhar dizendo que ela vê um homem desesperado. E ela tem razão.

O pai de Sloane queria ficar, mas surgiram algumas coisas no trabalho — coisas importantes sobre o caso do seu filho e os caras que atiraram na sua casa. Eu nunca diria a ele que Sebastian havia telefonado para mim mais cedo, com uma testemunha; alguém que sabia a identidade do policial corrupto. Eu nunca diria a ele que tinha dado o nome a Reese, que por sua vez passou a informação ao seu contato, no escritório do procurador-geral. Eu estava feliz só com o fato de que ele iria embora e eu ficaria aqui. Eu sabia que se ele quisesse forçar a barra, que se *ele* quisesse ficar, não haveria nada que eu pudesse fazer. Exceto ir embora. E eu preferia morrer a sair de perto de Sloane, ainda que por algumas horas.

Como de hábito, estou olhando para o monitor. Vejo as ondas e os números coloridos de sempre, e isso me tranquiliza, mais uma vez. Noto que o pé de Sloane mudou de posição e está descoberto. Então vou até a beirada da cama, pego seu calcanhar e empurro sua perna delicadamente em direção ao centro da cama. Tento não ficar assustado com a temperatura fria da sua pele, quando ajeito a coberta. Acho que deveria estar feliz por ela não estar mais com febre.

Estou sentado quando vejo sua perna se contrair. Então ela dá um pontapé. Forte. Forte o bastante para balançar a cama. Eu me aproximo para tocar seu braço e, no instante em que encosto nela, ela começa a se debater.

Sloane bate os braços e as pernas, balançando a cabeça para a frente e para trás, no travesseiro.

— Sloane! — grito, tentando acalmá-la.

Meu primeiro pensamento é que ela está tendo um ataque. Ao me virar para a porta e chamar a enfermeira, percebo o alvoroço. Os alarmes disparam, as pessoas estão desorientadas e a enfermeira de Sloane pula da cadeira e corre na minha direção. Ela vai direto para a cama de Sloane.

Minha cabeça está latejando, parece um tambor. Tenho a terrível sensação de que o mundo está prestes a desaparecer sob meus pés.

Enfermeira nenhuma fica tão nervosa assim, se não tiver um motivo sério. O que quer que tenha acontecido não deve ser coisa boa.

— Senhor, vou ter que pedir que saia — avisa ela num tom severo. — Agora!

Como se estivesse em um sonho, quer dizer, num pesadelo, eu saio do quarto. Meu coração bate dolorido no peito, enquanto observo a cena se desenrolar, em câmera lenta. A enfermeira afasta as cobertas de Sloane. Ouço vozes e ruídos, mas eles chegam a mim a quilômetros de distância. Outras duas pessoas entram no quarto, e uma delas fecha a cortina, impedindo que eu veja qualquer coisa.

— Senhor, por favor, fique na sala de espera. Nós o chamaremos assim que descobrirmos o que está acontecendo — diz uma voz masculina.

Como um robô, eu caminho em direção à saída. Em seguida, aperto um botão e as portas automáticas se abrem. Eu entro e me viro, enquanto elas se fecham novamente, me afastando de Sloane; me afastando do que poderia ser seu último suspiro.

Estou fitando as portas de madeira lisas, rezando para que Deus em Sua infinita misericórdia não leve Sloane de mim. Que Ele me dê mais alguns minutos com ela, outra chance de dizer que eu a amo. Que ela possa abrir os olhos e consiga perceber o quanto estou falando sério.

Alguns minutos depois, ainda estou fitando as portas, me sentindo abismado e em choque, quando elas se abrem e a enfermeira de Sloane entra. Ela está sorrindo, o que me deixa confuso.

— Sloane está bem. O monitor cardíaco apontou algumas frequências preocupantes, mas eu descobri que alguns fios tinham se soltado. Por acaso o senhor ajeitou os cobertores ou algo assim?

Estou tão aliviado que preciso de um minuto para responder.

— Eu, humm, sim. O pé dela estava descoberto, então eu puxei a perna dela e a cobri.

A enfermeira me lança um olhar de reprovação.

— Só isso?

— Sim. Mas ela também estava tremendo.

— O que o senhor quer dizer com "tremendo"?

— Pensei que ela estivesse tendo um ataque. Começou a dar pontapés e agitar os braços.

A enfermeira franze o cenho.

— Hummm, certo. Vou avisar o médico. Não deixe de acionar o botão de alarme se algo assim acontecer de novo.

Como se eu soubesse o que estava acontecendo, penso, de forma sarcástica. Mas não digo nada. Vou ser bonzinho enquanto ela me deixar ficar com Sloane.

— Sim, senhora.

Ela assente, sorri e se vira em direção à porta. Eu a acompanho e me encaminho para ficar ao lado de Sloane. Então puxo a cadeira para junto da cama e me sento, tomando sua mão. Fico observando o movimento do seu peito cada vez que ela respira. Escuto o som calmante e animador de sua respiração e fecho os olhos, deixando a cabeça pender nas nossas mãos.

— Por favor, acorde, Sloane. Por favor, fique boa logo — sussurro, mais para mim mesmo do que para ela.

Neste momento, sinto seus dedos puxarem os meus. Isso acontece algumas vezes. Mas de repente eles me apertam. E isso nunca acontece.

Imediatamente levanto a cabeça e olho o rosto de Sloane. Procuro por sinais de que ela está acordando, que consegue me ouvir ou sentir minha mão.

— Sloane? Está me ouvindo? — pergunto baixinho.

Seus dedos apertam os meus novamente, e eu sinto o coração disparar.

— Sloane?

Vejo suas pálpebras tremularem e prendo a respiração. Após alguns segundos pensando que poderia ter imaginado coisas, suas pálpebras tremulam mais uma vez, e seus olhos se abrem levemente.

Sloane pisca várias vezes, antes de abri-los completamente e fitar meu rosto. Acho que nunca vi olhos mais lindos, nem visão mais bela que esta, quando Sloane ergue o olhar para mim.

— Hemi — chama ela, com a voz rouca.

— Estou aqui, meu amor.

Eu fico de pé e me debruço sobre ela, apenas tempo o bastante para apertar o botão vermelho do alarme. Se a enfermeira acha que vou deixar Sloane para ir buscá-la, ela enlouqueceu.

— Sonhei com você. Eu estava me afogando e tudo ficava muito escuro, e quanto mais escuro ficava, mais eu lutava para te alcançar. Tive tanto medo de nunca mais ver você.

— Você estava se debatendo. Pensei que fosse um ataque, mas talvez fosse apenas o seu sonho.

Ah, meu Deus! Espero que sim!

A confusão ilumina os olhos dela.

— Onde estou?

— No hospital.

Sua expressão é de medo.

— Estou doente?

Eu sei que ela sabe a resposta, antes mesmo de ter perguntado.

— Os médicos ainda não têm certeza. Você ficou inconsciente durante algum tempo.

— Por quanto tempo?

— Quase 29 horas. Você desmaiou nos meus braços, na minha casa. Lembra que você foi lá?

Ela não hesita.

— Sim.

Que alívio.

— Ótimo. Lembra que eu disse que amo você? — Se eu só puder dizer a ela poucas palavras enquanto estiver acordada, quero que ela me ouça dizer isso.

Sloane sorri, um sorriso perfeito e angelical.

— Enquanto eu viver, *jamais* vou esquecer isso.

Meu coração explode. Eu deixo minha cabeça cair nas nossas mãos novamente. Não quero que ela veja o quanto estou com medo, não quero que ela se lembre de mim dessa forma. Quero que ela se lembre só da parte boa. Como o fato de que a amo mais do que o ar que respiro. Não quero que ela veja o quanto vou me sentir perdido sem ela, ou que eu não sei que diabos vou fazer da vida se ela morrer.

Tento segurar as lágrimas. Então pigarreio, antes de levantar a cabeça, num esforço para manter a calma.

— Então espero que tenha boa memória.

Seu sorriso se torna triste.

— Eu também.

Ela não sabe que eu sei, e eu não quero falar sobre isso agora. Não quero macular este momento com coisas desse tipo. Só quero que ela se sinta feliz, segura e amada.

A enfermeira entra, apressada. Primeiro olha para mim e depois para Sloane, então sorri.

— Olá! Como vai?

Sloane retribui o cumprimento com um leve sorriso.

— Oi.

— Acho que vou dar uma ligadinha para o médico. — Sua expressão diz que ela está mais do que feliz em fazer isso. — Quer que eu providencie alguma coisa, dorminhoca? Algo para beber?

Sloane estala os lábios.

— Sim, algo para beber. Minha boca está seca.

— Água gelada a caminho. Vou ligar para o seu pai, também. — Com um sorriso alegre, a enfermeira nos deixa a sós mais uma vez.

— Estou surpresa por papai ter ido embora.

— Ele não queria, mas teve que ir. Parece que surgiu algo sobre o caso do seu irmão.

Ela não parece incomodada por ele não estar aqui. Sei disso quando ela levanta o braço para tocar meu rosto.

— Tudo bem. Você aqui comigo já me deixa feliz.

— Não saí daqui um só instante, Sloane. Enquanto você me quiser, eu sempre, sempre, estarei ao seu lado.

Mesmo sorrindo, quando o médico entra, eu sei que ela está pensando o mesmo que eu: quanto tempo nós temos? Quanto tempo o "sempre" representa para nós?

****

Nunca vi tanta gente entrar e sair de um quarto. Mas também nunca tinha ficado muito tempo em um hospital.

Assim que uma pessoa sai, outra entra. É um movimento constante para fazer exames, conectá-la às máquinas, coletar sangue.

Eu observo o médico, que está sentado em um cubículo isolado, folheando alguns papéis. Tenho de dar crédito a ele. Olhando todos esses resultados e tentando decifrá-los, ele parece ocupado.

Então olho para Sloane. Posso ver o dano que toda esta comoção está lhe causando. Quer dizer, ela acordou e provavelmente não está se sentindo cem por cento. Mas, como a pessoa obstinada que é, ela sorri o tempo todo, sem lançar sequer um olhar aborrecido a ninguém. Isso só me faz amá-la e admirá-la ainda mais.

Percebo suas pálpebras ficarem cada vez mais pesadas. Não me surpreendo quando ela adormece, logo depois que a enfermeira sai do quarto, pela milionésima vez. Quando o pai de Sloane chega, me preparo para pedirem que eu saia. E estou pronto para argumentar e explicar por que eu não deveria sair. Mas seu pai me poupa do trabalho.

— Ele pode ficar. Nós não vamos causar nenhum problema — garante à enfermeira.

A princípio, ela parece indecisa. Então olha para mim, e eu continuo olhando para ela.

— Por favor.

— Tudo bem, mas quando o médico chegar, talvez não deixe os dois ficarem. Terão que decidir entre vocês quem vai sair.

Em seguida, ela deixa o quarto. Quando estamos sozinhos, o pai de Sloane senta calmamente do outro lado da cama, observando a filha. Conheço bem o receio e o pavor que tomam conta dele. Conheço muito bem.

Não sei quanto tempo permanecemos assim, ambos observando Sloane dormir, em silêncio. Até que finalmente o médico chega. Ele fala em tom baixo.

— Senhores, foi um dia bem longo para vocês, e eu sinto muito. Considerando o estado de Sloane, nós tínhamos que ser cuidadosos antes de tomarmos qualquer decisão sobre sua situação.

Sinto um nó frio surgir no meu estômago e parar na minha garganta. Então seguro a mão de Sloane, tomando-a delicadamente nas minhas, enquanto ouço o médico. Sua pele parece cetim gelado. Pensar na semelhança que provavelmente esse toque tem ao revestimento de um caixão me faz ficar com o coração partido.

O nó na garganta aperta.

— Já temos a maioria dos resultados que estávamos esperando. Só um deles deu positivo.

Eu desabo na cadeira, levando a mão de Sloane à minha testa. Sinto seus dedos deslizarem pelo meu rosto, levantando-o, até meus olhos encontrarem os seus. Ela está acordada. E seu rosto brilha com amor, medo e coragem.

Então fecho os olhos. Não consigo olhar para ela, sabendo que o médico pode dizer que isto é o começo do fim. Por mais tempo que o fim possa levar para chegar, é cedo demais.

— Ela está gripada.

Meus olhos se abrem imediatamente. Os de Sloane estão arregalados. Ao mesmo tempo, ambos viramos para o médico.

— O quê? — pergunta ela calmamente, como se pudesse temer não ter ouvido direito.

— Você está com uma gripe. Nós fizemos um procedimento nasal para coletar amostra, e o resultado deu positivo.

— Tudo isso foi da gripe?

— Bem, você teve uma febre muito alta e estava extremamente desidratada. Tanto que chegou a ter um significativo desequilíbrio de eletrólitos. Isso originou uma série de outros problemas, mas nada que não possa ser resolvido.

— Quer dizer que não é... — conclui o pai de Sloane com a voz oscilante, sem conseguir completar a frase.

— Ela vai ficar bem, Sr. Locke.

Vejo na reação dele o alívio que eu *sinto*. O pai de Sloane então deixa o corpo cair em outra cadeira, ao lado da filha.

— Graças a Deus — diz ele num suspiro.

— Agora eu sei por que andava me sentindo tão mal nos últimos dias — constata Sloane.

— Você poderia ter mencionado isso, mocinha — reclama o Sr. Locke em tom generoso ao erguer a mão para ajeitar o cabelo de Sloane. — Eu estava apavorado.

Sloane franze a testa.

— O senhor pensou... por causa da mamãe...?

O pai de Sloane faz um gesto afirmativo com a cabeça; seus olhos ainda marejados.

— Não sei o que farei se algum dia vier a perder você.

Ela pega a mão dele e envolve seus dedos.

— Você não pode viver com medo, pai. Nenhum de nós pode. Se acontecer, paciência. A coisa mais importante é viver a vida, o melhor que pudermos, até esse dia chegar. Ninguém tem a promessa de um amanhã. A única coisa que podemos controlar é o que vivemos hoje, sem arrependimentos.

— Eu sei, filha, mas é difícil para um pai fazer isso. Espero que um dia você possa entender.

— Eu também espero, pai. Mas...

— Nada de "mas" — interrompe ele com um sorriso. — Nós temos o hoje. E hoje você está gripada. E da gripe podemos tratar. Da gripe você pode se recuperar. A gripe é... bem, é uma gripe — observa ele, com um sorriso. — Afinal, o que podemos fazer? — pergunta ele ao médico.

— A única coisa que realmente podemos fazer é tratar os sintomas. Se ela passar bem o resto da noite, talvez eu a deixe ir para casa amanhã. Mas ela vai ter que se cuidar. Descansar bastante e beber muito líquido. Tylenol para a febre. Talvez uma canja de galinha, de vez em quando, até ter vontade de comer mais. Falaremos mais amanhã. Que tal?

Seu sorriso e sua conduta são tranquilizadores, como uma brisa fresca em um dia quente. Aliviam a dor na minha alma, me deixando apenas com a determinação de não perder nem mais um segundo do tempo com Sloane. Nunca mais quero passar pelo que passei nestas últimas 24 horas. Nunca mais.

Sloane está certa. Nenhum de nós tem a promessa de um amanhã, o que significa que preciso começar a fazer o melhor do dia de hoje Agora mesmo.

— Vamos nos assegurar de que ela tenha tudo o que precisar, doutor — digo, lançando um olhar significativo ao Sr. Locke, antes de voltar minha atenção para Sloane.

Ele assente.

— Bem, então vou deixar que você cuide dos detalhes, e volto para conversarmos mais amanhã de manhã.

Ele sorri para a filha, acaricia seu pé e sai do quarto.

— Vamos para minha casa — peço, sem me preocupar com a presença do seu pai. — Deixe que eu cuide de você. Eu *quero* cuidar de você. — Vejo a indecisão em seus olhos. — Por favor.

— Mas e o seu trabalho? Você não pode sumir do estúdio e ficar por minha conta.

— Até parece que não posso! Sou o dono. Posso fazer o que quiser.

Por um segundo, Sloane parece zangada, antes de suspirar e revirar os olhos.

— Você se esqueceu de mencionar este pequeno detalhe. Pensei que você fosse apenas o gerente.

— Apenas a verdade, certo?

Embora lentamente, ela abre um sorriso.

— Certo.

— Então venha para casa comigo. Vou falar tudo o que quiser saber. E provavelmente muita coisa que não quer.

Seu sorriso se torna suave e ela boceja.

— Pode mandar ver, garotão — responde, sonolenta.

— Com certeza, garota — sussurro, me inclinando para beijar seu rosto e nariz, seu queixo e suas pálpebras cansadas. — Mas essa noite, descanse. Estaremos todos aqui quando você acordar.

Eu não digo a ela que, até lá, estarei planejando várias formas de encher os seus dias de felicidade e de todas as coisas maravilhosas que sua mente brilhante possa imaginar.

Basta que ela diga "sim".

QUARENTA E CINCO

Sloane

Acordo com o cheiro de bacon fritando. Meu apetite está voltando e, ontem à noite, eu cheguei a falar que bacon seria uma boa ideia. Na mesma hora, Hemi quis sair para comprar. Mas eu estava cansada, então disse que ele não precisava se incomodar com isso. Obviamente, ele não esqueceu.

Nos últimos quatro dias, ele tem sido simplesmente maravilhoso.

Embora meu pai não tenha ficado muito satisfeito com minha vinda para a casa de Hemi, ele não ofereceu *muita* resistência, o que me surpreendeu. Fico me perguntando que tipo de conversa os dois tiveram enquanto eu estava desmaiada.

Num gesto involuntário, minha boca saliva quando outra explosão do aroma delicioso entra, flutuando, no quarto. Eu rolo na cama, deslizando a mão sobre os lençóis amarrotados onde Hemi dormiu, e enfio o rosto no seu travesseiro. Eu poderia acordar assim todas as manhãs, para sempre, e ser a mulher mais feliz do mundo.

Então sinto o lençol sendo puxado e sorrio na fronha. Não movo um músculo, até sentir os lábios de Hemi na base da minha coluna. Finalmente, viro a cabeça, abrindo um olho para fitá-lo.

— Bom dia — murmuro.

Ele abre um sorriso caloroso, olhando nos meus olhos, por alguns segundos. Então ele abaixa o olhar, até o meu quadril, onde sinto o toque dos seus dedos.

— Um dia você vai me contar o que essa tatuagem realmente significa?

Eu me viro ligeiramente de lado, expondo mais ainda o meu quadril e as minhas costelas.

— Meu pai contou que eu fiquei doente quando era pequena, não contou? — Mesmo antes de Hemi dizer que sim, eu sabia qual seria sua resposta. — Eu imaginei.

— Como descobriu?

— Você tem me tratado como se eu fosse de vidro, como meu pai e meus irmãos sempre fizeram. Descobri porque conheço bem esse tipo de tratamento.

— Não posso pedir desculpas por querer cuidar de você, Sloane. Ou por querer garantir que você ficará bem por muito tempo, e por querer aproveitar cada minuto desse tempo com você.

Fico nervosa diante de suas palavras. Ele tem feito várias referências ao futuro, ultimamente. Mas não quero que seu desejo de ficar comigo tenha sido afetado pela incerteza do que está por vir.

— Não quero que você se desculpe. Só estou dizendo que estou acostumada com esse tratamento. Só isso.

— Assim como seu pai e seus irmãos, eu ajo assim porque amo você.

Eu sorrio, um sorriso que se estende no meu rosto como a sensação agradável que se estende no meu coração.

— Eu também te amo. Por isso não me incomodo.

Então ele se inclina e me dá um suave beijo nos lábios.

— Isso é bom — diz ele.

Sinto o despertar do desejo, mas não quero fazer nada a respeito, por enquanto. Primeiro tenho que deixar Hemi se livrar da ideia de ficar me enchendo de mimos. Não quero que ele me paparique. Quero que ele me ame, me toque e me trate como alguém com quem quer viver, e não alguém que ele tem que satisfazer e de quem tem que cuidar para sempre.

— Então, as borboletas...

— Depois que fiquei doente, minha família me manteve segura, em todos os sentidos, protegida do mundo, como se eu vivesse dentro de uma concha — explico, mostrando a concha que Hemi fez na minha pele, há algumas semanas. — Mas quando fiz 21 anos, resolvi pôr um fim nisso. Decidi que iria viver. Apesar da insistência da minha família de que eu tinha que agir como se fosse frágil, eu iria viver. Como uma borboleta, emergindo de um casulo, eu abriria as asas e viveria o tempo que eu tivesse, voando alto, banhada por belas cores.

Em silêncio, Hemi toca cada borboleta, deslizando a mão ao longo das minhas costelas.

— Uma borboleta só vive duas semanas, mas durante essas duas semanas ela voa por todos os lugares, abrindo suas incríveis asas e trazendo cores lindas ao mundo. Isso é o que eu sempre quis fazer. Exatamente como a minha mãe, quero trazer felicidade e beleza ao mundo enquanto estiver por aqui. Quero rir e gargalhar, e fazer a diferença para as pessoas que amo. Quero que elas levem boas lembranças de mim no coração por muito tempo depois que eu morrer. Não importa quanto tempo eu tenha, duas semanas, dois anos ou duas décadas, eu quero *viver de verdade*.

Hemi não diz nada, apenas mexe a cabeça, lentamente, enquanto desliza a mão pelo meu corpo.

— Eu entendo. A morte tem um efeito diferente em cada pessoa. Seja porque a viram de perto ou porque a temem, ou porque simplesmente a ignoram. Mas todo mundo reage a ela. Por isso eu fiz essa tatuagem — diz ele, puxando um lado da camisa para mostrar a tatuagem que me deixou sombrear. — Essas são as iniciais do meu irmão e a data em que ele morreu. Eu fazia um fio de metal em volta, a cada ano que eu passava sem encontrar o assassino dele. No meu caso, a morte pôs a minha vida em espera. Eu não vivia mais *nada* até conhecer você. Você trouxe de volta a cor, a beleza e a *vida*, mesmo quando eu não sentia falta disso. Eu me perdi nessas letras. Mas, ainda assim, Ollie sempre falava comigo. Era ele quem dizia: "viva sem arrependimentos." Mesmo na morte, ele estava buscando um modo de me ajudar a superar a perda dele. Acima da culpa, da dor e do desgosto. Por isso quis que *você* fizesse as letras. Embora fosse cedo demais, naquela primeira noite no hotel, acho que uma parte de mim sabia que eu tinha que esquecer isso tudo, ou me arrependeria ainda mais. Por deixar você ir embora. Por deixar que algo que eu não posso mudar tirasse de mim o único futuro que eu desejo.

Novamente, sinto a contração dos meus músculos reagindo ao que ele *diz*, às vezes, sem *dizer* tudo de uma vez.

— Eu adoro essa filosofia! É por isso que nunca fiz promessas. Nós somos humanos. Somos frágeis e enxergamos pouco. Não temos o direito de fazer promessas que não temos como cumprir. Até conhecer você, eu realmente não queria nenhuma. Nenhuma promessa significava nenhum arrependimento. Nenhuma mentira, nenhum coração partido. Mas agora eu vejo o que uma promessa pode significar, como ela funciona ao se entrelaçar nas palavras. Algumas promessas servem de esperança. Como as minhas borboletas.

Hemi sobe na cama e deita ao meu lado, puxando meu corpo nu para junto de si e colocando a testa na minha.

— *Você* é a minha esperança. *Você* é a promessa do meu futuro. Sem você, *só* tenho arrependimentos. Nada de bom. Colorido. Ou belo. Só morte e tristeza. *Você* me fez voltar a viver, Sloane, e não quero jamais ficar longe de você.

Seus lábios roçam nos meus, suavemente, de um modo tímido. Apesar da minha determinação de esperar, eu me enrosco no seu corpo, inclinando a cabeça no beijo. A princípio, Hemi se mostra hesitante, mas, quando enfio os dedos no seu cabelo, sinto seu desejo aumentar. Posso sentir isso pelo modo como sua língua desliza pela minha; pelo modo como seus dedos apertam meu quadril. Quero mostrar a ele que não sou de vidro. Quero que ele me ame como se eu fosse de aço.

Então levanto sua camisa, até sentir sua pele quente nos meus seios nus. Dou um gemido na sua boca, e ele me vira para encaixar perfeitamente o quadril entre as minhas pernas, sem dificuldade.

Eu aperto os joelhos dobrados em ambos os lados da sua cintura, sem querer deixá-lo ir, agora que despertei todo o seu desejo. Ele flexiona o quadril e o pressiona no meu, causando uma fricção onde mais preciso.

Eu afasto o rosto apenas o bastante para sussurrar:

— Hemi, faça amor comigo. — E logo volto a beijar sua boca, enquanto a minha mão livre desce pelo cós da sua calça para apertar sua bunda musculosa.

— Sloane, você está doente — diz ele, ofegante; suas mãos ainda percorrendo meu corpo, provocando meus seios.

— Não estou, Hemi. Não mais. Eu me sinto bem melhor. Eu me sinto forte. E saudável. E quero que você faça comigo tudo o que prometeu que faria.

Ele dá um gemido e volta a me beijar, com entusiasmo renovado. Não consigo deixar de me perguntar de que conversa ele lembrou. Afinal, nós tivemos tantas.

De repente, ele para. Eu quase dou um grito quando ele se afasta de mim. Tento esconder a decepção. Hemi se senta na beira da cama e permanece lá, olhando para mim. E fica assim alguns segundos, antes de abrir os botões da calça. Então ele a tira. Em seguida, tira a camisa e começa a voltar para junto de mim, de joelhos, beijando do meu pé à parte de cima da minha coxa, sua respiração quente me deixando mais excitada.

— Mas hoje, não. Quero fazer muita safadeza com você todos os dias, *depois* de hoje. Mas não hoje. Hoje, farei amor com você. Quero que você sinta, cada vez que eu penetrar o seu corpo perfeito, que eu te amo. Ontem. Hoje. E tantos amanhãs quanto pudermos ter, eu te amo Sloane. Sempre amei você. Deixe eu mostrar com o meu corpo o que esteve no meu coração durante todo este tempo.

Ele me beija novamente, enquanto suas mãos acariciam meus seios, provocam meus mamilos e descem até a minha barriga e um pouco mais além. Com os dedos, ele me leva até a borda. Mas, antes que eu caia, ele sobe em mim, guiando sua cabeça grossa até a minha vagina.

Então me lança um olhar penetrante, roça os lábios na minha boca e, com a respiração ofegante, diz:

— Eu te amo, Sloane Locke.

— E eu te amo, Hemi Spencer — digo também.

Com os olhos nos meus, ele me penetra, em um movimento suave. Eu suspiro, e ele dá um gemido; a sensação do corpo dele no meu é algo simplesmente sublime. Ele me preenche e me completa, se ajusta a mim de uma forma tão perfeita que eu sei que não poderia ser diferente. É algo natural. É predestinado.

E, exatamente do jeito que ele pretendia, fitando meus olhos, e com nossos corpos unidos, eu *sinto* o que esteve em seu coração durante todo este tempo.

É exatamente o que esteve no meu.

Eternidade. Eternidade juntos. Eternidade no amor.

EPÍLOGO

Sloane

Um ano e meio depois

— Não sei por que você está tão nervosa. Para ser sincera, acho que você está completamente louca.

— Sarah, eu não estou completamente louca. Não estou *nem um pouco* louca. Só não sei como ele vai reagir.

— Sabe, sim. O cara te ama, sua idiota.

— Eu sei, mas...

— Mas o quê?

— Nós sempre falamos sobre o que vai acontecer no futuro *depois* do julgamento. Bem, o julgamento acabou. Já faz quatro meses que Duncan foi condenado por homicídio culposo pela morte do irmão de Hemi. Quatro meses que o *meu* irmão foi considerado livre de qualquer suspeita, após a prisão de Duncan. E até mais tempo desde que provaram que Duncan usou o cartão de acesso de Steven, roubado à noite. Agora estamos livres para seguir em frente. Como Hemi disse que faríamos. Só que ele não tem falado muito a respeito. Pelo menos não seriamente. Não como se estivéssemos fazendo planos definitivos. E agora, isto.

Isto!

— Por falar em toda essa situação de espionagem e traição, eles ainda não encontraram um modo de relacionar Duncan à morte do informante? Aquele cara que traficava todas aquelas drogas e, *por acaso*, sofreu um terrível e fatal acidente de carro, depois que o irmão de Hemi morreu? E depois que Duncan ficou apavorado demais para continuar?

— Não. Ele pode acabar se livrando dessa. Ele achou que tinha amarrado todos os fios soltos. Só não contava com Hemi. Mas de uma coisa você pode ter certeza: meu irmão não vai descansar enquanto Duncan não pagar por *todos* os crimes que cometeu. Steven ficou arrasado. E o pai de Duncan, chocado. Quer dizer, em primeiro lugar, Duncan o usou para conseguir os detalhes no lance da interceptação da cocaína. Caso contrário, ele nunca teria descoberto o quanto haviam apreendido.

— Bem, mesmo que ele não seja condenado por isso, um prisioneiro grandão chamado Bubba vai compensar as coisas. Bem na bundinha do Duncan. Da forma mais dura possível.

— Credo, Sarah!

Ela dá uma risadinha com a minha reação, e eu sorrio. Em seguida, enfio o pé no freio, obedecendo ao sinal de PARE, antes de virar na rua onde Hemi e eu agora moramos. Há alguns meses, compramos uma bela casa em um terreno fora de Atlanta, e ele está lá hoje, terminando a pintura do escritório. Embora eu não goste de estar longe dele, ainda que por pouco tempo, estou ansiosa em voltar para casa.

Desde que fiquei internada no hospital, por causa da gripe, Hemi e eu não passamos uma noite sequer separados. Estou formada há três meses, e agora ambos trabalhamos em horário integral no Ink Stain. Passamos muito tempo juntos. E a relação nunca se desgasta. Nunca me canso dele. Acho que, se houve alguma mudança, foi para melhor. Eu o *amo* ainda mais.

Temos falado bastante sobre o futuro. Eu acabei de fazer 23 anos e Hemi, 30. Nós falamos sobre o que está por vir, mas não fizemos nenhum plano definitivo. Falamos até sobre filhos, e decidimos pensar a respeito, *depois* do casamento. Naturalmente, *eu* queria começar imediatamente. Ou há seis meses.

Agora, isso não é mais um problema.

Meu estômago revira de ansiedade.

— Bem — volto a falar com Sarah. — Estou quase chegando em casa. Acho melhor ir em frente. Me deseje boa sorte.

— Você não vai precisar de sorte, Sloane. Você tem o amor de uma das criaturas mais raras que Deus criou; um homem bom. Não precisa de sorte.

Eu me sinto um pouquinho melhor depois de ouvir essas palavras. Mas elas não acabam completamente com a minha agonia.

— Eu ligo para você amanhã.

— Certo. Se todo o resto falhar, tire a roupa.

— Que conselho sensato! Por que não pensei nisso?

— Confie em mim. Sempre funciona. De qualquer maneira, me ligue amanhã, amiga.

— Pode deixar — concordo, retribuindo o beijinho no ar, antes de desligar.

Então estaciono na garagem e aperto o botão para fechar o carro, antes de caminhar até os poucos degraus que levam à porta da casa.

Primeiro, verifico o escritório. Fico um pouco angustiada quando vejo as paredes pintadas num tom claro, uma cor que escolhi para não precisarmos pintar tudo de novo quando *realmente* chegasse um bebê. O que evitaria também o cheiro forte de tinta, enquanto eu estivesse grávida.

Agora, isso também não será um problema.

Não encontro Hemi, então me dirijo ao quarto principal. Tiro os sapatos e, no caminho, os jogo no closet, indo em direção ao banheiro, onde a luz está acesa. Hemi está diante da pia, segurando algo.

Quando paro do lado de dentro, ele levanta os olhos e sorri.

— Oi, linda. Como foram as coisas?

— Tudo bem. Nenhuma cárie, embora você continue me carregando para a cama quando durmo no sofá e não me acorde para escovar os dentes.

Ele sorri.

— Mas você fica tão linda quando dorme que eu fico sem coragem de te acordar.

Eu me aproximo dele para abraçá-lo, e enfio o dedo no seu peito.

— Bem, acho melhor começar a fazer isso, senhor. Não quero que meus dentes fiquem podres.

— Pensei que tivesse dito que estava tudo bem.

— E está. Só disse que *não quero* que isso seja um problema.

— Então vou começar a te acordar. Mas esteja avisada que, se eu fizer isso e você se virar para mim com aquele olhar sonolento e sexy, estará correndo o risco de levar mais tempo, *de fato*, para dormir.

— Tudo bem — respondo com um sorriso. Finalmente, olho para sua mão. Meu estômago se contrai quando vejo o que ele está segurando. — O que está fazendo com as minhas pílulas?

Hemi olha para baixo, para a caixinha rosa, virando-a repetidas vezes nas mãos.

— Eu estava pensando no julgamento e em como as coisas podem finalmente avançar agora que tudo acabou. O assassino do meu irmão foi preso. Duncan foi descoberto. Não há nada que nos detenha. Nada que me impeça de pôr um bebê neste belo corpo e acompanhar seu desenvolvimento.

Sinto um nó na garganta de tanta emoção. As lágrimas brotam nos meus olhos e não há nada que eu possa fazer para interrompê-las.

— É sério?

— É sério — confirma Hemi. — O que você diria se eu jogasse isso fora? Agora. E simplesmente levasse você para o quarto para deixar você exausta?

— Eu diria que preciso jogá-las fora de qualquer maneira.

Hemi franze a testa.

— Como é que é? Por quê?

— Lembra que no mês passado você *insistiu* que eu fosse ao médico por causa daquela sinusite?

— Sim, mas só fiz aquilo porque você nunca teria ido se eu não perturbasse tanto. E acabaria ficando doente por muito mais tempo.

— Bem, você lembra que ele passou uma série de antibióticos? Eu não pensei em usar nenhum outro método anticoncepcional o resto do mês. Não sei por quê, mas simplesmente não pensei.

— O que quer dizer? Por que precisaria?

— Antibióticos podem interferir no efeito dos anticoncepcionais. E você usar outra coisa enquanto estiver tomando antibióticos.

— Afinal, o que está querendo dizer?

— Estou querendo dizer que nem pensei nisso. E não usamos nenhuma outra forma de anticoncepcional. E...

Não consigo completar a frase. De repente, tudo fica muito real. Esta é uma etapa muito significativa para nós. Uma curva na estrada. Um momento decisivo. Em um minuto, saberei se Hemi é tão firme quanto diz, tanto quanto parece. Saberei se ele está realmente disposto a assumir este compromisso.

— Você está dizendo que está grávida? — conclui ele.

Sinto o queixo tremer ao fazer que sim com a cabeça, num gesto afirmativo.

Hemi fecha os olhos ao suspirar, deixando a testa cair sobre a minha.

— Ah, meu Deus. Ah, meu Deus, não consigo acreditar.

Meu estômago é um nó de confusão e medo. Não sei o que deduzir da sua reação. Mas estou morrendo de medo de que ele não esteja feliz com a novidade.

Então Hemi fica de joelhos, diante de mim. Levanta devagar a minha blusa e pressiona os lábios na minha barriga, ainda magrinha. Por um longo tempo, ele permanece imóvel. Tudo o que sinto é o ar quente do seu nariz roçando a minha pele.

Quando finalmente se afasta, é só para falar. Seus lábios se movem na minha barriga; sua voz tão baixinha que tenho de me esforçar para ouvi-lo.

— Olá aí dentro, bebê Spencer — sussurra. — Sou seu pai. Estou louco para você chegar, para ver como você é e te sentir nos meus braços. Mas até lá, saiba que já te amo. E sempre amarei. Vou amar você até o meu último suspiro. Exatamente como amo a sua mãe.

Eu nem me preocupo em tentar conter as lágrimas que correm pelo meu rosto e pingam do meu nariz, caindo na cabeça de Hemi. Embora com apenas cinco semanas, é assim que o bebê que fizemos está sendo batizado: com lágrimas de felicidade. Hemi e eu já choramos tanto na vida, lágrimas de tristeza e de dor, de medo e raiva.

Mas agora não há espaço para nada disso, como não há espaço para arrependimentos. Agora, só existe a beleza do hoje e a esperança do amanhã. E, no meio disso tudo, o amor que compartilhamos.

E se eu tiver uma morte prematura como a da minha mãe, terei vivido cada segundo de cada dia da minha vida, com toda a coragem, entusiasmo e amor de que sou capaz. E terei vivido com Hemi. E com o nosso filho. Não poderia querer mais nada da vida.

Absolutamente. Mais. Nada.

FIM

Uma Nota Final

Poucas vezes na vida, eu me vi em uma situação de tanto amor e gratidão que dizer OBRIGADA parece trivial, como se não fosse o bastante. É nesta situação que me encontro agora em relação a você, leitor. Você é o principal responsável por tornar realidade meu sonho de ser escritora. Eu sabia que seria gratificante e maravilhoso o fato de, finalmente, ter uma ocupação que tanto amava, mas não fazia a menor ideia do quanto isso seria superado e ofuscado pelo prazer inimaginável que sinto ao ouvir que você admira o meu trabalho e que ele tocou você, de alguma forma. Ou que a sua vida parece um pouco melhor por ter lido o que escrevi. Portanto, é do fundo da minha alma, do fundo do meu coração, que eu digo que simplesmente não tenho como AGRADECER o bastante. Acrescentei esta nota a todos os meus livros, com um link para o blog, e realmente espero que você tire um minutinho para acessar. É uma expressão verdadeira e sincera da minha humilde gratidão. Amo todos vocês. Não podem imaginar o quanto seus inúmeros comentários e e-mails encorajadores significaram para mim.

http://mleightonbooks.blogspot.com/2011/06/when-thanks-is-not-enough.html

Este livro foi composto na tipologia Palatino LT Std,
em corpo 11/15,6, e impresso em papel off-white
no Sistema Cameron da Divisão
Gráfica da Distribuidora Record.